U0678344

灵魂背书

Linghun Beishu

耿立 著

百花洲文艺出版社
BAIHUAZHOU LITERATURE AND ART PRESS

图书在版编目（CIP）数据

灵魂背书 / 耿立著. -- 南昌 : 百花洲文艺出版社,2019.9
ISBN 978-7-5500-3283-5

Ⅰ. ①灵… Ⅱ. ①耿… Ⅲ. ①散文集 - 中国 - 当代 Ⅳ. ①I267

中国版本图书馆CIP数据核字(2019)第115930号

灵魂背书
耿 立 著

责任编辑 刘 云 凌 云
书籍设计 方 方
制 作 何 丹
出版发行 百花洲文艺出版社
社 址 南昌市红谷滩世贸路898号博能中心一期A座20楼
邮 编 330038
经 销 全国新华书店
印 刷 江西千叶彩印有限公司
开 本 720mm×1000mm 1/16 印张 16
版 次 2019年9月第1版第1次印刷
字 数 145千字
书 号 ISBN 978-7-5500-3283-5
定 价 39.00元

赣版权登字 05-2019-126

邮购联系 0791-86895108
网 址 http://www.bhzwy.com
图书若有印装错误，影响阅读，可向承印厂联系调换。

自序

散文是向传统致敬的文体，也是传统最深的地带。散文家有越出传统的冲动，但行动者少，散文如书法，很多散文的所谓的探索者，就是写丑书的那些江湖掮客，远离了散文的本初的质的规定。

有人问：何谓散文质的规定？

我的考虑是：真实应该是其一。这种真实，是作家和读者共同完成的，最终是在读者那里确认，散文可以吸收诗的小说的影视的笔法，但读者的承受如果说是虚假了，那就过界了。我们要求散文的新艺术可能，大胆跨界打劫，形成新的传统，但真实是你越想摆脱越最后要靠近的东西。

散文的真，不是临摹现实，而是一种包含精神质素和新艺术质素的存在，散文的语言、结构、形式，它的时空和叙描，和小说、诗歌、戏剧的方式的差异在哪里？一篇散文就是散文，它有独立的价值，它有自己的命运。散文的命可能就是你的生活、阅读、思考而培植的，没有这些的积淀，散文是很难写好的。

自由，我以为是散文质的规定的其二。没有心灵的自由，没有对精神自由、艺术自由的追求，散文文体就会萎缩，这有着历史的记忆和教训。

除掉这两点，我以为，散文不能只在美文圈子里打转，需要警惕过于打磨文字，在结构上技巧上用力而失掉了对境界的追求，有境界的散文，即使语言粗糙点、结构有破绽，但也自称高格，自有生命。

但，我的意思不是不要语言的追求，这是一个两难的规定，是悖论，看你的悟性，把生活和世界凝视与思考的本质说出来，就成了，像人对着神灵的祷告，也如对世间的遗嘱。

再就是散文有个精神含量的问题。随着经济与文化、物质与精神矛盾的显现，整个社会都在调整，不仅是利益的调整，也是精神回归、精神升华的阶段。散文也到了抛弃小花小草、小情小调的东西，给当下的中国人精神的安慰的时候。有出息的散文家要有清晰的文体意识，据实平面摹写，没有精神的锋芒、批判的力度，仅仅满足于自娱自乐，已很难解答自身和时代所处的问题。散文要呼应时代的精神困境，回应时代的提问，散文要成为社会的良知、时代精神的探索者，就要铸造不同于市场价值的人文价值，开辟物化世界上更阔大的精神空间。散文的尊严，来自她的精神的品性，这是散文在当下创作最应该关注的部位。做精神的探险者，精神的独立者，在精神上不作伪，诚实，把看到的、体验的、内心的最本真的拿出来，做生命的见证，让灵魂变得柔软，这是散文区别小说和诗歌的关键。散文凭借什么？就是一种精神的高度，诚实记录，不撒谎——不对自己的心灵撒谎，不对历史撒谎。

散文作品的精神含量指的是作品的“器量”，也就是作品所表达出的人的精神的广度与深度。判断艺术的基本标准是特色，最终标准是精神含量。

《灵魂背书》其实就是文字给我的一个抒情的出口，这种抒情是叙事，是具体而微，也是痛苦与平复，这是一部辞别书，也是一部还乡书。我一直把故乡定位为路上的驿站，是暂时收容我灵魂的处所。没有故乡的人是流浪汉，在故乡的人也不一定不流浪，我一直是在故乡有异乡感的人。

其实灵魂有吗？你的灵魂在哪儿呢？也许我们的灵魂是藏匿的，她只在你倦怠、痛苦，或挣扎时才出现，在你面对不义、委屈、愤懑才来。

有人说灵魂是轻的，有医学的数据，只有几克，我说灵魂是重的，她能击垮或压垮一个人，或者使这个人一辈子不能心安。灵魂是影子吗？如果灵魂是影子，我的文字岂不是影子的影子？

我无法给别人证明我的灵魂的有无，但不能证明有无，也不能视灵魂为无物，其实灵魂就在眼前，就在肉身，就在举手投足，只是她没有故乡的土地好感知，失去故乡的人要还乡，失去灵魂的人会失魂落魄，是活着的活死人。故乡不可剥夺，灵魂也不可剥夺。有人说，在当下，谁的故乡不毁容？谁的故乡不是嵌在骨头里的痛，最怕的是，那些父老用锤子把钉子楔进你的骨头。

我知道犹太人的执着，回到故乡，拥有自己的故乡，我知道爱因斯坦、弗洛伊德，更知道希伯来、《圣经》，当然奥斯维辛也如钉子楔进了我的骨头。命运可以拒绝一个民族，时代可以拒绝一个人的肉体，更可能拒绝一个人的灵魂。

这些文字，只是一些标本，我不敢看作是灵魂的标本，就像一只蝴蝶的标本，她翅膀上的斑点是春天的馈赠，和春天比起来，这些斑点是微不足道的，正如我的散文，对一个丰沛的时代来说，我的文字是羞愧的，甚至是惭愧的。

生活的钢针刺痛我，我却没有荆棘鸟那样的嘹呖的歌，这是最令一个作家羞愧的，我失去了故乡，正如鸟失去笼子，我也跟着失去了原来腔调的歌唱，但我还聊以自慰，我恢复了野性，尝试着自由飞翔与野性的歌唱。

2019年2月4日立春日于珠海白沙河畔

CONTENTS

目录

乡村布鲁斯

一

在这最繁华的都市，在深圳的明天音乐节，那遥远黄河畔黄壤平原深处的瞎腔，那被尘埃和偏颇覆盖的唱词语调，那种弦乐，是谁的故土？有谁还反顾？这乡间卑贱的瞎腔，悲抑的，嘶哑壮阔，撕心裂肺。我土地的瞎腔，被最潮的那些人士，说成是中国北方的乡村布鲁斯，人们认同了七情六欲，认同了无论乡间和都市都会面对的问题，死亡与衰败。

那夜，瞎腔《老来难》使都市的眼，不再空洞，而潮润，落泪，在这个金融、钢铁、前卫的城市，在这巨大的广场，竟然开启的是瞎腔的凯旋门。你认的那个老人，在晚上的舞台，戴着墨镜，拉着坠胡，使人不舒服的是他拉坠胡的手腕，竟然有一个乌木的手串，自己的脚也不闲着，是打梆子，伴奏，唱起来，嘴如一个黑洞，头发已多半白了，前额，已秃，在灯光下，如光滑的石头。

这乡间的布鲁斯，在豪华的都市，一开嗓，那种生猛，一个七十多岁的老艺人，还有这样的肺活量，气拔山河，你在这里听出的是一个过去的中国，那种苍凉的拖腔，穿云裂帛，绕梁三日，绝唱。

一代绝唱，犹如华彦钧，但华彦钧留下的是他的二胡曲，而来自我鲁西南的这是词曲并作，唱腔哀绝婉转，吐字清晰，铿锵铮铮。那是浸泡在血液里的，在悲苦的奔波中，有此，父亲拉着地排车，走过一个河洼，我听父亲唱起了，那种悲苦里的欢乐，让人感慨。“我本是老天爷的他干爹，你看我体面也不体面。”

父亲是个农民，它的朴素的观念，是劳作，是牛马驴骡，是土地和收获，父亲自己给自己伴奏，台台台台踢台台。“袁世凯他给我种过地，宣统他给我掌过大鞭，冯玉祥他给我当伙计，张天师他给我看菜园嘞，王母娘娘来做饭，九天仙女当丫鬟，孔老二他给我管过账，蒋介石他黑间半夜里给我夜壶掂。”

这是一个农民的享福的境界，让袁世凯种地，宣统皇帝抱着大鞭给他赶车，冯玉祥是跑前跑后的伙计，蒋介石掂夜壶。这些人，是父亲乡村时代的名人统治者，是高高在上的显赫者；而那些仙界和圣人，也只配看菜园、做饭，当丫鬟，做账房。

这唱词，我从小就熟悉，来自瞎腔。瞎腔在故乡一般指坠子书，但这里的坠子，融合了山东梆子、大平调、四平调、高调、二夹弦等，唱腔生猛慷慨激昂，多用大本嗓，真腔真韵，像能撕破喉咙，唱出胆汁，是黑脸红脸的集合。有时也用二本嗓，假嗓，是拖腔。故乡的人喜欢听瞎腔里的沙音和炸音，那声音就有毛边，粗犷奔放。

我看着舞台上的他，像看着那土地的老灵魂，这种悲慨摧木般的声调，是他们对待世界的方式，不是抱怨，是一种抗争，一种委屈，一种不服，这种声调就是一种辅助，生活的辅助或者管道，也是一种歇息，呼告，就是生活本身。

那曲《老来难》——“耳聋难与人说话，差七差八惹人嫌。 雀蒙眼，似鳔沾，鼻泪常流擦不干。 人到面前看不准，常拿李四当张三。”——道出的是那片土地怎样的哀愁。这大段的叙事，岂止是对年华逝去的悲悯，更是一个老农民在叙说每个人都必得面对的来路，谁都跑不了逃不脱。

还有那曲《报母恩》，先是叙述十月怀胎之苦，然后是儿出生，从小到大的艰难：

出天花和豆疹双亲操断，恨不得替我儿渡过此关。为父的请医生腿脚跑软，老娘亲灵神前祷告苍天。好东西到嘴边不能下咽，无奈何口对口吐与儿餐。左边尿右边睡胳膊当枕，两边尿不能睡卧娘胸前。每日间为儿忙心甘情愿，儿啼哭娘心酸何曾安眠。尿一把屎一把娘心不厌，三九天打冰洗屎能不寒。一生子两岁时经常怀抱，只累得两膀酸麻无怨言。三生子四岁时学说学走，走一步叫声妈娘心欢喜。五生子六岁时刚会玩跑，怕火烧怕饭烫又怕水淹。到七岁送到学校把书念，怕我儿不聪明又怕师严。怕同学到一块欺侮与俺，怕我儿不用功惹事生端。好田地为娇儿荒废一半，吃与穿尽儿用自己不沾。

原生态，不避丑陋，不避苦难，直叙的是本然，是命运和岁月。

只两段唱词，在这个最潮的音乐节上，人们见识了这是什么唱，谁在唱，是嗓子还是生命。

我已离开故乡多年，早已是乡音蜕化讲着不知是何种味道蹩脚的普通话，但我在课堂上，只要是牵扯抒情的语句，我必然冒出的是鲁西南方言，只有那样的语言才够味，这次我听到他的按地道的发音，特别是那浑厚的带着悲苦的嗓音，那不用任何技巧，只是把自己的内心和力量喊出来，他的墨镜遮挡了，那是陶醉还是迷狂？反正我听到的是沉郁顿挫，是不管不顾的。唉、啊、哪、呀，好像直到天尽头也没尽头，无限地拉长。

那夜的广场就是给他的，南中国的天阔地囧，好像下面的人，就是在他瞎腔里根本不存在的一切，在这个最发达的地方，这个腔调是一种怎样哀愁的中国？来自北方的黄河辽远的中国。

我看的是音乐节的录像，那下面的人，平息了，像是呆痴，沉醉，很多的人闭着眼，跟着他的瞎腔，晃着头，在没有词曲的空暇，那是他的节拍的木梆子，那种鲁西南枣木的回响，“梆梆梆，梆梆梆，梆梆，梆梆梆”。这木声也浑厚，就像公元前，西周时代的木铎，让我们忘记了时间，直接进入了那个时代，我看到很多人流泪了，我隔着屏幕也流泪了。

这叫不叫长歌当哭？这叫不叫来自黄壤的华彩和尊严？那片土地，是值得以泪水来尊崇的，也值得以泪水洗刷我们内心的污浊和曾经对那片土地的看轻。

这种呼告式的高腔，是鲁西南各个剧种的标志，有点是鼻音的嗯与厚，有点是喉音的吼与嘶哑，有点是胸腔的沉雷和炸，这才是那个土地的气派。

故乡的人喜欢听戏，不是那种月下西厢，也不是俞伯牙钟子期，而是从泥土里长出的味，这是一种自然生态，我说近乎天籁。

故乡最流行的是梆子腔，而瞎腔吸收的就是梆子腔。这是和黄河的决口，黄水的肆虐和淋漓，是黄壤漫漫与高粱和青纱帐，是那种长堤、寨墙与城墙，与锄头和习武场、出殡、唢呐，这种腔，是根，也是汁液水流。

我曾在一次晚会上吼过：“店主东带过了黄骠马，不由得我秦叔宝两泪如麻。提起了此马来头大，兵部堂皇大人相赠与咱。遭不幸困至在天堂下，还你的店饭钱无奈何只得来卖它。摆一摆手儿你就牵去了吧。但不知此马落于谁家？”

那完全是喝醉后的一种回归鲁西南黄壤平原的感觉，是秋后的黄河滩，我知道我是可着嗓子呕的，就觉得是一种委屈，自己的肚子里像憋着一个气团，只有通过我脖子里的青筋这个通道，还有那滚动的喉结才可纾解，我想到了父亲呕的情景，就是一个音一个音地炸着走，炸着递进。

按着我老家的话，我是抓着自己的心膈地在唱，那是字字的委屈和泣泪，看着自己的心爱的马，因为自己的英雄不遇落魄而转手的悲凉。

秦琼，是我们山东的符号，在江湖上，官称“二哥”，是比肩山西关云长的瓦岗人物，而今在我故乡，尊称人，都是呼“二哥”。而把“大哥”看成武大郎那样的不中用，有侮辱人的意思。

后来，人们问我，那是一种什么腔调，不像京戏，也不是豫剧，我说是瞎腔。我说知道水浒吧，我家乡是水浒的故地，这声音，就叫你理解了声音的烈度。

其实，我就是含着一口瞎腔走出故乡的。在离开故乡的时候，我写下这样的分行的文字《我怕回首让你看到我泪流满面的样子》：

我只是逆着血的方向走，因为
顺流会让你看到我的软弱
我虽然爱流泪，但我不爱哭
我只是向柔软、悲悯流泪
其他休想撬动开我的泪腺
我的泪固执，像扑火的蛾子
如果有一天，你真的看见我流泪
那也是委屈被你从时间深处

抹去

这个时候，我想到了我父亲唱过的瞎腔的悲慨，在我离开故乡的年纪，正是当时父亲落魄的年纪。父亲是一个在底层的被践踏者，他原本是公私合营后的一个国家的正式的职工，后来被动员调整下来，做了农民，当时答应他，等形势好转，再来上班，但父亲像在荒野上等待那个戈多，一辈子也没见到。

回到农村的那几年，是父亲最背时背运时，他自杀过，但没有死成，上帝不收，于是咬牙活吧。

我曾跟随父亲给棉站送棉花包，地排车整齐码放10个棉花包，每个200斤。从我们小镇，经过35华里，地排车的车把上，吊一个粗瓷的水葫芦，经过沙河，白衣集，金堤，李楼。这35华里，有两道河流，一个坡度45度角的大堤，我只是给父亲解闷的一个工具，一根绳子搭在我的肩膀上，其实对那地排车前行的助力很少。

父亲弓着身子，车袢紧紧勒进肩胛骨，一步一步，像一头驴子，只是驴子拉车时，给一把草料，把眼睛遮住。

到了棉站，那里一个个数十米的棉花垛悚然而起，如立起的山，平原是没有山的，这是我童年见到的最高度的物体：棉花大垛。好像全天下的棉花，都集中到我们县里的棉站了，那种白，很瓷实如石头，平原里说人不想死，就用头撞棉花垛，我想，这棉花垛比生活还硬，一头撞上，准死无疑。

卸车，要把棉花包背到那几十米高的棉花大垛上，然后解开包，把棉花抖出来。

一般人，背着200斤重的棉花包，都是战战兢兢，左右摇晃，龇牙咧嘴。

瘦矮的父亲，背着200斤重的棉花包，脚踩晃晃悠悠的木板往棉花垛上爬，稍有闪失，就会从棉花大垛上跌下，不粉身碎骨，也得躺上几个月半年。

每次，我看着父亲都是腿软，背弓，眼看着前方，一步一挪，好像抬头时，白眼珠都突出来。

一个棉花包；

再个棉花包；

三个棉花包；

最后一个。父亲走过那个木板，到了垛顶，脚下是没入膝盖的棉花，父亲完全陷进去，只见一个棉花包移动，如蜗牛。

最后，在最高点的垛顶，父亲要把黏在肩头的200斤的棉花包扔下，他扯着包角，双手使劲往上抖搂，这才能把包里的棉花抛出。

把棉花抖搂完，父亲把空掉的花包搭在肩膀上，然后跌撞着走下棉花垛，记得一次，父亲抖搂完棉花包，一下子萎在垛顶。

然后吼出来："家住山东历城县，秦琼的名儿天下传。我本是顶天立地男儿汉，这好汉无钱到处难。无奈何出店门我就卖、我卖、卖锏。"

父亲自认是一个失败者，但他的心里窝着怎样的不平？他的落难时分，想到的是山东的秦琼做比。

我记着了在棉花大垛里落魄的秦琼，如荒郊小店的秦琼，只是不知棉花大垛的秦琼有没有翻身的日子。

我出生时，父亲已经是一个纯种的农民了，再也没有一点曾经公家人的气息，脸上终日笼罩的是愁苦，在冬天，它总是早早起来，天才是五更，他就扛着粪箕子去拾粪。一次我早早地上学，在校门口，我看到穿着露着棉花的黑粗布棉袄、穿着大腰棉裤，戴着火车头帽子的父亲，当时他提着粪箕子和一个带长把的粪铲，满脸的霜雪，眉毛、胡须和帽子都是白的。

我根本没看出是父亲。

到早晨放学，进了家，父亲从满是炊烟的低矮的土坯厨房端着满是红薯的稀粥出来，他说天还不是太明的时候，见到我了，背着书包。

父亲说，学校附近，是拾粪的好地方，父亲说当时他喊了我一声，我回头看看，好像没认出来。

我说，我看见的是一个霜雪的人。

二

在没有任何预兆的情形下，有同事告诉我，有你老家的一个盲眼的老人在深圳的国际音乐节唱瞎腔。

我说，我们那里的瞎腔是混口饭吃的工具，那些盲眼人，一是算卦，再是唱瞎腔。明澈的世界里，不会理解他们在黑暗里讨生活的艰难，在大都市光污染成为一害的时候，大都市里的污浊和盲目，也是可怕，驱散黑暗的是神，也意味着为暮做光的舍身，那些唱瞎腔的人，是以自己的唱，来驱散人们心里的沉默。

他们走村串乡，如盲眼的荷马，曾踏雪游吟，我们家乡的盲人没有荷马的名气，也非诗人，他们语言粗俗而有力。

那瞎腔是这土地里长出的，但现在如土地的荒芜，几近断绝。

在多少的时日里，我的黄壤深处的醇厚的农夫和农妇，那些大骨结和大脚板的农夫与农妇，他们是在瞎腔里，在高亢和哀怨的曲调里熬着日子，那时唱瞎腔，一家只是用碗端出一点粮食或地瓜干，倒进那些盲艺人的布袋，一村敛上几布袋，在村头的牛屋或树下，连续唱十天半月。那些绰号“七岁红”“黑二妮”“吼塌天”“扒拉脸”“瞎五辈”的瞎腔艺人，把一出出《司马貌断阴》《罗成算卦》《王宝钏》《许仙与白蛇》《陈州放粮》，我以为是这些乡间的戏曲小调，把一些儒家伦理和民间正义安放到普通百姓心中，他们不识字，不知道国家大事，在公子落难的时候，父老会落泪，在奸贼当道好人冤屈的时候，父老会咬牙切齿。

我算你七岁文来八岁武
九岁上兵法武艺都学全
十岁北平探过父
十一岁你领兵在燕山
十二岁你夜打过登州府
一杆枪战杨林兵万千
十三岁你在山东放响马
恁弟兄聚义在济南
十四岁你胶州打过擂
十五岁你扬州夺过状元
十六岁你把孟州破
你招下王金娥来还有扈金婵

这一段《罗成算卦》，我自小就在自家听过，那是“文革”后期，当时扫除牛鬼蛇神，一些老艺人是不敢唱这些传统的段子，或者改行，我们镇子南街有姓彭的鳏夫和儿子分开住，白天在靠近镇铁工厂的缝纫机衣服铺子旁掌鞋补自行车胎。他以前是唱戏的，高调、梆子、大平调、坠子都唱，跟着那些戏班子，虽是男人，但长相瘦巧，就唱旦角，平时走路一扭一扭的，只见两个腚膀子耸着，惹人上火，人们都叫他“二娘们”，他一登台，人们就吹口哨叫，后来旧戏班子归了县剧团，女人的戏就有女人唱了，他失业，变成拉弦子跑龙套，“文革”一起，就被赶回家，掌起了鞋。

会唱戏的人不让唱，就难受，在外面唱怕惹事，他和父亲有交情，有时在夜里，他就悄悄拿着一把弦子来到我家，坐在我家堂屋，关上门，过戏瘾。

当时我八九岁，在冬夜，有风在窗花外号叫，屋内，弦子似有似无，而老彭唱得动情，我印象最深的就是《罗成算卦》。

我们那里最亲近隋唐演义的人物，我们那地属于故曹州，山东地，自古响马辈出，那里离瓦岗寨很近，徐懋功、单雄信都是我们那里的人，而程咬金是斑鸠店的人，离梁山也不远，罗成还与秦琼是表兄。

我从小就知道贾家楼结义，他们歃血为盟。不能同日生，但愿同日死。吉凶相共，患难相扶，如有异心，天神共鉴。那名单我也记得滚瓜烂熟，在同学面前显摆，那都是夜晚听老彭唱，记在了心里：

大哥魏征， 二哥秦琼， 三哥徐绩徐懋功， 四哥程咬金， 五哥单通单雄信， 六哥王君可，——最后一个 四十六哥罗成。

白马白袍白面书生模样的罗成23岁时，就功成名就名字便雕在凌烟阁，但他本来能活73，但为何却只活了23岁？在我们那里，都把罗成当成一个心狠手辣的人。罗成甲午年生来，五月十五日午时长，徐懋功算罗成能活73，《罗成算卦》里有以下的对话：

太白金星：“让我算我阳寿多少年，说出来恐怕你把脸翻。”

罗成：“你只管算只管算，不会让你难堪。”

太白金星：“我算你今年阳寿到，多说还有三四天。”

罗成：“徐三哥也曾给我算过，说我的寿命可活到73岁。咱俩一无仇来二无恨，你却为何损我的阳寿50年。”

太白金星：“我本是徐茂功的师父李金仙。我算你今年阳寿到，难过今年23。你死不在长安地，周西坡前乱箭攒。”

我还记得老彭说的到底是哪五件事，让罗成折了50年阳寿，第一件：11岁领兵去扫北，杀死鞑儿百万千。胡儿造反虽该死，好可叹百万黎民受牵连。杀死百姓损阳寿，损去阳寿整十年。第二件：你有个表兄秦叔宝，你二人传枪递锏后花园。他教你锏法真心实意，你递那罗家枪法没有教全。回马枪留下整三路，损去阳寿整十年。第三件：你有个五哥单雄信，贾家楼磕头拜了地天。在洛阳他保了王世充，你保唐王就在长安。回马枪杀死单雄信，损去阳寿整十年。第四件：唐王念你是好汉，那君臣饮酒在金銮。耳听桥楼三更响，好大胆龙床凤枕去安眠。虎穴占了龙床的位，损去阳寿整十年。第五件：你有妻妾12个，那孟州还有扈金婵。她待你情深又义重，你不该火烧岳阳楼恨布心田。扈金婵一死魂不散，那悲风惨惨来到了阴间。五阎佛面下告下了状，损去阳寿又是十年。

罗成听罢头低称服，取出纹银50两，送给先生卦礼钱。

太白李金仙先生摆手我可不要，活人不花这死人的钱。留着吧，那鬼门关上做盘缠。

一句话说得罗成泪如雨下。

从小，就是在这些戏文里，头上三尺有神明，人在做，天在看，虽然那时乡间，对唱戏的还看不起，但我觉得，梨园这一行当，是替人间的一些道义在布道，虽然一些戏曲有的是下三路，但那也最是暴露了人性。

在这些戏剧里，托古人提醒今人；借虚事指点家事，几人称帝，几人称王，春梦无痕，数声檀板；劝人看破红尘，别把人生当回事。你看他穿蟒袍指点江山，你看她披霞帔倾城倾国，忠臣良将，奸臣贼子，有几个好死几个好活？

在老彭的定场诗里，我第一次领略到：“个忠个奸皆出色；假仁假义半成空。凡事莫当前，看戏何如听戏好；为人须顾后，上台总有下台时。试看一番做人榜样；胜读几篇醒世文章。善恶报施，莫道竟无 前世事；利名争竞，须知总有下场时。看破丑形恶态；还依孝子仁人。忠孝节廉举目无非楷模；管弦歌舞会心尽是文章。欲为高第须为善，要好儿孙必读书。”

听戏看戏，悟的是理，在罗成算卦里，我们知道了怕与敬畏，知道有些底线是不能突破的，朋友的忠义，男女的恩情。

乡间人最恨的是背叛，最烦的是拆散，最恨的是忤逆不孝，过河拆桥，他们同情弱者，无论这是蛇也好，狐也好，这些父老可以推及落难的鸟雀老鼠，他们指斥白脸的奸贼、残害忠良的宦竖，二白脸的小丑，寡情寡义的男人，他们同情妓女，无论多么卑贱，他们最恨的是潘金莲阎婆惜潘巧云，那种蛇蝎的女人，给男人绿帽子不说，还加害男人。

> 亲儿的脸，吻儿的腮，点点珠泪洒下来。都只为你父心摇摆，妆台不傍他傍莲台。断桥亭重相爱，患难中生下你这小乖乖。先只说苦尽甘来风波不再，抚养娇儿无病无灾。
>
> 娘为你缝做的衣裳装满一小柜，春夏秋冬细剪裁。娘也曾为你把鞋袜备，从一岁到十岁，做了一堆，是穿也穿不过来。又谁知还是这个贼法海，苦苦地要害我夫妻母子俩分开。
>
> 说什么佛门是慈悲一派，全不念你这个满月的小婴孩，一旦离娘怎安排？再亲亲儿的脸，再吻吻儿的腮，母子们相聚就是这—回。再叫儿

吃一口离娘的奶，把为娘的苦处记心怀。

长大了把娘的冤仇解，姣儿啊，别叫娘在雷峰塔下永沉埋。

这是《白蛇传》里白娘子永镇雷峰塔的唱词，当唱到这里，那已是夜幕深深，平原一片忧伤，我泪光点点，斜在母亲怀里，而母亲的泪滴在我的头顶。

我们那里不再把瞎腔当成盲人的一种曲调格式，凡是那种哀戚悲怆的调子，无论大平调、梆子、曲剧、二夹弦，凡是那些冤屈的女子、良将，那些长长的拖腔一样的曲调，都把它叫“瞎腔”了。那是表现人的悲苦，是抒情，也是控诉，是申告，也是呼号，是字字血，是斑斑泪。

风骚的女子不属于这类，轻薄的秀才不属于这类。

我喜欢梆子戏里有一折水浒戏《活捉》，是说阎婆惜与张文远，一人一鬼，爱得执着突破阴阳两界，但这戏鬼气重，在被窝里听得我尾巴根子直紧，半夜起来解手，就吓得撒尿撒半截，觉得阎婆惜就在门外站着。

活人爱活人属于正常，而死人爱活人，则反常。但正是如此，让我们看到了另一个阎婆惜，对爱的不依不饶和执着，鲁迅说的纠缠如毒蛇，执着如怨鬼，就是对阎婆惜最好的评定。

美国有一部电影《人鬼情未了》，把相爱的人分成阴阳两界，而爱却超越阴阳，弥补了阳间的遗憾。《牡丹亭》中的杜丽娘、《李慧娘》中的李慧娘、《长生殿》里杨贵妃之类的作品，大都是痴情的女鬼执着于对爱情的追求，生前爱情遇到阻碍，死后其情不泯，继续寻找自己的爱情。鲁迅写的：“女吊，也是人鬼恋”，《聊斋志异》更是鬼话连篇。清人冯远村评《聊斋》：“试观聊斋说鬼孤，即以人事之伦次，百物之性情说之，说得极圆，不出情理之外；说来极巧，恰在人人意愿之中。”

阎婆惜因为讹诈宋江而性命断送在宋江的刀下。成了女鬼的阎婆惜日思夜想张三郎，因此决定到阳间活捉张文远，与她到阴间团聚做夫妻。

女鬼阎婆惜登场开始，举手投足间就透露出一股灵异的模样。她穿着一件黑色的长背心，白色的裙子，脚下碎步快走，整个身子纹丝不动，令人感到她是飘荡而出的。更令人惊心动魄的是，她黑色长衣下面那一件艳红的长背心，随着身形飘动，红色在黑色长衣下面隐隐闪现，更添诡异之气。在见到张文远后，她要脱掉黑衣露出红衣，显示出她内心的火热，这又会给人一种突然间的惊艳。

这样一个女鬼，怀着自己的衷情与不甘，重新走到张文远门前，她愁肠百转，想着自己前世的悲凉。敲门的时候，她很轻盈，娇嗲妩媚。张文远起先不敢开门，反复猜测门外到底是什么人。两个人隔着一扇门，一个丑角和一个扮成女鬼的旦角一问一答。阎婆惜有些感伤，她日思夜想的三郎竟然听不出她的声音。张文远终于打开了门，一阵阴风吹过，他心下不由害怕。张文远不同于《嫁妹》中钟馗的妹妹与杜平，后二者因为内心坦荡、善良而充满温情，人与鬼之间没有丝毫芥蒂；张文远的内心猥琐，一个瑟瑟缩缩胆战心惊的丑，一个妩媚娇艳的旦，真是愈加显示了阎婆惜对爱的执着。

阎婆惜现形，张文远第一个反应是害怕、躲闪，“冤有头，债有主。宋公明杀了你，不关我事！”随着两个人的言语往来，他们逐渐想起以往的亲密，便又重新靠近。张文远掌起灯来，阎婆惜说，“你就不想看看我的模样吗？”张文远壮胆看去，不由感叹她比活在人间的时候更加妩媚娇艳。此话不是什么溢美之词，我们可以想见鬼身上的那种妖娆之美是达到了极致的，她比人间的女子有更多的婉约风情，这种风情令张文远忘乎所以，忘记了对鬼的惧怕。两个人在阳间时候的生活场景在他们的唱段中徐徐展开。这时，张文远开始感到口干舌燥，这意味着他的魂魄已经渐渐被阎婆惜抓住了。两个人开始回忆初次相见时张文远借茶的情景，此时的张文远已全然忘却了害怕，又回到了对于旧情的追忆中。张文远感到阎婆惜冰凉的手放到了自己的脖子上，这是阎婆惜在索取他的魂魄。他的脸一次又一次地发生着变化，刚出场的时候他是白脸，渐渐地脸上出现炭黑，直到最后彻底被炭黑抹花。他的魂魄最终心甘情愿地随着阎婆惜的一缕香魂而去，两个人到阴间恩爱去了。

这样一场“活捉”，我们今天听来不可思议。仅仅是这些情节就令人有点不寒而栗。好端端的一个人，在自己家里面竟然被鬼魂抓走了，直接就做了鬼！但是中国的戏曲美学之美就在于能够让你在面对这样一个不可思议的故事时，忘记心中忧怖，穿越生死，发现人心中的至情牵挂。

当我看到阎婆惜的鬼魂夜敲张三郎的房门的时候，自己的心就吊到了嗓子眼儿。听到深夜敲门，张文远问是哪个。阎婆惜自然答道：“是奴家！”张文远以为是天上掉下的艳遇，“是奴家？格也有趣。我张三官人桃花星进命哉，半夜三更还有啥子奴家来敲门打户。喂，奴家，你是哪个奴家？”这阎婆惜就有点郁闷，“我与你别来不久，难道我的声音听不出了吗……你且猜上一猜。”这张文远听说是一位奴家要他猜猜，就动了迷糊，一曲《渔灯儿》唱出他的心声：“莫不是向坐怀柳下潜身？莫不是过男子户外停轮？莫不是红拂私在越府奔？莫不是仙从少室，访孝廉步陟飞尘？”

这时，我不禁对阎婆惜起了同情，在世间，她所托非人，三郎张文远本是个寻花问柳的登徒子，阎婆惜却倾心以之。阎婆惜夜探三郎，是因为她既已经为三郎身死，以为三郎也必会生死以报；她渴望与三郎有真正天长地久的感情，为此毅然放弃了看起来更忠厚可靠的宋江，但她可不愿意在奈何桥上等她的情郎，一心只想着既然人间不成眷属，就到阴间去成就夫妻。她要携张文远的魂魄一起赴阴曹了其夙愿。面对阎婆惜的鬼魂，三郎战战兢兢，既为其姿色所迷惑，又惧其鬼魂的身份。一面是阎婆惜回想两人当时偷情，多么缠绵；一面是张文远不敢不顺口敷衍，要对情人表白自己，“我一闻小娘子的凶信，我泪沾襟，好一似膏火生心，苦时时自焚。正挨剩枕残衾，值飞琼降临。聚道是山魈显影，又道是鲲弦泄恨。把一个震耳惊眸，博得个荡情怡性，动魄飞魂。赴高唐，向阳台，雨渥云深，又何异那些时和你鹣鹣影并？”谁知道阎婆惜是当真的，张文远的套话正中她下怀：“何须鹏鸟来相窘？效于飞双双入冥！”你不是说灵魂相会也很好吗？那么还等什么，请啊。在老家农村听父亲的朋友老彭讲唱《活拉》，他说这出戏的戏眼，是浑身吓得筛糠似的张三郎，两条鼻涕长达尺余，收放自如，学名叫作“玉箸双垂”。老彭说着就站起表演，那鼻涕真的如雨点成串，吓得我赶快蒙上头，如今的舞台也不见了这绝活，现在是阎婆惜一手拎着三郎的衣领，惊惧不已的张文远以矮子步围着她团团打转，那也已经足够精彩。风流的女鬼阎婆惜缠着她的三郎，一声声要与他同生共死，三郎口不应心，一边应付着阎婆惜，顺口说着一些调情的话，一边想着脱身之道。阎婆惜既是女鬼，张文远如何能逃脱她的掌握？

《坐楼杀惜》一出戏，宋江被逼无奈，只好杀了他的二奶阎婆惜，但无论是剧作者、表演者还是观众，全部的同情都在宋江。《活捉三郎》是阎婆惜索了张文远的性命，全部同情的砝码却都压在阎婆惜一边。如果说《坐楼杀惜》的阎婆惜对宋江步步紧逼，让人感到她最后被杀，多少是这娘们儿一直纠缠井落在吊桶里，欺辱男爷们儿，挨刀子是活该；那么到了《活捉三郎》里的阎婆惜就表现出了她可怜又可敬的执着，她的红杏出墙就不再是普通的水性杨花，而对方的轻薄恰好是反衬与讽刺，她因此成为“多情却被无情误”的悲情女子，一片真情，都付与流水。

但阎婆惜有爱情到来时“生者可以死，死可以生”的理念。凭着爱情的翅膀，生与死在阎婆惜眼中不再是一道不可跨越的门槛，她一脚就可以跨过。

一个执着于情的人，一个真正感悟了生命辽阔的人，当他看这样的鬼戏的时候，首先不是斥责它荒诞不经，而是定下心来，感受其中细致入微的美妙。这也是鲁迅赞扬的女吊无常“敢说，敢笑，敢哭，敢怒，敢骂，敢打，在这可诅咒的地方击退了可诅咒的时代”的疯狂之气吧。

《活捉三郎》给张文远们留下的箴言就是：尽管生死与之的爱情很美丽，但假如没有真正做好生同衾死同穴的精神准备，就千万不要轻言什么执子之手与子偕老的鬼话。随随便便的事情女人会当真，男人爱调情，女人爱情调，可不要红口白牙发什么誓，那样女人最后会来拉你的。

我虽然怕这出戏的阴森，但对死去的美丽的女子阎婆惜爱得执着，报以心折，那台上的女演员，既有鬼气，又有风尘气风骚味，在那瞎腔的长长的拖腔里，那些咿咿呀呀的颤抖的音调里，有着妩媚，有着风月，也有着求索，真是摄人魂魄。

三

我喜欢哭腔唱出的王宝钏，那是十八年的寒窑的漫漫长夜的等待，前途不知，人心是否可期？武家坡寒窑门上有对联曰：

> 十八年古井无波，为从来烈妇贞媛，别开生面；
>
> 千余岁寒窑向日，看此处曲江流水，想见冰心。

瞎腔里有《诸葛亮吊孝》《秦雪梅吊孝》，有《秦香莲》，在空旷的野地搭起的戏台上，那凄凉悲怆，在万头攒动的荒野里真是惊天动地，无论是台上的戏子还是台下的父老，都是捧着一颗心，窝着两眼泪。

这悲凉，也能滋润寡淡的岁月啊。这是一种补偿，是给透不过气的人生透透气，那戏台上的锣鼓家什一响，再喧嚣的戏台子底下的人，也精神一凛，马上肃然。有青衣、有须生、有老生、有花旦、有老旦、有小丑，涂抹油彩，戴好髯口，扎好了背靠，在弦管箫笛里粉墨登场。

我父亲年轻时做面饭生意，逢庙会必去，那庙会其实就是搭起戏台，十里八乡的人挤一挤，就是图的热闹。

我小时，也喜欢这种热闹，记得一个春天，黄沙漫漫，一个戏台搭在沙河的滩上，远处的桃花梨花，也像是不再绚烂。

那连续五天，先是秦香莲，后是水漫金山、诸葛亮吊孝。“香莲珠泪淋漓，世美夫汝可知机。汝可忆，为妻送汝上京时，长亭话别泪满腮。汝嘱我，双亲年迈勤奉侍，儿女年幼喻之理。我嘱汝，有官无官当闲事，早报归期回乡里。只望一家得团圆，何妨吃苦度日子。谁料汝，一去三年音信绝，千山万水隔夫妻。不幸天旱遭荒年，爹娘双双被饿死。没有钱银理丧事，逼得我，买芦席要剪青丝。”《秦香莲》是苦情戏，最适合瞎腔。

幕布拉开，秦香莲侧身上场，踉踉跄跄到了台中，水袖半掩，腮含珠泪，只那一声“香莲珠泪淋漓，世美夫汝可知机”，台下的人就有的开始咬牙，人们像是正义附体，但等陈世美上台，就冲到台上，去扇他的耳光。

也就是那一次，我记住了扮演陈世美的演员，我觉得这是一个坏人，于是就私下准备了一包石灰，等到第二天他上台时，就照着他的头脸掷过去，好伸张正义。

第二晚，是《水漫金山》，扮演陈世美的人这次扮演的是法海。他刚一上场，我就把石灰扔了过去。那包石灰砸在法海的鼻子上，腾地石灰飞腾，一片烟雾。

只听法海大喊一声："我的眼。"法海被石灰包围。

台下一下子炸锅了，我刚想跑，但不知怎的，只觉头一蒙，就被人扔到了台上。

戏无法演下去了。下面喊："换一出。换一出。"

法海揉着眼下去，我也被拎到后台，知道自己闯祸了，要杀要剐随便吧。但我觉得自己的头忽然被一只手罩住了，我仰起一看，是卸了妆的法海，他的眼红红的。

"孩子，谢谢你，不要怕。"

我惊呆了，法海竟然谢我？是的，这个法海已经成了一个普通人，和蔼，面善。

"伶人代古人语，代古人笑，代古人愤。伶人登台肖古人，下台还伶人"，一个人能到了扮演的角色能让人愤，让人笑，让人哭，这是一种境界。在一方舞台上，扮关公就是关公，扮曹操就是曹操，要演出忠义，要演出奸诈。

舞台是人世，是真的人世，也有艳阳也有波涛，有稼穑耕作，也有歉年灾荒。我们古人发明了戏曲，是为这无涯的人世寻找一种替代，让人们审视自己，采取间离；但有的演得忘情，人们看得忘情，就消泯了距离和界限。不知是局中人还是世间人。于是演员自己就亲征了历史和事实，于是观众就参与了，都是演员，都不是演员。

往戏台上掷石灰，早过去了。而我们镇上的戏园子也拆了，姐姐说："你再回来，就没有戏园子了。"

也是童年的冬天，有雪，我们几个小伙伴在戏园子的戏台上玩耍，其中的三羔子因为和我争执，他突然打我一拳，就奔下戏台。

我开始在后面追，因穿着农村的大腰棉裤，笨重，跑不开。在雪地里，我看三羔子越来越远，我突然把棉裤脱下，赤着身子光着屁股追起来。

我在雪地里跑了起来，这时三羔子回头傻了，他呆住了。

“哇”的一声大哭，吓得不敢再跑。

我十分怀念这个有记忆的戏园子，有时回家，我曾多次在旁边经过，也在想再进去看看，但觉得时间还长，机会还有。

但我家乡的戏园子消失了，我只能久久地想象着童年的夜里的戏园子。那些孩子偷偷地用纸造假票，为的是混进戏园子。

然而家乡的戏园子不再，然而在这个夏天，我家乡的盲眼人却让我再一次在南国听到了瞎腔。我不知道世间还有多少人会唱瞎腔。现在的戏子早已改行唱流行歌曲了，在喜宴上，在丧礼上，也有的唱上一段《卷席筒》，但接着就是《再也不能这样活》，或者是一曲《天路》。

送走了一代代的瞎腔艺人，瞎腔最终难免会成为绝响。

啊啊啊啊，咦咦咦咦，苦啊。在乡间，还会有这样的形式吗？唯有在夜间，我躺在床上自己开始扮演那瞎腔的一招一式，就这样入梦了。但每次醒来，我都觉得瞎腔远了，远了。远的只剩下《千钟禄》里的唱词：“收拾起大地山河一担装，四大皆空相。历尽了渺渺程途，漠漠平林，叠叠高山，滚滚长江。但见那寒云惨雾和愁织，受不尽苦雨凄风带怨长。雄城壮，看江山无恙，谁识我一瓢一笠到襄阳？”

你是我兄弟

一直想写一篇文章：你是我兄弟，叙写凡·高和他的弟弟提奥。凡·高一生经济困窘，无论画笔颜料，无论衣物饔食，时常阙如，只有靠提奥接济，方可勉强度日。弟弟是凡·高一生中最大的也是最坚定的支持者与崇拜者，他知凡·高，他懂哥哥。提奥是凡·高精神的盾牌，没有提奥就没有凡·高，没有提奥就没有伟大的凡·高艺术。人们认为，包括凡·高自己也在信中说，弟弟提奥是他的至亲、知音和支柱。

在法国奥维尔麦田，凡·高创作了生前的最后一幅作品《麦田上空的鸦群》。

也正是在这块麦田里，凡·高朝自己的胸口开了一枪，但他并没有立刻死去，而是挣扎着回到了小旅馆。两天后，凡·高死在弟弟提奥的怀中。在他生命的最后，他对提奥说了最后一句话：悲伤永无止境。

在凡·高去世六个月后，提奥也追随他的兄长去了。

凡·高和他的弟弟提奥是血亲，但，在血缘之上，还有一种你是我兄弟的那种不求报偿、人我两忘的世界，是更加地珍罕，更加地令人神往。

多年前，我在大学的讲台上，为同学讲解《管晏列传》，总想到凡·高和提奥。

《管晏列传》中管仲和鲍叔牙的友情叙写，使我心动，我在参与数个版本的《大学语文》的编写时，放弃荆轲与高渐离，放弃垓下之围，放弃鸿门宴，而力主把这段罕见的友情传播给当下。

也许在历史的缝隙，在人生的各个阶段，看到了太多的背叛和伤害，血缘的亲情的，同一阵营的，敌对营垒的，男女私情的，告发告密与卧底，踩着别人的尸骨和鲜血的腾达。兄弟反目连鲁迅也不能避免，手足相残连李世民也心狠手辣。

所以，我很珍惜这样的历史瞬间，管仲和鲍叔牙。这是一个荒寒的时代，各种利益如菌种充斥四周，看不见避不掉，有时脓血一样溃疡，有时又潜伏暗处。春秋战国这段时期，是我们中国人的价值体系、道德观念得以成型的一个重要基因期。我们的先人种下了种种的因，才有今天种种的果。

每当我在讲台上讲《管晏列传》的管仲和鲍叔牙，慷慨处激愤处击节处曾多次因学生侧目，我报以：识我者，谓我心忧，不识者，谓我何求。

同学则答：此何人哉？

整个课堂哄然大笑。

二

在这个把“兄弟”当作修饰和冠冕的世间，“兄弟”是一蒙尘的词。所谓的杀熟，所谓的落井下石，所谓的兄弟妻不客气。

戊戌年二月的早晨，在济南历城鲍山寻找鲍叔牙墓的时候，我对朋友王展说，男人间的友谊是个黑洞，内在可阐释的东西太多，里面有利用，有依附，有洗脑，大哥就像一个精神符号，叫小弟死，小弟就死，比如宋江和李逵。李逵对宋江的驯顺、忠心与依赖正可看作狗与主子的关系宋江是枭雄，他看李逵可造就，就舍得在李逵身上投资，既花银子，也花时间和感情，李逵初见宋江，宋江又是送银子，又是带李逵喝酒，对他那鲁莽的行事一味微笑着任从，你说需要银子还债，便给你银子还债，你说小盏吃酒不过瘾，便吩咐酒保专给你换大碗，看你吃鱼吃不饱，又专为你要了两斤肉，临别还送了五十两一锭大银，宋江这样的感情投资就如驯熟一条狗，养狗还要骨头，还要耐心，等养熟了，那狗就忠心在骨，宋江因题反诗入狱，戴宗因受知府差遣进京需离开一段时日，李逵怕贪酒误了宋江饭食便“真个不吃酒，早晚只在牢里服侍，寸步不离”，这样的形态与忠实的狗子何其相似乃尔。狗是主人的宠物，主人与狗难免也产生感情，宋江说“他与我身上情分最重”，而狗呢，主人是由生杀大权的，于是李逵说“我梦里也不敢骂他，他要杀我时，便由他杀了吧”。

宋江带数人元夜上东京时，曾对李师师戏称李逵是“家生的孩儿小李”，难道这种戏称可移用到武松、鲁智深身上乎？李逵在宋江眼里不是家奴不是狗子又是什么？

在乡间生活时，那些乡间的草台班子多半演桃园结义刘关张兄弟的情义，老父亲常讲的也是关二爷在曹营时时想着大哥。当关羽辞别曹营，曹操追赶关羽的时候，我们老家的那唱词真是乡土味十足，令人发噱，更衬出刘关张的兄弟情分。

曹孟德在马上一声大叫：

关二弟听我说你且慢逃。
在许都我待你哪点儿不好，
顿顿饭包饺子又炸油条。
你曹大嫂亲自下厨烧锅燎灶，
大冷天只忙得热汗不消。
白面馍夹腊肉你吃腻了，

又给你蒸一锅马齿苋包。

搬蒜臼还把蒜汁捣，

萝卜丝拌香油调了一瓢。

我对你一片心苍天可表，

有半点孬主意我是屌毛！

当老父亲模仿乡村版的曹操唱出这样朴野的文辞，我知道俗到极处的可爱来。

当然，所谓的兄弟之间的背叛利用的个案更多，史不绝书。由此，我们回头看鲍叔牙与管仲，在鲍山之晨，我想到，这海拔不过百米的鲍山，却是古代男人间友谊的高海拔，我们今天来寻找和凭吊的，是友谊宽阔，还未沦落背叛的时代。在鲍山的山脚下不远，在一个住宅小区的旁边，我们找到了鲍叔牙的墓。

一抔黄土，几棵柳树。

我想在那厚厚的黄土下，埋葬的不一定是鲍叔牙，他的尸骸早已融成了土色，而那地下埋着的是世间不在的那让人神往的友谊。

鲍叔牙墓坐南朝北，上下两层，第一层台阶东侧，立一石碑，上书“鲍叔牙墓”，第二层台阶中间，刻有双龙戏珠石雕，台阶上面用一青砖垒砌成的平台，平台正中一个大土丘，周围用半米高的青砖砌墙，这便是鲍叔牙墓。墓前石碑上刻“齐大夫鲍叔牙墓”，碑前有一石案，一对石狻猊分置左右。

当年桓公封此地予大夫鲍叔牙为食邑。鲍叔牙死后葬于此，得名“鲍山”。据《历城县志·山水考》载：“鲍山、鲍邑故城，在县东三十里处。”鲍叔牙就是以鲍邑得姓：鲍，这里是天下鲍氏的祖源。

我站在鲍叔牙墓前，从这里看鲍山，虽近在咫尺，但被小区的楼房遮蔽，我想起曾巩曾有《鲍山》诗云："云中一点鲍山青，东望能令两眼明。若道人心是矛戟，山前哪得叔牙城。"

自神宗熙宁四年（1071）六月至熙宁六年（1073）六月，曾巩曾因知齐州军州事而在济南宦居两年，但山东人是不好治理的。"野有群行之盗，里多武断之家"（《襄州谢到任表》），"俗悍，喜攻劫，豪宗大姓多挠法"（《元丰类稿》附录《墓志》）。曾巩到任后，"无忘夙夜，勉尽疲驽"，他那时到鲍山，是否想到手下能有鲍叔牙和管仲二人助自己一臂之力。

杜甫曾到济南，不知是否到过鲍山，但他写下了"翻手为云覆手雨，纷纷轻薄何须数。君不见管鲍贫时交，此道今人弃如土"。杜甫的感慨是对的，也许是饱经风霜太多，遍尝世态炎凉，人情冷暖经历太多，才有这愤世嫉俗的词句？在杜甫的时代，它就很少见到贫贱之交了。

毫无疑问，今天的人交往是计算利益成本的，讲究投资回报率，大多精致的利己主义者，他们计算精妙，滴水不漏，对贫贱的人疾言厉色如无尾恶狗，对权势者如逐臭的去势的宦竖，他们也有兄弟，但他们翻脸比翻书还快。

因这，我觉得，历史深处应该有鲍山，有鲍山的位置，因它，管鲍之交有了活的例证。

二

我一直认为，因为鲍叔牙这样的民族精神资源的稀少，所以千年来，鲍叔牙的故事才这样被我们的民族反复记忆。

到了近世，人们信了这句话：没有永远的朋友，只有永远的利益。这是丛林法则，但这不是放到哪里都可以行得通的。追求利益是人的本能，但人与人之间不仅仅只是利益，不仅仅只是交换，如果只有利益，你是无法获得真心的朋友，你能找的，只是米面和猪狗，当利益利诱的时候，他会背后捅刀，我们明白，利益之上，还有道义。

有一种美就是一种当世界都抛弃你的时候，它还站在你的身后，这种美知道人性的弱点，但包容它，知道人性的自私，但认可它。

当世界都背叛了你，陷害了你，兄弟我还站在你的身边。

我要告诉世界，再相信他一次，再相信一下人世还以多种的可能未穷尽，我们看鲍叔牙如何对待管仲就明白。

管仲曰："吾始困时，尝与鲍叔贾，分财利多自与，鲍叔不以我为贪，知我贫也。吾尝为鲍叔谋事而更穷困，鲍叔不以我为愚，知时有利不利也。吾尝三仕三见逐于君，鲍叔不以我为不肖，知我不遭时也。吾尝三战三走，鲍叔不以我怯，知我有老母也。公子纠败，召忽死之，吾幽囚受辱，鲍叔不以我为无耻，知我不羞小节而耻功名不显于天下也。生我者父母，知我者鲍子也。"

我们知道，鲍叔牙管仲两人合伙做生意，管仲多取利润，鲍叔牙说："他不是贪心，是因为他家穷。"管仲三次做官都给人辞了。鲍叔牙说："他不是不长进，是他一时运气不好。"管仲打三次仗，每次都败亡逃走，鲍叔牙说："不要骂他胆小鬼，他是因为家有老母。"

张晓风有个观点，是因了鲍叔牙对管仲的期许，是鲍叔牙永远站在管仲的背后，给世人解释说：再给他一次机会，他是圣人，管仲只好自肃自策，把自己真的变成圣人。

我信服张晓风的如此说法，给世人一个解释，让我们就可以义无反顾地拥抱这个荒凉的世界。

历史深处有一双期许的眼睛，这眼睛就是力量的源泉。

我们知道，鲍叔牙和管仲曾分属两个不同的利益阵营，齐襄公在位时，邦国无道，随意诛杀朝臣百姓，人人自危，大家纷纷外逃。公子纠由管仲、召忽二人辅佐逃往鲁国；公子小白则由鲍叔牙辅佐逃往莒国。公元前686年，齐国内乱，襄公被杀，国内无君。

逃往国外的公子纠和小白都率兵回国争位。

不是冤家不聚头，两方相遇格外眼红，管仲一箭射中小白身上的铜制衣带钩，小白趁势诈死，骗过了管仲，麻痹了鲁军，而悄悄兼程直入临淄，得到高傒等重臣的拥戴，得立为国君，是为齐桓公。

《国语》记载鲍叔牙帮助齐桓公求管仲的故事：

> 桓公自莒反于齐，使鲍叔为宰，辞曰："臣，君之庸臣也。君加惠于臣，使不冻馁，则是君之赐也。若必治国家者，则非臣之所能也。若必治国家者，则其管夷吾乎。臣之所不若夷吾者五：宽惠柔民，弗若也；治国家不失其柄，弗若也；忠信可结于百姓，弗若也，制礼义可法于四方，弗若也；执包鼓立于军门，使百姓皆加勇焉，弗若也。桓公曰："夫管夷吾射寡人中钩，是以滨于死。"鲍叔对曰："夫为其君动也。君若宥而反之，夫犹是也。"桓公曰："若何？"鲍子对曰："请诸鲁。"桓公曰："施伯，鲁君之谋臣也，夫知吾将用之，必不予我矣。若之何？"鲍子对曰："使人请诸鲁，曰：'寡君有不令之臣在君之国，欲以戮之于群臣，故请之。'则予我矣。"桓公使请诸鲁，如鲍叔之言。

意思是说：齐桓公从莒国回到齐国当了国君后，就任命鲍叔牙当太宰，鲍叔牙谢绝说："我，是国君的一个平庸的臣子，您给予我恩惠，不叫我挨冻受饿，就是国君对臣子的恩赐了。如果一定要治理国家，那不是我所能做到的；如果一定要治理国家，那大概就只有管夷吾了。我比不上管夷吾的地方有五点：宽厚仁慈，使人民感恩，我不如他；治理国家不违背它的准则，我不如他；用忠诚信义结交人民，我不如他；制定礼法道德规范成为全国人民的行为准则，我不如他；两军交战在营门前击鼓助威，使人民勇气倍增，我不如他。”桓公说：“那个管夷吾用箭射中我的衣带钩，因此我差点丧命。”鲍叔牙解释说：“管夷吾是为他的君主而行动；您如果宽恕他的罪过让他回到齐国，他也会像这样的。”齐桓公问：“那怎么办？”鲍叔牙回答说：“到鲁国去邀请他。”齐桓公说：“施伯，是鲁君有智谋的大臣，他知道我要任用管仲，一定不会给我，那可怎么办呢？”鲍叔牙说：“派人向鲁国请求，就说：‘我们国君有个不好的臣子在贵国，想要将他在群臣面前处死，所以请求贵国。’那么就会给我们了。”齐桓公就派使臣向鲁国请求，按着鲍叔牙说的做。

其实，桓公要杀管仲，要报那一箭之仇。鲍叔牙劝说：“臣幸运地跟从了君上，君上现在成为了国君。如果君上只想治理齐国，那么有叔牙和高傒就够了。如果君上想成就天下霸业，那么非管仲不可。管仲到哪个国家，哪个国家就能强盛，不可以失去他。”

桓公听从他的建议，假装要杀仇人，把管仲接到齐国。桓公和管仲谈论霸王之术，大喜过望，以其为大夫，委以政事。

后来齐桓公依靠管仲、任用管仲，对内改革弊政，致力于富国强兵；对外“尊王攘夷”，树立了威严和信誉。桓公、管仲抑强扶弱，存亡国，继绝世，九合诸侯一匡天下。

以至孔子在《论语·宪问》中对桓管霸业这样评价：“微管仲，吾其被发左衽矣。”

鲍叔牙对待管仲可说肝脑涂地，一而再，再而三，为友朋着想，而管仲在病逝前与齐桓公推荐宰相人选的时候，却没有推荐鲍叔牙，鲍叔牙不以为忤，它知道管仲是以国是为上，并不是以私情为上。

《史记》记管仲论相：管仲晚年病，齐桓公赶去看他，仲父，你不能死呀，你死了，我可怎么办？群臣之中，究竟有谁可以接替您的相位？仲父务必推荐一个合适的人。

管仲已经有气无力，只缓缓说了五个字："知臣莫如君。"

齐桓公想了想，问道："仲父，你看易牙这人怎样？我曾开玩笑说没吃过人肉，他马上就把儿子杀了让我尝鲜。这么忠心的人，天下少有。"

管仲摇头："此人不行。爱自己的儿子，是人之常情，他居然不惜杀子来迎合国君，连自己的儿子都不爱，又怎么会真的忠心于你！"

桓公又问："卫开方这个人怎样？为了追随我，他连自己可以继承的君位都放弃了。"

管仲摇头："他抛弃了自己的双亲来迎合国君，父母死了也不回去奔丧，这样的人，才真正可怕。"

桓公又问："那，竖貂这人怎样？为了来侍奉我，他竟然把自己给阉了。"

管仲还是摇头："阉割自己，来迎合国君，这还是人吗？"

这是《史记》上的记载，管仲否决了齐桓公身边最亲近的三个小人，他没有向齐桓公推荐鲍叔牙来接替他的位置。比《史记》更早的《吕氏春秋》上面也有一段"管仲论相"。

管仲重病，将不久于人世，齐桓公亲往问之，执其手曰："仲父，万一您有个三长两短，寡人将把国家托付给谁？"

管仲缓缓问道："那您打算用谁呢？"

齐桓公说："鲍叔牙，您看行吗？"

管仲回答说："不行。我最了解鲍叔牙了。鲍叔牙这个人，清白廉正，看待不如自己的人，不屑与之为伍，偶一闻知别人的过失，便终生不忘。若是不得已的话，我看那个隰朋大概还行吧。”

管仲是鲍叔牙全力举荐的，可以说，没有鲍叔牙就没有管仲。

但在管仲得势之后，甚至到他临死的时候，还在说鲍叔牙这个人不行。

鲍叔牙是最知管仲的。管仲以前做对不起鲍叔牙的事，鲍叔牙不计较，因为他知道他是怎样的一个人；现在，他不举荐鲍叔牙，鲍叔牙同样也能理解，也不计较。

我们为这种超越一般世俗意义的友情而感动，无疑，管仲是巨人，但没有鲍叔牙的大度和精神的包容，很难说他能无所凭依地成为我们民族令孔子和诸葛亮敬仰的人物。一个巨人的成长，有很多的条件，他自身只是一种，他还要凭借他周边的人的理解、包容、推举、尊敬，在这些人的温暖中，他前行，如果没有这些可以凭依的东西，那么再强大的生命也难免夭亡。春秋时代，我们的民族是健康的，出了那么多星汉灿烂的人物，而到了现在，就如郁达夫所议论的那样，一个没有英雄的民族是不幸的，一个有英雄却不知敬重爱惜的民族是不可救药的，有了伟大的人物，而不知拥护、爱戴、崇仰的国家，是没有希望的奴隶之邦。

三

我把鲍叔牙的精神看成立着的鲍山，站着的鲍山，层石磊磊，筋骨勃然。是它定义着友谊的边界就是无远弗届，这是令人敬仰的高度。

后来，这种友谊被义气、两肋插刀、肝胆相照、生死与共、不弃不离等所诠释，形成了一种独特的江湖文化，直到今天还或现或隐地影响着我们的行为。

鲍叔牙管仲死后四百年有荆轲高渐离，死后两千年有顾贞观吴兆骞。

大家都熟知《刺客列传》上的记载荆轲刺秦的故事，我独看中的是易水送别，是高渐离和荆轲的送别，不是燕太子丹和荆轲的争执，那种逼人送死和督战的投入要求的回报的行为，就是一种可耻的利益的返本。

风萧萧兮易水寒，壮士一去兮不复还。那天荆轲和高渐离在易水之畔的悲壮唱和，那是怎样的一种兄弟的诀别？苍凉。悲壮。慷慨。我想现在怎样探索内在的密码。那是一种兄弟告别，也是一种激励，是一种誓言，也是一种悲壮的告别，挥手自此去。

无疑，秦的国家机器是高耸的城墙，而荆轲高渐离们是鸡蛋，但鸡蛋却作为弱小者和正义者向不义的城墙撞击。

鸡蛋碎了，但鸡蛋的意义被历史肯定，后世，一代代的鸡蛋向城墙撞击，最终城墙倒塌。

荆轲死了，而在高渐离把灌铅的筑向秦王发起再次的攻击的时候，我感受到了兄弟的嘱托，兄弟的血不能白流，即使流，也有要流到一块，流到历史的高处凝结。

荆轲死后，高渐离更名改姓给人家当酒保，有次他听到主人堂上有客人击筑，他走来走去不肯离开，高渐离说："那筑的声调有好的地方，也有不好的地方。"侍候的人把高渐离的话告诉主人说："那个庸工懂得音乐，私下说是道非的。"家主人叫高渐离到堂前击筑，满座宾客都说他筑击得好，赏给他酒喝。高渐离退下堂，把自己的筑和衣裳从行装匣子里拿出，改装整容来到堂前击筑唱歌，宾客们听了，没有不被感动得流着泪而离去的。这消息被秦皇听到。秦始皇召令进见，有认识他的人就说："这是高渐离。"秦始皇怜惜他擅长击筑，就赦免了他的死罪，但熏瞎了他的眼睛，让他阶下演奏以供取乐。谁知暗地里高渐离在筑中灌铅，把乐器变成了兵器，在荆轲之后，在击筑时靠近秦王，因为自己目盲而凭感觉向近处的秦王实施了第二次攻击。

我被高渐离熏瞎眼睛的隐忍所感动，他的刺秦王与燕国无关，与太子丹无关，这是“士为知己者死，女为悦己者容，他这是对自己兄弟荆轲的一种精神的呼应。面对强权，弱小的鸡蛋再次起来，以粉身碎骨扑向了强权。这是一种早知结局的悲壮，是历史中友情的大概率，但却是成功的小概率事件。

我们要深深地铭记这样的时刻，使历史战栗的时刻。

我们再叙述两千年后的又一个兄弟的情谊。清词里人们常吟诵的是纳兰性德，我在2000年居住北京阜成门外地下室的时候，曾把纳兰性德和顾贞观的词对看，来抵抗那冬夜的寂寞与寒冷，当时就下了它们两人填写的《金缕曲》，后来也曾用这个词牌多次做词。

纳兰性德《金缕曲·赠梁汾》曰：“德也狂生耳。偶然间、缁尘京国，乌衣门第。有酒惟浇赵州土，谁会成生此意？不信道、遂成知己。青眼高歌俱未老，向尊前、拭尽英雄泪。君不见，月如水。共君此夜须沉醉。且由他、蛾眉谣诼，古今同忌。身世悠悠何足问，冷笑置之而已。寻思起、从头翻悔。一日心期千劫在，后身缘、恐结他生里。然诺重，君须记。”这首词是纳兰初识顾贞观时的酬赠之作，也是纳兰词中熠熠生辉的一首绝唱，当看到满城“人生若只如初见”烂大街的时候，我心想，把纳兰看小了，他更有深沉的质地，慈悲的爱意。

梁汾，就是顾贞观的别号，清初著名的诗人，他一生郁郁不得志，早年担任秘书省典籍，因受人轻视排挤，愤而离职。顾贞观是在四十岁时，才认识纳兰性德的，他说：“岁丙午，容若二十有二，乃一见即恨识余之晚。”那时，顾贞观又一次上京，经人介绍，当了纳兰性德的家庭教师，两人相见恨晚，成为忘年之交。

纳兰性德与顾贞观心心相印。据顾贞观说，是顾贞观的好友吴兆骞被诬流放，纳兰性德看了顾给吴的两首《金缕曲》，异常感动，决心参与营救吴兆骞，并且给顾贞观写了这首披肝沥胆的诗篇。

我们看顾贞观的那让纳兰性德的《金缕曲词二首》

寄吴汉槎宁古塔，以词代书，丙辰冬寓京师千佛寺，冰雪中作

季子平安否？便归来，平生万事，那堪回首！行路悠悠谁慰藉，母老家贫子幼。记不起，从前杯酒。魑魅搏人应见惯，总输他，覆雨翻云手，冰与雪，周旋久。

泪痕莫滴牛衣透，数天涯，依然骨肉，几家能够？比似红颜多命薄，更不如今还有。只绝塞，苦寒难受。廿载包胥承一诺，盼乌头马角终相救。置此札，君怀袖。

我亦飘零久！十年来，深恩负尽，死生师友。宿昔齐名非忝窃，只看杜陵消瘦，曾不减，夜郎僝僽，薄命长辞知己别，问人生到此凄凉否？千万恨，为君剖。

兄生辛未吾丁丑，共此时，冰霜摧折，早衰蒲柳。诗赋从今须少作，留取心魄相守。但愿得，河清人寿！归日急翻行戍稿，把空名料理传身后。言不尽，观顿首。

这以书信格式入词的《金缕曲》，是清词里的名作，康熙十五年（1676），岁在丙辰冬日，京师一派大雪。北京千佛寺庭院天寒地冻，客居在此的顾贞观望着窗外天地一白，想起了流放在荒寒千里宁古塔的好友

吴兆骞。不禁悲从中来，遂匆匆冰砚下写词两阕。

纳兰后来读了这两阕词，不由泣下如雨。于是，顾贞观就托付纳兰帮助营救吴兆骞，纳兰慷慨答应："兄的词作足以和李陵赠苏武的诗，向秀缅怀嵇康、吕安的赋鼎足而三。你所托的事，我一定在十年内办成。"

但顾贞观坚持"人寿几何？请以五载为期"，因为那时吴兆骞已经在宁古塔流放了十八年之久。

吴兆骞生于苏州世家，从小随父游，有隽才，傲岸自负。他曾对汪琬说："江东无我，卿当独步。"

他常把同窗的帽子拿来当溺器，老师责问，他辩解道："戴在那些俗人脑壳上，何如拿来装尿。"老师侧目："此子异时必有盛名，然当不免于祸。"江南乡试作弊案发，严惩涉案官员后，顺治帝还在中南海瀛台亲自复试该科江南中试举子。恃才清高的吴兆骞依然不改桀骜不驯的品性，声称："焉有吴兆骞而以举人行贿乎？"于是交白卷，表白自己考试根本不需要靠行贿作弊。事后经礼部、刑部查实，吴兆骞确实没有行贿作弊，但他还是为在顺治帝面前的特立独行付出了惨重代价：流放宁古塔！

多年以后，在宁古塔出生并长大的吴兆骞的儿子吴桭臣在回忆录中写到宁古塔："其地寒苦。自春初至三月终，日夜大风，如雷鸣电激，尘埃蔽天，咫尺皆迷。七月中，有白鹅飞下，便不能复飞起。不数日即有浓霜。八月中，即下大雪。九月中，河尽冻。十月地裂盈尺，雪才到地，即成坚冰，虽白日照灼不消。初至者必三袭裘，久居即重裘御寒也。至三月终，冻始解，草木尚未萌芽。"

顾贞观因吴兆骞流放宁古塔，曾立下"必归季子"的誓言。但这个案件是顺治钦定，康熙无昭雪之意。顾贞观多年奔走无果。直到康熙十五年，纳兰介入，才有转机，经纳兰父子营救，1681年，朝廷同意吴兆骞以认修工程的名义自赎。十一月，吴兆骞在流放宁古塔23年后，终于活着重入山海关。出关时，他还是风华正茂的青年，入关时已是头发皤然的老者。

吴兆骞能从宁古塔活着回，顾贞观功莫大焉。从某种意义上讲，是《金缕曲》改变了一个流放者的余生。

然而，令顾贞观痛心的是，归来的吴兆骞，委顿了，身上再也没有了昔日的那股傲岸自负、锋芒毕露，而是多了小心，多了暮气，多了落寞。吴兆骞归来后的情状，在他死后，他的妹夫为他写的墓志铭里曾这样描述：“初，汉槎为人性简傲，不谐于俗，以故乡里嫉之者众；及漂流困厄于绝塞者垂二十余年，一旦受朋友脱骖之赠，头白还乡，其感恩流涕固无待言，而投身厕足之所，尤甚潦倒，不自修饰。君子于是叹其遇之穷，而亦痛其志之可悲也已。”

岁月弄人。造化弄人。命运弄人。吴兆骞还是吴兆骞，吴兆骞已不是吴兆骞，顾贞观在《金缕曲》词作中曾经设问：“问人生至此凄凉否？”

这本来是一种慰藉，但看到归来后丢失魂魄的吴兆骞，人们难免追问“性情简傲，不拘礼法，狂放腾越，四座倾动”的吴兆骞哪去了？二十余年流戍那种伤害，是无形的，也是有形的，那种对心灵和肉体的塑造和改造，令人悲伤不已。

更有一事说，《蕙风词话》卷五有“梁汾营救汉槎事”：“梁汾营救汉槎事，词家记载綦详。惟《梁溪诗钞》小传注：兆骞既入关，过纳兰成德所，见斋壁大书：‘顾梁汾为吴汉槎屈膝处’，不禁大恸云云，此说他书未载。”

关于这事，我是不信的，“顾梁汾为吴汉槎屈膝处”照直了说，这就是要求施恩图报，我想这是侮辱了顾贞观，也侮辱了纳兰，这种世俗的市场法则与超越的友谊是侮辱，不是并存，更非兼容。

康熙二十三年（1684），享年仅五十有三的吴兆骞，到了谢幕的时候了！

临殁语其子曰："吾欲与汝射雉白山之麓，钓尺鲤松花江，挈归供膳，付汝母作羹，以佐晚餐，岂可得耶？"他留恋的竟不是顾贞观费尽心力为他争取而来的结束流戍后的自由，而是自由流产了，我不禁为顾贞观流泪了。

一年后，康熙二十四年（1685），纳兰性德英年早逝。

三十年后，康熙五十三年（1714），顾贞观辞世于故里。

但，友情是过程不计结果的，我们需要这样的友情和品性，我们不能把不计后果只为承诺的精神丢尽，我们需要这种美的精神的传承。

那天早晨，我在鲍叔牙墓前折了几枝发青的柳枝，放在他的墓前，我知道，我们现在其实在内心比什么时候都需要一种包容的精神，兄弟的社会的，只有有了好兄弟才有好社会，只有有了好社会，才有好兄弟，我们需要那种熏染，那种来自历史深处的精神。

友情只有在艰难世事的洗涤中才有钻石的质地，那友情需要淬火，需要经历。春天的鲍山，下面是晨练的人们，一切都是那么地平和，但他们看到我和王展穿过他们跳舞的队列，异样地打量着我们这不速之客，他们不知我们的寻找，在这片土地上，在鲍叔牙生于斯葬于斯的土地上，那种友谊还在吗，基因还在而不是变异吧？

鲍叔牙墓前，我折下的柳枝，算是对一种别样友谊的祭奠。作为水浒故乡人，我想到《水浒传》母大虫顾大嫂为救解珍解宝，身藏贴肉尖刀，扮做送饭的妇人，只身进入狱中，等孙立来到监牢门口敲门，她便抽出尖刀，大叫一声："我的兄弟在哪里？"叫得亲热，喊得威猛，当我每每读到"我的兄弟在哪里？"时眼眶总是湿的。我知道有一种美就是一种当你陷入危难的时候，它还站在你的身后，这种美知道人性的弱点但包容它，知道人性的自私，但认可它。当你陷入危难，甚至受人加害的时候，还有一个人站起来热热地说，"兄弟。我还站在你身边！"

遍地都是棉花

一

新疆农历九月末的秋夜擦黑，正是内地的夜半，那气温，直逼内地的冬夜，肃杀而寒冷。姐姐每天拾一百斤籽棉，走数十里的路，弯腰数万次，那些花柴的刺和棉桃如刃如刀锤把人撞碰得趺趺撞撞，拾花的时候，一个蛇皮编织袋挂在脖子里，或捆在腰上，先是一朵两朵，再是十朵百朵，三斤五斤，十斤八斤，中午大太阳下，在棉花地走不多远，就像囚在蒸锅里，到晚间，天气骤降，从脚到手，浑身没有热气，上下牙骨噔噔打架，有时坐在地头等来收棉花的拖拉机，冷得把手伸进棉花里。有时就到半夜，若是有月亮，那拾棉的秋夜，看到一个个来自山东、河南、安徽等的男男女女，一个个从地里鬼影一样出来，在拖拉机的昏黄车灯下，排着队，等过秤装车。

天气越来越冷，姐姐就和拖拉机司机说，帮他装车，这样，可以随着拉棉花的拖拉机回去，不用再等空拖拉机返程来拉拾棉的人。

交了棉花，姐姐就把编织袋披上，然后在棉花车上，掏个洞，把身子埋进棉花里去，一路颠簸，新疆的夜，好像特别长，路也特别长，永无尽头。有时，三哥给老家的子女打电话，家里的孩子在梦中惊醒，几点了？还打电话，在新疆拾棉的姐姐才吃完晚饭，而山东曹濮平原深处的生灵们已在沉沉的梦乡了。

有时姐姐在拖拉机的棉花上一躺，就迷迷糊糊睡着了。

到了住地，三哥喊一声："到了，凤莲。"两人才回来。

姐姐说新疆的天魔道，正午时，那太阳欺负人，你一看，那眼里像扎了钢针，泪流满面。

拾第一茬棉花的时候，正秋老虎发威，那温度近40度，手抓棉桃像攥着火球，汗水像小溪，天天喝上10多斤的水，嘴唇还是起泡。而到了太阳下去，天就打着滚地凉，把毛衣穿上再把棉袄都穿上，还感到风嗖嗖的吹脊梁骨，中午吃饭就半个小时时间，老板用摩托车把饭和水带到棉花地头。馒头随便吃，大家各自把自己带的碗拿出来盛冬瓜汤或炖土豆，有时那汤里也飘些肉片，只是象征而已，如池塘的浮萍，大家蹲在棉花棵里，一片喉咙响地吃，有的没筷子，就咔嚓咔嚓掩两根花柴，吃完饭，用棉花叶擦一下碗，或是喝点水，就算洗碗了，就算讲卫生了。

那些来自各地的拾棉人，住在一家院子的几间土屋子里，男人住堂屋和东屋，女人住西屋和南屋，一例的通铺。姐姐说，那气味，第一天住下，就想吐，到梦里还想抠喉咙吐出来。每天晚上，一屋子的人，身子一挨床铺，哎吆，爹呀，娘呀的乱嚎，有说腿断了腰折的，有说痛经的，有说累掉避孕环的，有说下油锅下地狱的。

姐姐第一次在新疆拾棉花，是在克拉玛依东数百里的地方，他们回来时，从奎屯坐火车，我问姐姐和三哥拾棉花的具体位置，他们都没记住那个镇子。拾棉花单调烦闷，想家了，男人想喝酒了，女人想逛街了，就是现代的词"抑郁"，于是吆喝着坐着拖拉机到奎屯找乐子，但姐姐和三哥一次也没出去闲逛过，他们知道，他们是来挣钱的，要带着钱回家给二儿子盖房子。

姐姐说，晚上，有传教的人，那也是拾棉花的，就到了住地的屋子里，那人说：“烦闷的时候主在身边。”

对信教，我们不太陌生，我们镇子晚清年间就在南街建有天主教堂，那尖尖的穹顶，好像是上帝的梯子。后来“文革”的时候，教堂扒掉，就有信教的神职人员一家三口落户到我们东街，住在与我们隔三户人家的胡同里，我喊那男的，有山羊胡还俗的人叫“宫大爷”。

只记得他家非常干净，连厨房积肥坑柴门都规规整整，散发着迥异农村的气氛，和别的一般家庭的院子隔开来。

拾棉传教的人，在通铺的被子上，给姐姐她们讲神的故事。

有人就问：“主能帮助俺拾棉花吧？”

那人会说：“你要祷告，祷告会有用的。”

要信主，主在你身边。

姐姐说那些传教人讲的都是劝人的话，姐姐说：“我心里也祷告，不信主也祷告。主，让我们多拾棉花，盖个房子；主，给我二儿子找个媳妇；主，给我二儿子找个工作。”

姐姐不信耶稣，姐姐信得很世俗，向主讨要东西，不是懒，不是投机，毋宁是一种愿望。就像逢年过节，有了好的吃食，我们这里也祷告神明和过世的爷爷奶奶父亲母亲，让他们保佑还活在世上，在世上苦熬的人们，我们这里叫向先人言语。

手里比画着，口里祷告着：天爷吃，灶爷吃，姑姑吃，爷爷吃，奶奶吃。

言语毕，祖宗神灵满意了，然后我们才开始吃饭。

拾棉花的棉花地在戈壁滩，姐姐说，那棉花地无边无沿。姐姐是拿老家作比的，她说一趟子棉花，能从咱家到咱爷爷坟上。我小时，曾随着姐姐到爷爷的坟头摘金针菜，走好长的时间，过沟过河，总有三四里的路途。

棉花地在沙漠的边缘戈壁滩，是方圆数万亩的棉花。每年的农历七月底，山东、河南、安徽等省的农民就到了。

那天半下午，快要收工，老板带着拖拉机到地头准备收拾花工摘的棉花。

只听老板喊："不好了。"

姐姐马上喊三哥："保财，你看。"不知啥时，天边突然涌上一大块又黑又黄的云，一下子遮住了天光，就那时，好像棉花地都迷瞪了。

接着好像听到了远处有风的啸叫。

老板呆了。

来自内地的拾棉人没见过这阵势，大家问："老板，是下雨吗？"

老板快要哭了。完了，完了。可能是冰雹。如果是冰雹，那一季的棉花就泡汤，投入的资金心血时间希望，都会被冰雹砸碎。

这极端的天气，新疆每年都会遇到，但不一定是在那片棉田，那一个人头上，对于整个收获季节，这种极端是万分之一，但对于遭受这冰雹的人，确实身家性命，血本无归。

这即将临头的棉花收获季节的冰雹，对棉田的老板的打击显然是命运的骤然变脸和不厚道，这时大家手足无措，整个的被命运摆布。

浑黄的风来了，黄中带黑的云把整个棉田和天幕都遮蔽了，哪里是人哪里是棉花地，哪里是拖拉机，好像天地噤声，没有鸟飞，没有虫鸣。只见远处的树木开始躬身，接着棉田的棉花依次弯腰。姐姐说，她当时有一种无法言说的恐惧，她抓住三哥的胳膊，三哥虽然当过兵，在外面几年，也没见过这阵势，脸上的表情一点也没有。

接着，姐姐喊了一声“保财”，大家一下子好像沉到了水底，跌进了暗夜。风一下子钻进喉咙、耳朵、鼻孔、眼睛、肠胃，最直接的感受就是像人扇耳光，啪啪地击打人的脸和耳朵。

风中，听到一声：“趴下，钻在棉花棵里，拽住棉花棵。”

那些棉花棵，也像末日一样，一下子贴着地皮倒下，那些棉桃，如核桃，如拳头，如鹅卵石，在半空中飞，在击打着人的身子、手臂、脊背和脑壳。

姐姐一手抓住棉花棵，一手抓住拾的棉花袋子，这两样东西她都死死地抓住，这是希望。而姐姐感到风能把人托举起来，只要手，一离开棉花棵，说不定会把人裹挟到天上。

接着，大家感到有东西密密麻麻地从天上抛下来。

“保财，是冰雹不？”

趴在棉花棵里的三哥，也感到了天空落下的东西，不像是冰雹，接着感到身上凉，身上湿，不知道是汗还是别的什么。

风和乌云缠斗着，只一会，就过去了。西边的天，好像是烧开了锅的炉膛，整个棉田，就像着了大火，那些棉花棵像镀金，老板的拖拉机像镶嵌了金边。

大家看老板。大家被老板的举动惊住了。

老板五体投地趴在棉田的地头，接着是额头重重地连连叩向大地。

老天啊，老天啊。

老板老泪纵横，接着，老板跳起来，站在拖拉机上，双手举起，像要拥抱，又像李尔王在旷野呼叫，像一尊青铜的雕像。

乌云和风只是打着滚在这棉田滚过，只是夹杂着铜钱大的几滴雨，那些怪物，翻着筋斗远去了，西边的天，这时由血红变得湛蓝，一碧如洗的天空，开始有了几颗星斗。

老板说："收工，今天喝酒。"

姐姐说，那天，老板把拾棉的人拉到一个镇子的饭馆里，让大家吃了炒菜，姐姐也喝了酒，三哥和老板连干三杯新疆的伊力特酒。

姐姐说，新疆的酒度数高，有一种别致味。

老板真是幸运极了，这场突袭的攻城掠寨的所谓的冰雹，只是虚张声势、外强中干，一粒冰雹也未落下，只是象征性地砸下了几滴雨，只是湿了棉花地，只是刮跑了一些拾取的棉花，几个人的鼻子被棉桃砸破。

姐姐说，早晨拾棉花最好，那时有露水，棉花压秤，每斤能多出一二两，就可多得一两毛钱。后来，拾棉的人发现，跪着拾棉，既快，也不用虾腰，先是单腿跪地，拾了半天就只能双腿跪地爬着拾了，一天天，匍匐在棉花地里，如蝼蚁如生灵。

姐姐非常喜欢棉花，姐姐说，她看到那些棉田里棉桃都咧开嘴，那口里像含着一只或卧或立的羊，姐不是诗人，是她对棉花的疼爱！

霜重伤骨，由露水到霜雪，姐姐都历经，有时明月中的棉花如白衣神站在地里！

土地是不会站起来迎合人的，它自有尊严，姐姐跪在那摘棉花，我觉得这应是和米勒的《拾穗者》比肩的造型，对大地的给予与温暖，人必须谦卑，把肉身贴近，让土地知道你的心意与朝圣。其实朝圣不一定去教堂与庙宇，土地上神性被我们遮住与盲视！

劳动的卑微和耻辱与诗人歌唱的劳动美学相距遥远，他们靠出卖劳动与尊严生活！我知道故乡土地上活就不是一件轻松的事，一张回家的车票，一次斗殴一次赌博，一次喝农药，故乡的乳房和子宫也满布病灶，回故乡，看儿时童伴，入狱的有枪毙的有，带着淋病和梅毒的有，有谁衣锦还乡？我回去看姐姐时，觉得自己是愧疚于土地与故乡，正如我写不出他们的生存，我只能是亏欠，我知道我的文字不会流泪，要是会流泪多好啊，那就能给故乡以慰藉！

虽然姐姐喜欢棉花，但钱是跪在地里一分一毫捡来的。暑假看姐姐，她说拾棉花就是刨钱。刨，这是方言，刨食，这是形容猪狗的词，透出的是生存的不易和人的卑微。

有钱，打死也不去！

但姐姐去了三次。村里很多年轻的女人，有去过十几次的。那些平原里的女人背着尿素蛇皮袋子改制的背包，从山东到新疆，火车要两天两夜，有时中途换车，晚点，就还要多付出几天的代价。第一次到新疆拾棉花，人说，拾棉花不要50岁以上的，姐姐和三哥就买了廉价的染发剂染了发，看上去，显得年轻，就给人谎报说，刚50。

刚去的时候，一摘棉花，那花柴的乱枝把手上弄得满是裂口子，时不时被棉花壳挂着钻心疼。到开始打霜了，每天早晨的那个霜花，冻得手指头都要断了。而到中午，这里的天真是逆天，会飚升到40度。

姐姐看到一个女人来例假了，裤子都红了。没带卫生纸，就用一把棉花塞住。

拾棉花是非常孤独的活，每天在棉花地，再加上来回路途，总共16个小时。人们天天干着这样重复的工作，无疑是劳役，于是，一些不安分的人，就会生出一些花事，拾棉花的有个女人，和当地的一个承包棉花田的老板相好，被人家女人堵在了屋里，打了一顿，并拍了视频，发到网上，那女人害羞得要上吊。

三哥说，第一次去新疆拾棉花，是从商丘坐的火车，到甘肃天水，然后倒车去乌鲁木齐，当时是农历八月份，正是天气炎热的时候，又是绿皮火车，没有空调，120人的车厢，至少有200人，整个车厢里，黑压压的都是拾棉的，厕所里、过道里、座位下躺的都是人，尿骚味，汗腥味，臭脚丫味，口臭的放屁的，东倒西歪，前仰后合，没有下脚的地儿。去趟厕所就像冬天在冰上过黄河，一步一个惊险，一脚一个担心，只能一点一点往前探，怕踩着谁的脚、手和人的肚子和头。一踩一叫，那就知道踩到地雷了，眼瞎啊，找死啊，不是叫就是骂。有人到不了厕所，就尿了裤裆。三哥说，行李架上，也会躺人，人急了，啥点子都会想。这龟孙还真会享受，一路上坐个卧铺。

车到天水不走了，因为晚点，前一趟换乘的车没赶上，大家坐在候车室，到了半夜，带队的找到当地道上混的人，每人收10块钱，下一趟车，没有票，都呼啸着挤上去，一下到乌鲁木齐。

新疆真远，你姐天天趴着窗户看，一会天明了，一会天黑了，啥时到头？

姐姐问，新疆这么远？不会把咱拉到外国卖了吧？

二

暑假，我去看望姐姐，离开故乡五年，自己像一个从故乡偷渡的人到了岭南，归零开始别样生活，姐姐常是在不经意处，从故乡闯进心底最深处，我曾见一个男人在珠海的街头走着走着哭起来，那汹涌的泪水，不知是为即将到来的夜幕而哭，或许只是想哭一场？我曾回家看过父母的坟，我们的身体何尝不是坟呢，埋藏着父母，埋藏着伯父、爷爷奶奶；人说炊烟飘到哪里都温暖，那炊烟是燃烧的心吗？炊烟的意象是最能泡软一个在外的人。

酒不敢喝了，刚戒时，浑身上不来劲；酒是粮食的魂，也是人的半拉命，你知道，咱爹半夜起来到集头用笤帚铁锨弄卫生，多冷的天，往胃里赶一碗酒，半晌的时候，再赶一碗酒，做活到半下午，身体撑到半下午都没事。我见到了姐姐，姐姐家正建房子，还未结束，正等水泥凝固，工人都回去忙自己地里的活，凌乱的院子，如战争过后。姐姐茶也不喝了，她的如暖瓶一样的大杯子里泡的是蒲公英。姐姐说，前年刚给二外甥盖了房子，样式和大儿子的一样，不偏不倚，但她的房子快要塌了，这不，县里包村的说给补贴，每户盖房补助一万五，我们就盖了。

但在我写文章的时候，姐姐盖房的补贴也没拿到，姐姐的丈夫三哥曾给我打电话，说准备打市长热线反映。

酒是我们家族的遗传，这基因传男也传女，我知道，酒是父亲的命，有时早晨喝，有时中午喝，有时晚上喝，有时走路喝，蹲下喝。人们说，父亲死了，可以装到酒瓮里，确实，父亲死时，当木匠扣棺材板时，我喊一声再等一下，我把两瓶酒放到父亲的棺木里。

姐姐因为小时候要照看我，就被剥夺了上学的权利，而做了一辈子农民，循四时春耘秋获。当有时见到姐姐用笔记下个电话号码的艰难，就让我心一紧而生戚戚焉。

在老家这土地上，好像我书读得好，写一些莫名的文字浪得虚誉的名声，被一些父老拱着仰望似的，这让我常羞愧不已，我是不敢轻视土地而在农民面前趾高气扬的，我如留在这土地上在田头劳作，不会比那些农民做得更好，也许会饥寒交迫，家徒四壁。我知道，在姐姐和农民面前，我和我的文字，也是要低头膜拜姐姐和农民这些土地上朴实的庙宇。

父母死后，好像故乡的脐带断了，但觉得还有姐姐在，这时地理的故乡又有了一种精神的意义。我离开故土到岭南，毋宁是寻觅精神的故乡，但这精神的故乡有时也是一种麻醉，怎样完成心灵的救赎，无论精神的故乡和地理的故乡，里尔克曾对罗丹的“孤零”体验何尝不让当下的我们感同身受，爱与亲情固然美好，但同时又令人恐惧。人在孤独中忍耐，人在孤独中长大，人在孤独中成熟。

也许，我们重提一个词：怀念。因为，作为一个经历世事的人，早已不再单纯，当下也不再单纯，因为“那些久已逝去的人们，依然存在于我们的生命里，作为我们的禀赋，作为我们命运的负担，作为循环着的血液，作为从时间的深处升发出来的姿态”。

是的，那些泥土，那些亲人，那些过往，哪怕那些过去的存在对于我们的现时的怀念是沉重，但怀念却使记忆复活，怀念能修补一些生活的表象，而让我们回到精神的世界。在日益浮躁亲情淡漠物质化的世界，一个人苦苦寻觅精神的故乡而怎样忍受世俗社会带来的心理重压呢？却有一味良药，在忍受孤独的同时，让怀念到来，怀念可丰富我们的精神的领地。

未来的飘忽虚幻，也造就了人对过去的怀念，怀念故乡的星夜和河渠，草垛与霜雪，就如你无法解释，你走近故乡，那种驴子的叫一样让你激动，这也许是唤醒了你记忆的基因，你也是这土地的一部分而已。没有过去就没有未来，能够给我们温慰和抱持怀抱的，只有怀念。

姐姐无法走出故乡，她就是囚在故乡，像是亲情的人质。我何尝不是故乡之囚徒，故乡对现在的我，是走不回也走不出，故乡不是单数而是复数，不是名词而是动词是代词和介词，不是泥土而是精神，不是精神而是母语，不是母语而是黑洞。

我见到了姐姐。姐姐去年在新疆拾棉花有点中风，未告诉我，这次姐姐说：“你看我的这个肩膀。”我这是第一次注意，姐姐的右肩比左肩要低几公分。

姐姐紧活赶活，早早地就担起了家庭的重担，哥哥上学当兵，我还小，母亲多病，姐姐就纺纱织布编草编拉地排车，在打面机坊打面，在轧棉花车踏花车，她干过的活总和别人不一样，好，且速度快。

割麦子时，正是端午前后。那是重活，也是与时间赛跑的过程，割完麦子要抢种玉米花生棉花或者红薯，再就是怕下雨，麦子会生芽发霉。

那时的太阳最毒，干热风一吹，就像火苗烧身，有一年，我曾随着姐姐提着镰刀下地。姐姐到了麦子地，弯下身子不再起来，镰刀唰唰在一条等高线上翻飞，就如木匠吊线一样齐，那些麦茬，都是紧贴着地皮，那时整个村子和土地都是烫人的，姐姐的那些麦茬，在太阳下那些白茬子，像涂了水银。

我随着姐姐割麦子，姐姐割两垄来回，我也割不了一垄，且我留在地里的麦茬，豁豁牙牙，如高低起伏的不平脾气，稍一不甚，就会戕着脚，无论人的还是牲口的，都会血流如注。

割麦子时，我直感到太阳强烈，把眼睛灼伤发蒙，眯起眼睛成一条缝，那镰刀在手上，如叛逆。

到了上午，姐姐把撂倒的麦子要捆成麦个子，那麦个子当中的腰子用一束麦子一扎，如细腰的小媳妇，麦穗头齐整整，一点也不毛糙，没有倒穗，也如好看的媳妇。

到了上午，我的嗓子到了极限，好像一根火柴，就能把我的嗓子点着，然后顺着肠子烧到脚踝，那麦地炙烤，好像要榨尽人的最后一滴汁水。

就是那一次，我忽然感到太阳是黑的了，然后就不知道后来发生什么。直到发现我躺在一个桥洞里，才知道，我中暑了。自小，姐姐看我喜欢读书，一般的农活是不指望我，知道我干，也会耽误事，我割麦子中暑，是我考上大学那年的事。

当时，姐姐已把车子装得像山一样。

姐姐干什么活，都不能落在人后，都不能叫别人说出什么，她干活，就是一门心思，平时也从不闲着，有个爱好，就是喝浓茶，干活后，有时就喝酒，这都遗传自父亲。

我没有和姐姐交流过关于活着或灵魂的话题，但姐姐是相信神鬼的，但不理解我所说的灵魂的话题，她只是活着，未出嫁时，为娘家，出嫁后，为孩子，只要是活着，就百折不挠，把活作为目的，把活得好一些作为目标，困苦时，忍耐着挣扎，也许和身边的猪羊没什么两样，只是在生活的夹缝间求生活。我不知道她在人生中是否有过出神或打盹。

但姐姐好赶集，这也许是她灵魂出神或打盹的时辰。

姐姐喝酒，是不输平原深处的任何男人的，姐姐一口，能把一茶杯的烈酒赶到喉咙里，但姐姐第一次在众人面前喝酒，那豪气是吓住人拼着命，让人刮目相看，知道了她性子的烈，比酒还有度数。

那是姐姐在轧花机坊踏轧花车的时候，才十五六岁，踩轧花车要有力气，工分高，虽姐姐不够成年，但按一个整劳力算十个工分。秋天过后的冬闲里，正是轧花的时机，当时国家不要籽棉，棉花站收的是脱掉籽的皮棉。

姐姐去轧花车坊的时候，父亲特意炒了一个菜，用油擻子在棉油罐子勉强弄出一点油，在锅沿上擦一擦。

那顿菜，姐姐说能香，再看父亲时，父亲眼里含着泪，才十五六的姐姐要像成人一样踏轧花车，一个壮劳力，一个冬天下来，也会瘦一圈，会整日咳嗽，那些年，人没有防护的意识，

那些棉的绒毛会通过呼吸进到人的肺里，我看到许多在轧花机坊踏

轧花车的男人，咳嗽起来，就像吸了又粗又长的劣质撒酒的烟叶卷起的喇叭烟，吸一口，那浓重的又辣又呛的烟雾直直地抵达人的肺里，又走投无路螺旋着从鼻孔冒出，有时道路不通，就憋青了脸地咳嗽，两眼含泪。

那一年的冬天，往往是半夜，姐姐才从轧花机坊收工，下半夜就被她的咳嗽声灌满。

到了年关，轧花机坊要封门了，意味着这个冬天的棉花的轮回到了终结，忙活了一冬，在封门的时候，人们要炸面泡喝封门酒，谁要是不喝酒，会被人小瞧的，还是整劳力，连一点猫尿（平原深处对酒的俗称），那每天的10工分来得不地道。于是，不管能喝不能喝，那些男人就一扬脖把猫尿灌了，即使在粪坑边呕吐，也不能让人看不起。

封门的酒，就在轧花机坊的院子里，在墙角，用几块砖支起了炸面泡的锅，老棉油在锅里冒着黑烟，木柴熊熊，一个壮劳力正在斗盆里摔面，面泡要好吃，必须用力把面摔个百回千回，那样炸出的面泡，外面焦黄，内里满是蜂窝样的小洞。

天到半晌，几筐子焦黄的面泡，冒着热气，还有半盆子凉拌藕，一桶10斤装的散瓜干酒，与几块歪歪斜斜的砖立在院子里，大家每个屁股下有块砖，算是凳子。

一个大黑碗，斟满了酒。

这时，酒开始轮着喝，从队里的鳏夫保管开始，一人一口，转圈喝，黑碗的酒喝完，再斟满，接着轮。

姐姐当时也在人群里，当时日子困难，父亲几年不喝酒，我们家到年关也买不起一两半两的酒，姐姐那时也根本接触不到酒。到了姐姐那里，姐姐只是用嘴小口抿了一下。姐姐后来说，那嗓子就像着火，嘴里呲哈呲哈地叫。这时，不知被谁看见了，就有人给鳏夫保管提意见，说保管走后门，把还不会喝酒的小雏弄到轧花机坊挣工分。

像猫舔的不算喝酒，要挣整个劳力的工分，必须喝酒，这时不知谁把一碗酒倒满，砰地端到姐姐面前，大家看着姐姐，也看着保管。

父亲在村里，是被欺辱的角，一辈子被人看不起，于是，连带着子女像有了原罪，也是被人侮辱和白眼。

保管说着："莲妮，是女孩，大家让一下。"

但姐姐腾地站起，脸红着，眼里含着泪，她看着无奈而好心的保管。猛然，虾腰，把一大黑碗酒端起，气都没出，咕噜咕噜，一大黑碗酒干下了。

大家惊愣了，一个十五岁的小姑娘。姐姐眼里的泪花憋不住了，顺着脸颊哗哗地流下。

在人们未反映过来，姐姐就像踩着高跷似的，回家倒头就睡，那是冬天，母亲把加了醋的凉水灌了几碗给姐姐。

母亲在床头流泪，一夜守着迷迷糊糊的姐姐，到了第三天，姐姐才醒来。

接下是母亲说："明年，给千千万的银两，咱也不去轧花了！"

那三天，我们家，就没有动锅，一连三天，我们家都没烧火做饭，大家都把心揪着。

姐姐醒来了，依靠在门框上，头一抬，说："明年，还去轧花机坊，看能咋地？"

其实在轧花机坊做工，也十分危险，特别是到了半夜，人往往困意袭来，一天冬夜，姐姐紧邻的大辫子翠香，不知怎地，本来盘在头顶的辫子散开了，一下子，那飞速旋转的轧花的齿轮把她的辫子咬了进去。冬夜，整个村子都听到那声惨叫。翠香姑娘低头趴在轧花机进籽棉的木板上，辫子连着机器。大家都愣住了。翠香的脖子里，都是血，下面的皮棉也是血。鳏夫保管大声叫："快去喊医生，快去喊医生！"

当时睡觉轻的母亲听到了那声惨叫，母亲推醒父亲，父亲和母亲就赶紧跑向轧花机坊，他们担心自己的闺女。

翠香的辫子连着头皮，翠香的辫子也连着齿轮，在赤脚医生和鳏夫保管费劲的转动下，大家用剪刀把翠香的辫子剪掉，但翠香的头皮，变得血肉模糊，像个恐怖的葫芦。翠香满脸是血。

鳏夫保管看着吓呆的那些踏轧花车的男人，破口大骂：

"你们这些龟孙，还不抬担架，送县医院！"

在那个冬夜，姐姐和抬着翠香的担架，一路小跑，向着三十里外的鄄城县医院。

后来，翠香的命保住了，但破相了，成了秃子，第二年，就出嫁了。

后来，姐姐再到轧花机坊踏花车，母亲就一夜一夜无法入睡，直到姐姐安全回家，那往往都是鸡叫时分，冬夜，一派混茫。

三

棉花，是经济作物，也是战略物资，是自然的植物的，也是肉体的精神的，我们用它包裹身体和灵魂，棉花遮蔽了我们的羞辱和寒冷，棉花也放大了我们身体，人有时是那么脆弱，当寒冷来临，还要一朵朵的棉花覆盖，我们谁的身上，没有几斤几两的棉花呢？但是棉花温暖下的我们却没有察觉，那些棉花和纱线，就像我们身体的经纬和盔甲，是另一种皮肤，它与我们肌肤相亲相昵，但我们对棉花的深处却一片茫然。

棉花也有自己的命运，从泥土里出来，一粒种子和一朵棉朵，也不知会走到哪里？天灾，人祸，病虫，冰雹，哪一次都会要了它的小命，能走向一根纱线，能走向一匹布，都有自己的命运。它是自然和社会的媾和，也是汗水与资本的光合，不知走过多少工序才在我们的身体发肤上扭结了。有人说，棉花是我们的另一种肤色、另一种身份。穿着双股线粗布衣服的屌丝和穿三百支棉纱衬衫的土豪，是基本存在的社会差异。是的，我们如果驻足一朵棉花，你就知道，这纯白的金子，从土地里来，是天地人三者精诚合作的产物。有的宗教，面对每一餐，每一寸布，会祷告，会感恩，感恩大地的赐予，我觉得，这是一种谦卑和高贵，一朵棉朵的背后，隐藏的是命运的深刻的启示。

大家知道，是棉花引发了美国的南北战争。电影《乱世佳人》序幕是这样说的：

There was a land of Cavaliers and

有一片骑士的土地，遍地棉花，

Cotton Fields called the Old South?

人们称之为古老的南方……

Here in this patrician world the

这个贵族的世界，

Age of Chivalry took its last bow?

折射出骑士时代最后的光彩……

Here was the last ever to be seen

这里有最后的骑士

Of knights and their LadiesFair,
和他们的佳丽，

of Master and of Slaves?
最后的奴隶主和奴隶……

Look for it only in books, for it
这一切只能在书中看到

is no more than a dream remembered,
因为他们不过是记忆中的一场梦幻

a Civilization gone with the wind...
一个业已随风而逝的文明……

相对这个序幕，我则更喜欢这电影序幕的另一个版本，这翻译，温暖且能步入人情感的最深处，它把南方，冠上一个"老"字，我感到境界神了。"这是骑士和棉花的故乡，被人们称之为'老南方'。在这个美丽的土地上，骑士将永远保持它最后的优雅。但是，骑士和他的淑女，庄园主和奴隶是最后的一次出现。如今这一切只有在书中才可以见到，一代文明随风而逝了。"

是啊，因为这战争，因为这场棉花引起的残酷战争，持续了漫长的四年，曾经的绅士和淑女失去了所有的一切，生活被残忍地分隔成截然不同的两个时代。而面对战火后的漆黑焦土，人，应该怎么办？人的生活将会是怎样？

这是棉花带给人的思索，也是命运启示录。美国的棉花，曾有很多的名著，使它们不朽，像《汤姆叔叔的小屋》《飘》，而我们的棉花呢？我们的播种者和拾棉人呢？我们有自己的《棉花简史》《棉农孤独》吗？我们的散文文字对棉花是有愧的，自然的棉花转化为文学文字的时候，我们的文学失重了。

棉花是一场战争。

即使当下，这也是一场看不见硝烟的战争。但姐姐和姐姐一样的百万的拾棉人不知道，这些匍匐在棉田的人，在没有棉花，没有泥土纤尘不染的高楼华屋里，在资本市场涨跌的曲线上，在觥筹交错的机锋中，还有很多的金融大鳄，在期货市场做着棉花的梦。

这些买卖棉花期货的远离土体的金融弄潮儿，他们只是见过图表，只是对着报告和资料，但他们就根本没见过棉花，他们因为棉花一夜暴富一夜负债一夜跳楼，一路凯歌一路悲歌，一路红粉地毯一路阎王殿。看他起朱楼，眼看他宴宾客，眼看他楼塌了。

但棉花还是棉花，土地还是土地，日子还是日子。

但我知道，说不定那一朵棉花那一根纱线，那一批布匹，就有姐姐的泪，姐姐的汗和姐姐手上的血。

姐姐的生命就是一件事，不能闲着，闲着就会不舒服，就会发脾气，在劳作中，她才安静。就像索尔仁尼琴说过的话："我全部的生命只有一件事构成——工作"。

姐姐第一次到新疆拾棉，心里念叨着两吨半，拾够两吨半棉花，就能够报来回的火车票。

姐姐到新疆拾棉花，前后去了三次，第一次和三哥一起，第二、第三次她都是独自跟着包工的人去新疆。

但在第三次，姐姐到了新疆只一天，在棉田里待了半晌，家里就接到包工头的电话，说，姐姐像是中风的前兆，让家人接走，否则，出了事，他们担不起。

我是在姐姐中风一年的暑假去看望姐姐的，已经五年未见，但姐姐中风未有什么后遗症。第二天，我曾在微信上写了这样的句子，当时是和朋友喝茶，突然就想写些什么，于是随手写下：

姐姐的八岁
她的童年抱着
我，那年秋天雨注四十二天
我的脐带渗血四十二天

姐姐的六十二岁
她抱着
五岁的孙女牛五一

姐姐十五岁
拉载重一千八百斤的地排车
车上有时是四到六个三百五十斤重的汽油桶
有时是八到十个两百斤重的粮食麻袋

姐姐三十岁
和村中恶男骂仗
后从家中取出刨红薯的铁抓钩
一下砸折恶男腿骨
乡间为之侧目

姐姐五十五岁后
三到新疆拾棉花
坐绿皮火车两次
坐大巴一次，
历三个昼夜，姐说
在火车上人挤如集上卖的猪秧子（猪崽）

最后一次去新疆拾棉花
只一天，她就晕倒在棉田里
二外甥坐飞机去接她
姐姐平生第一次坐上了飞机
这一次把她前两次拾棉的钱都
赔进去了

昨天，去看姐姐
她停下喝了几十年的酒
茶也不喝了
改成喝蒲公英

外甥和我喝五粮液

姐姐说，好酒，我也尝一口

这诗，是写实的，姐姐脾气暴躁倔强，有力气，是敢说敢做的主。姐姐结婚后，三哥到我们家走亲戚，他当时和堂姐夫在一块喝酒，喝多了，堂姐夫就吹牛，说，石家的女人不能逞，关键时候要给脸色，实在不行，就打。

三哥老实，回家后，又一次与姐姐争执，他想到堂姐夫的话，就想试一下，三哥把吃饭的碗，铛地摔在地上，想吓唬姐姐。

但令三哥错愕的是，姐姐一看，反了？石家的闺女怕过谁？于是就走到厨房，拿起擀面杖，咚的一下，把锅捶烂了。

姐姐说，不过就不过。

大外甥铭星曾告诉我，我姐的脾气，他爸是怕了。又一次他们生气，姐姐要回娘家，走的时候，她想牵走我父亲在集上为闺女买的一头山羊，但山羊不走，姐姐紧了，上前用刀把羊头砍下，说声，我叫你不走。

这时，三哥脸都吓白了。

姐姐认干活，不认别人欺负。有一年，因为一棵树，本来这树长在胡同的姐姐的墙边，距离邻居家远，但邻居却说这树是他们的。

三哥息事宁人，不愿意争，但姐姐不愿意，就站在门口骂：

“没娘的，卖屄的，也不照照镜子，欺负我们，那你还嫩。那树长在你娘的屄上，碍你啥事，想把这树锄了归你，没门！”

姐姐骂，三哥却不敢出头，他端着一茶缸水，劝姐姐，“行了，歇会，别累着，喝口水。”

姐姐却不依不饶，“歇会？我不骂了，该你了，换回班，看哪个狗日的敢把树锄走。”

后来那邻居仗着有几个儿子，在界面上走动，气势汹汹，不善罢甘休，就挥舞着棍棒也走出院子。这下可好了，姐姐对三哥和刚刚几岁的外甥说，你们都别出来，石家的闺女还就豁上了。

于是操起一把刨地瓜的三齿抓钩，冲了出去。

结果当然是，愣的怕硬的，硬的怕不要命的，姐姐挥舞着抓钩，上前就把邻居的腿砸折了。

这次当我开笔写姐姐拾棉花，我一直心疑姐姐脑出血中风这事，因父亲是脑出血走的，母亲也是。一句话，斯人也斯疾，我们家，按乡间老中医的话，家族的人血热，我曾在大学的讲台上，讲到怒发冲冠处，往往热血从鼻子喷出，也是一道景致。

但出血，必有因由和触媒。后来我询问二外甥志国，是他到新疆接我姐姐，他在西藏做武警八年，回家一直未安排工作，这是姐姐忧心的，且还未找媳妇，于是姐姐举债为他盖了一套房子，作为娶亲用，这也是姐姐三次下新疆拾棉花的原因。

但姐姐为何中风出血呢？外甥志国给我发了长长的微信，外甥的文笔很流畅，写得规矩，但透视了很多姐姐的细节。

他说，那是2016年的9月16日，他接到了一个电话是领工的，说姐姐病了，让家里人接她回来，姐姐不让告诉家里，怕家里担心，估计领工的怕出事了担责任所以还是通知了。领工的说在去的路上姐姐因为座位的问题和别人起了争执，到那里以后刚摘了半天棉花就病了，走路不稳说话不利索，外甥一听就怀疑她是脑出血或者阻塞了。马上志国买了第二天一早从郑州到新疆库尔勒的飞机，到了库尔勒才知道姐姐所在的地方离库尔勒还有六七百里。和领工通了一个电话问清怎么坐车，外甥马上赶到汽车站，但到了汽车站才知道坐车很麻烦，因为那边局势的问题，各方面查得很严，一路上好多关卡，都有全副武装的特警要逐个检查身份证。到了目的地已经晚上十一点半了，领工骑了一辆摩托车在车站等外甥，外甥才知道姐姐拾棉花的地方离这个小站还有一段距离。等到了地方领工带外甥直接去姐姐住的地方，当时姐姐很惊讶，还直说她没事，抱怨外甥不应该来，离家那么远，听她说话不清反应迟钝，外甥就知道肯定是脑出血压迫到神经所导致的，但见到外甥，姐姐明显放松了许多。

等姐姐情绪稳定了，外甥开始打量姐姐住的环境。外甥说，他差点哭出来，只是眼里噙着泪，七八个人住一屋，是那种大通铺，有很多蚊子。外甥说这一生都没见过那么多的蚊子，密密麻麻，姐姐说这还是少的，棉花地里面更多，穿着长袖裤子一天下来全身叮的都是包，因为蚊子太多，所以他们每个人工作的时候都戴个帽子，然后帽子四周再用纱网缝上，要不然蚊子多得没法工作，只有等天冷了以后蚊子才会消失。

外甥和领工交接了一下，把姐姐的行李先收拾好，因为太晚了没车，只能等到明天一早再回返。幸好姐姐一夜无事，第二天一早领工把姐姐送到车站，他们打车到库尔勒转车。本来外甥计划带姐姐坐飞机回去，这样能节省时间，但是我外甥电话问了一个做医生的朋友，他说这种情况还是坐火车回来，飞机起降有可能加重病情，所以在库尔勒还是选择了坐火车回来，比较稳妥，就是时间久了点，要三十多个小时。因为时间太长，给姐姐买了一张卧铺。当上了车，姐姐见买的卧铺，就一直抱怨外甥不该花那么多钱买卧铺，外甥知道姐姐心疼钱，只好安慰她说卧铺比硬座多花不了多少钱，坐硬座如果病情恶化了花得更多，姐姐这才心里踏实点。回来后在医院做了一个脑部CT，果然是脑部出血，医生说有两个出血点，幸好出血不多，在医院住了半个多月恢复得挺好，就出院了。

我在诗里，曾以为姐姐在新疆回来的时候，也是坐飞机呢，但外甥说，咨询了医生，怕加重病情。

其实，我后来慢慢了解到，姐姐这次从平原深处的老家是坐大巴车去新疆的，路上要两天两夜。那些拾棉花的人，夜里就坐在座位上，扯条被子睡。

车在半道，夜已很深，姐姐睡得迷迷糊糊。突然，她感到身上像压了块大石头，腿钻心地疼。前边的人，在没有任何招呼的情况下，突然把座位放平，想躺着睡觉。

这时姐姐醒来，就大喊，压着腿了，压着腿了。

带队的老板来了，让前面的人把座位立起，说，谁都不能躺下，这车不是卧铺。带队的人扶起姐姐，姐姐把裤腿翻起，腿被压伤，瘀血。

真是反了，姐姐站起，血一热，就举起手，去撕打前面座位上的女人。那女人的丈夫也在，但不敢动手打姐姐，但姐姐也无法打那压伤她腿的女人。

第二天到了新疆，带队的人，看气性大的姐姐说话有些不利索，于是就电话家里的人来接回姐姐。

总是想起小时候看姐姐脚踏轧花机的场面：轧花机屋摆着七八架民国时代就时兴的轧花机，生产队里的保管航哥，一位五十多岁的鳏夫提着个油壶和一个铁条拴一块破布给那些轧花车的联动的部位膏油，七八个男男女女穿着围裙戴着帽子，还有的戴着口罩，各人面对着各人的轧花机，白的棉花的绒毛，飞得满屋都是，就像下着无始无终的冬雪，人不停，这雪就不止了。那轧花机屋的屋顶上，房梁上，窗台上，未戴口罩的人的头上，身上，眼睫毛上，都披着绒毛，都披着雪。

那些皮棉如雪如瀑，如芦花如细软的银子，也像绵亘不断的白云一样从轧花车的出棉口倾吐奔泻，撒落在轧花机下面的白茬子木箱里。

那些棉花的绒毛其实是令人讨厌的，喜欢沾人，我只是在轧花机屋子待一会，我的衣服上、头发上、眉毛上、鼻孔里、喉咙里都有。一会就是个雪人。但我喜欢这个雪的世界，这发白发亮的棉花世界白雪天地。

我想说，棉花母亲，是的，这不是矫情，也不是虚妄，对一种植物，这给予人类温暖和良善的植物，应感恩地大声说出来。我们每天都穿戴着棉花们，可我们究竟对它能知晓多少呢？

棉籽就如人类的晶莹的汗滴，也如茫然的泪滴。这犹如播种希望，也如歉收的空无，但不管怎么，我们不应轻视它漠视它。

棉花的白，是一种晶莹，也是一种土地品质的洁，泥土有污秽也有稗子和蝼蚁，但能把播种的汗珠和泥土的苍黄，变成了精华的白，这其中的转化，是可给我们咀嚼和回味的。但我知道，棉花，是制造火药，不可少的物质，但谁使它们加入了杀戮的行列，这不是棉花的过错，它给人警醒，善者自善，恶者自恶。

其实这也如人，人处天地间，在时间和空间里，也有播种，也有损耗，消化着运动者，在阳光雨水坎凛中前行或仆倒，焚身或成佛，但总之是人消耗消灭着地球上的无论动物植物，还是大气日光雪雨。

美国的南北战争，人们为棉花而争斗，那是为支配而争斗屠杀，人维持生命，也许是本能，而维持过分豪奢的欲望，摆脱底线道德，甚至上帝，那就是走在孽障的路途。

我看到脚踏轧花机的姐姐，浑身洁白，就如神一样。那些像柳絮一般的绒毛，那些像芦花一般的绒毛，那些像蒲公英种子一样的绒毛飘在空中，忽然感到姐姐像一尾鱼，游在白的河里。

姐姐在轧花机上，一下一下用脚踏着，把籽棉送进这原始的咬合的齿轮时，也许她想不到，这样扒皮抽筋的过程，其实也是棉花的生命的又一轮回，被分离，被强硬扯开的骨肉，也意味着新生。人何尝不是这样，在生活的重压下，最后被粉碎、被蹂躏，还原于泥土，被大地吞噬，把有用的留给世间子女，这是命运。在人之外也有一架轧花车，那车的齿轮，把陈旧的、新鲜的肉体粉碎。

突然，我想哭。

但棉花不死，它只是一种轮回，还要一代代的嬗递生长，人的汗水也会生长，悲剧也会生长，其实，你只要低下头，你就会看见那不可见的。你也许一时无法看见棉花的表情，但大地早为棉籽备下了瞑床，太阳每天都新鲜，历史却横在轮回，棉花就是人类回避不了的肖像，我们都在模仿着棉花的生生死死。

棉花，棉花，请你原谅，你那绒毛里包裹的一具具肉体，那里也栖息着灵魂。你就是母亲，当我从轧花机屋出来的时候，我知道渐渐地姐姐也会成为母亲，那些踏轧花车的男人女人，还会在夜里踏着，我看姐姐边踏车边两只手飞快地抓住棉花，往轧花车的车轮间送花，让那棉花均匀。

"还不快走？"这时鳏夫保管大声叫着，接着往我怀里塞了一把焦的棉籽，我知道，这是犒赏，保管和我们家还未出五服，在他哄赶我离开轧花车屋的时候，就偷偷把一把棉籽塞给了我。

在童年，哪里有南瓜子葵花籽，即使春节，也难得吃一把炒花生和黄豆，于是，把从籽棉里剥出的棉籽炒焦炒熟，放进嘴里咯嘣咯嘣地嗑，就是人们羡慕那些轧花人的那些生活了。

小时没有耐性，总是把一把熟的棉花籽一口吞进，连皮带籽一块嚼。

家里是不肯把棉花籽用热锅炒熟的，家里还指望着轧油，而乡村弥漫喷香的棉籽时，那一定是轧花车屋偷偷炒棉籽了。

姐姐第一次到新疆石棉，拾了三吨半，三哥拾了两吨，姐姐报销来回的火车票，三哥只报销单程。天寒了，到了农历的十月底，他们从奎屯坐下午两点的火车到商丘，但一直到晚上，火车没来，最后通知因天气原因晚点，具体何时上火车待定，于是数百口的拾棉人在临时的旅馆睡下等火车，到了下半夜，来通知，马上登车。大家走出小旅馆发现下雪了。那雪下得大啊。

姐姐抱着一床棉絮，拾花一季，姐姐求老板给一床棉絮，她想给未来的儿媳妇。

雪下在奎屯。如深夜白色的鸦群，扇翅而至，雪的摇曳里，铁道如大地的一根根肋骨。

人们踏着快要没掉脚的大雪去赶火车，那火车也被雪覆盖了，如棉垛，那夜白茫茫的，而在曹濮平原深处，这时节，会下雨。我想到我出生那年的九月，那年涝灾，姐姐到地里捞红薯，年近六十的姐姐，扛着行李，抱着棉絮，如爬棉垛的堆棉工，那些人也是睬着一步一陷，背着200斤重的棉花包，有时趟着没到膝盖的棉花，气喘吁吁地爬到棉垛的顶上。然后膀子一耸，棉花包甩下，接着顺势扯着棉花包的角，那花就倾泻而出。这雪天的火车，也是棉垛，它张开大口吞噬着一个个的异乡人，这些异乡人也如棉花朵，一朵一朵。三哥说，还是新疆的雪大，这雪就仿佛是空中的棉花垛散架了，把奎屯淹没在棉花白的海洋。这些异乡人，也是棉朵，但却融不进身体四周的洁白的花里，他们跌跌撞撞地走向被雪裹着的绿皮火车，那雪会把异乡人回家的路也淹没，淹没铁路的骨骼。

人在大雪中易失去方向，但火车侧斜着身子向故乡走！

三哥看看睫毛上满是雪的姐姐，那就如睫毛上挑着的晶莹的露珠，就像棉桃上的露珠。

姐姐思想到不了的地方，那些折本的棉花期货的投机者，这雪何尝不是一场雪的葬礼，一场棉花的葬礼，那些欲望被棉花掩埋了。也许有人会在葬礼上哭泣，那些泪水，也如晶莹的露珠，还是浑浊的世事？我知道，有些人，是知道自己的前程的，他们冒险，他们自己为自己设计了葬礼，看着自己被雪葬埋，看着自己被棉花葬埋，也许，那是一个既痛苦又幸福的过程。

有人在棉花中还乡，有人在棉花中葬埋。

姐姐抱着她的一床棉絮，她抓一下那柔软蓄满阳光的棉絮，想贴到脸上去。

有人在棉花里哭泣！

曾经荒寒

乡间人精神匮乏，但卑微谦卑的乡下人也有自己的欢乐的方式，生老病死，是常态，但有时在这生生死死的关头，人们也会放纵娱乐，是无奈？还是麻木？是与命运和解？还是低头？

那时请唢呐班子，鼓乐一番。平时呢？大家就不知不觉地到村头的牛屋去。

而对我来说，还有一个去处，就是学校，虽然也学不了什么？但总是一种期待，像等待戈多。

童年记忆里的平原很冷，心里也冷飕飕的。在冬天上学，在学校的教室墙角，同学们排成一排，穿着大小不一的棉袄棉裤，缩着膀子，使劲挤里面的孩子，曰：挤尿床。我想本意可能是冬天的晚上怕孩子尿床，大人往往在睡觉的时候，给孩子把尿，如果尿不出，大人就说使劲，学校的孩子就借用过来，做成了冬天的游戏，那从队列里被挤出的同学，就像尿滴子，是丢人的事。

冬日里乡间的屋檐下常是挂着冰溜，如倒立的笋，像凝冻住的带螺纹的水柱，孩子们会央求大人打下来，然后捧在手里，冻得龇牙咧嘴地如现在城里人冬天吃冰。那时，我们把这样挂着的冰叫作"冰溜嘎"。

那时的冬天，孩子们的鼻涕好像就是屋檐的冰溜嘎，也是在鼻头挂着，谁说“过河了”？那挂着鼻涕的孩子一惊，就使劲一吸，所谓过河（到嘴唇）的鼻涕又收缩回原来的地带。

在今年的春节，小学的同学聚会，老虎（同学李文化的小名，在粮食局工作）还说：“留山（同学石峰的小名，在安全局工作）的袄袖筒子上明晃晃的，如糨子，那是用袖筒擦鼻涕的印记，那些东西硬硬的，可以划着火柴。”

曹濮平原的人冬天取暖，是夜晚到生产队的牛屋烤火取暖，但回到家里，也一样的干冷。

到了晚上，人们就用晚饭时候的锅底灰，尚有火星的残余，放在铁制的火盆里，然后放在被窝里，火盆上当然放个东西撑着，那就是用白蜡条子编制的火罩。

火罩，形状椭圆，反过来，如个筐，但火罩的周身都是预留的洞眼，这是火盆散发热的通道。火罩也可作为坐具，供人的屁股使用，也可反过来，在里面放上被子，就是孩子的摇篮一样的东西。

当时教室里养羊，我们一年四季都是人羊杂处，读书声在浓烈的羊的膻腥与羊尿的臊气上升腾，有时就无缘无故地咳嗽，一人咳嗽，满屋子的人咳嗽。

还记得冬天，王老师给大家上语文，王老师的语文课，其实就是讲故事，拉呱的性质。

讲着讲着，有时羊叫了，就像是回应，王老师说，羊也通人性。

后来，天冷得王老师说句：“这狗日的天，冻死了，都回家吧，给家里说买个火罩，黑家，弄个火罩，放在被窝里，油光光的腚，被窝里一躺，那热得烫皮，大腿跷在二腿上，恣死了，给个县长也不换。”

然后王老师拍拍手：同学们，回家吧，到明天捎来喂羊的豆叶，把火罩钱捎来。

第二天，王老师站在黑板前，看同学们把豆叶放到墙角。接着问：

“同学们，冬天冷不冷？”

“冷。”

“大家把火罩钱带来吗？”

教室里死寂一片，只有羊吃豆叶的声音。

“没有一个人买吗？”老师盯着二啃吃，见二啃吃的桌子下有个火罩。二啃吃说：“王老师，我爹也会编火罩，老坟上的白蜡条一捆一捆在家放着，我爹说，我们不买，还让我给你带来一个，我爹说，和王老师的比试比试，看谁的结实。”

王老师的脸当时就变了，如一个茄子摆荡在白霜里，那是同学的白的眼仁如霜，老师的脸如酱紫皱皮的茄子。

王老师编火罩，这不是秘密，他是一个代课老师，工资可怜，到冬天，就编火罩补贴家用。最绝的是他在上课的时候，忽然就停下来，把火罩拿到讲台上，说：“同学们，我们编火罩。”

同学们乐得不学习，“哇”的一声。大家叫着：“黑家，弄个火罩，放在被窝里，光油油的腚，被窝里一躺，那热得烫皮，大腿跷在二腿上，恣死了，给个县长也不换。”

但王老师的火罩编不下去了，教育组的人下乡抽查，看到黑板前的火罩，就连人和火罩打发了，那王老师就卷铺盖走了。

还记得最后的那场景。讲台上的王老师很孤独，王老师说：“反正教学也不挣钱，我回家捋锄杠种庄稼，也不丢人。最后一课，给大家讲一下古人怎么取暖。”

大家一下子兴奋起来，有的同学说：“我知道，娶媳妇暖脚！”

曹濮平原的人，把娶媳妇叫弄个暖脚的，夫妻结婚后，不兴在一头搂着睡觉，该做完的事做完，夫妻就在床板上一人一头，丈夫的脚抵着女人的乳房脖颈下巴等部位，冬天热乎得很。

王老师不紧不慢地说：“古人也用人取暖，但不是像我们农村暖脚。”

“那怎样取暖，古人取暖在我们想象之外。”

王老师故意停顿，他说：“那些混账冬天最摆谱，每到冬天冻手时那些人不去烤火，而是叫来年轻美貌的妓女，把手伸进女人的怀里贴身取暖。还有更绝的，每到冬日有风雪苦寒的时候，就让宫女们密密地围坐在他的周围来抵御寒气，要是出门时候，就从婢妾里选取身形肥大者，排成一行走在他前面，为他遮风。”

王老师一边骂一边吞咽着唾沫，看得见他的喉咙在动。

“老师，那时有没有火罩？你在那时教学一定发财。”

这时羊叫了，羊是学校的，但羊和王老师好像产生了依恋，这些畜生们好像知道王老师的最后一课。

大家兴奋了，底下叽叽喳喳议论，那些作为取暖器的女人是否穿衣服？

“老师，那些女人穿衣服吗？”

“穿。”

“老师，你瞎说！”

“谁瞎说？”

“要是穿衣服，热气都裹在衣服里，就像炉子，有几个穿衣服的？”

大家的话把王老师问住了，他尴尬地搓着手，咧嘴笑，“我也没见过，是在闲书上读的。”

那个干冷的曹濮平原的冬天，好像一下子温暖起来。教室外，干冷的天，暮色里，清晰地勾勒出很多屋檐下的冰溜嘎。

后来，王老师回家编他的火罩去了，他被辞退了。

而没学可上的时候，我们会和大人一样，到牛屋去。

牛屋是乡村精神坐席的地方。这是指阴雨天，农忙过后的秋冬季节，特别是冬日，有雪的时候，很多的人都聚到牛屋，可以拿麦秸和豆秸烤火。在烤火的时候，牛们静静地看人，这些麦秸和豆秸是牛驴们的口粮，却被人践踏，不知牛驴的心思如何。

“坐席”这个词古雅，有一种历史的厚度，但在曹濮平原却是一普通的词汇，就是红白喜事，全村帮忙的人和邻近亲戚朋友，甚至八竿子打不着的，抑或乞丐都可以聚在一起集体吃一顿，席子是没有的，就是几张破桌，屁股下垫几块砖，或者是树根、草墩，有的就站着吃。小时候坐席是兴奋的事，还没有到放学时辰，就想着从四面漏风的教室溜走。到了城市，许久以为坐席是乡间的俚语，但繁花着锦的贾家也用这个词，《红楼梦》第四十三回有句：“上头正坐席呢，二爷快去吧。”而我在写作初期以抄写孙犁先生的文字为模本，就如毛笔字的描红抄古碑，亦步亦趋，等抄写到《白洋淀纪事·识字班》时：“过阳历年，机关杀了个猪，请村里的男人坐席，吃了一顿。”我想到“坐席”能写到孙犁笔下，就一阵激动。

曹濮平原的人，大家在吃早饭午饭和晚上喝汤的时辰，就端着碗拿着馍来到街头，大家边吃边讲见闻。天冷了，人们就齐聚到牛屋。

那是生产队的时候，就找一个夜里睡觉少勤谨的人喂牛，牛们晚上要加料加草加水，对待牛像对待孩子。牛屋的外面往往是麦秸垛，如放大的蘑菇，圆圆的；牛屋外必不可少的是院子里放着一搂多粗的大水缸，而且牛屋离井台也不远。水缸旁边斜斜地支撑着一片高粱秫秸短箔。喂牛的人把杆草麦秸在水缸里淘洗干净后，用木把铁笊篱从水中捞出来，搭在缸上的秫秸箔上控干水，再送进屋内的牛槽里。趁着湿乎劲儿在上边撒上一层草料，并用木棍响亮地搅拌着。料是豆饼或者是炒熟的黄豆，闻起来有刺激鼻翼的喷香。牛儿们在豆料的诱惑下，伸出宽大的舌头，大口地往嘴里送着草料。

冬天来了，屋外寒风呼啸，滴水成冰，牛屋内却温暖如伏天。牛儿们吃饭后安静地卧在地面上，不紧不慢地反刍着胃里的草料。牛屋的门上挂着用杆草织成的厚厚的草苫子。屋当门燃着一堆冒着青烟的木柴或者豆秸草高粱秆。青烟在房梁上拧着盘绕，充盈着偌大的牛屋，温暖着人和牲口，挂在墙上的破马灯斜斜地向外倾着，一团橘红的火苗晕晕地向上燃烧着。

曹濮平原的人把牛反刍叫“倒磨”，小时候曾问父亲牛为什么晚上不好好睡觉，要反复像磨牙似的把草料与唾液搅拌，在夜间的牛屋，那倒磨的声音是一种安然。那时我对倒磨十分神秘，父亲不知道，我就到学校问老师。屋檐下的麻雀在叫，我举手站起，“老师，我问个爹不会的事。”就问，“牛为什么要倒磨？”

老师曾是赤脚医生，他用粉笔在黑板上画了像地瓜秧一样的牛的内脏。“人有一个胃，牛长四个胃，知道吗？”老师说，“牛吃下的草先进了瘤胃，然后又从那到了蜂巢胃。到了这里后它把草再倒回口里细嚼，接着，接着——”老师用粉笔点画着黑板上的一个部位，如电影里的师长在地图上比画。

“接着又咽下去了？”同学们盯着黑板上的牛胃。老师说：“咽下的草进了重瓣胃，然后再跑到皱胃里去。”

大家把“皱胃”理解成“臭胃”，都说那地方是盛牛粪的地方，都说牛粪是热的。二小知道，那时学校让同学勤工俭学，有一项就是扛着粪箕子拾粪，无论人的狗的猪的牛的，弄到一块扛到学校老师表扬。我也曾在冬日天不明的时候，到牛屋去偷粪，记得一坨牛粪冻得石头一样硬。二小的爷爷是喂牛的，他最绝，他把粪箕子放到牛的屁股后，让牛直接把一坨屎拉到粪箕子里，他想要哪头牛的就要哪头牛的。二小站在牛槽上，双手托住粪箕子，粪箕子对着牛屁股，但牛不配合，可不管这一套，牛们还是照吃不误，有时一晌牛也没动静，二小曾试图将它的尾巴用绳子拴起，高高地吊在牛栏上，用眼睛盯着牛排泄，可他刚刚试着把麻绳子系在牛尾上，那牛就拉下一盘屎，尾巴一甩，那脏东西全卷扬到二小的脸上，冒着热气。

爷爷大笑起来。二小要用刀割牛的尾巴。第二天上课，大家问二小，牛粪热吗？

我们最喜欢跟着喂牛的去溜牛，太阳出来啦，牛从牛屋踱步走出，大家骑在牛背上，就如在船上一颠一簸，太阳的光好像很刺眼，牛犹如踏在棉花上，我们就东摇摆西摇摆，那些年长牛一副老成持重的样子阔步在前，而牛犊则如鱼儿游在后面。我们在一个个胡同口穿过，那些娘儿们和闲人也看热闹，看有没有自己的孩子在牛背上。

溜牛去？这是平原向喂牛人和牛们打招呼。

别摔着！这是做母亲的关切。

溜溜腿！

摔不着！

这事就如古代的牧牛的童子，但牛角上是没有汉书可挂的。牛们和儿童有天然的亲昵，当牛要生产了，我们就齐聚到牛屋，看那小牛从牛屁股后一点点出来，感叹生命的神奇，于是就把红领巾系到小牛的脖子。如果生产的是个黑牛，就起名“锅底”；如果是个白牛，看那粉粉的毛，就起名“棉花绒”。我们从家里偷来鸡蛋，喂那些小牛们鸡蛋茶，那些母牛们对子女充满无限怜爱，她怕我们伤害那些小家伙，就卷起尾巴低沉地冲着我们叫几声，在叫的时候总用舌头舔牛犊的脸。一周后，那些小牛们就撒欢了，开始走出牛屋四处闲逛了。有的跑到麦地里拱地里的青苗，有的就是用蹄子把准备的豆饼蹬散。那脖子里的红领巾如火烧，有时看到太阳，就表现出若有所思的神情，好像滑稽的陌生。

在少年时代，最喜欢的两件事：一是坐席，一是到牛屋。乡村无论娶媳妇葬人，都是有唢呐吹起，那时在学屋，魂就飞出了，想着坐席能吃到酥肉，能喝到酸汤，能看到许多外村人的脸与本村模样的分别。

而在学屋，我听明山说，有一次他和爷爷睡在牛屋，陪爷爷看护牛，半夜听到牛的喘息不安，低沉地叫，以为是牛要产崽。他喊爷爷，那夜有月亮，白白的，他看到一个黑影和牛叠加在一起。爷爷翻身坐起，拿起炕边的喂牛拌草的棍子，那是一个人影，那人影站在牛槽上，身子一拱一拱地费力做着什么事。二小明白，他曾看到队长在玉米地里在女人身上做过这样的动作。爷爷喝了一声：畜生！那人猛地从牛槽上跳下，从月光下窜出，跑的时候差点被铡刀给绊倒了，然后跌撞摔着爬起后，慌不择路跑了，他那受欺辱的牛哞的一声。乖乖，那叫声吓了二小一跳，门被打开了，月光无遮拦地进来，牛屋陷在月光里。

爷爷问明山：

“刚才你看见什么了？”

“我看见一个黑影和牛在鼓拥（鼓拥，曹濮平原方言：动的意思）。”

明山认真地说。

爷爷点点头，在月光下看着明山，然后诡秘地笑笑，说："看见是谁吗？"明山说："像是家东高老笨，那是一个光棍儿。"

后来我曾想到，在那困苦的日子里，乡村可不是诗意的，一些人变态，白天不敢做的，在夜间就做出来了。那时乡村有许多的光棍儿，在春天夜里很多光棍儿喝酒，然后发疯。

明山的爷爷和我父亲是弟兄，是我大爷，有时我也在牛屋大爷的脚头睡，为的是冬天暖和，还可以吃点豆子。很多的人都来找大爷说话，记得常来的是保财、航哥。

保财、航哥都是与父亲大小的人，和大爷也是自小在一块，老了就挤在牛屋里打发寂寞的冬天。航哥与我家还没有出五服，一直是生产队里的保管，人很耿介。航哥是个鳏夫，航哥的媳妇是困难时期饿死的。他的大儿子分家和几个孩子另过，他和二儿子两个人过日子。

当时他和妻子商量把二小送给人家，好找条活路，还能换点钱让家里人吃饱。但当晚上一个公社干部来领二小的时候，二小抱着娘大哭，虽然二小当时只三岁。他嚷着："娘，我再不喊饿了，我再不喊饿了。"

当娘的最怕孩子哭，她对那领孩子的人说："对不住了，我们一家要死一块死。"

有四个女儿一心想要儿子的公社干部甩手走了，航哥跑出院子，把五十块钱塞给那干部。

后来，航哥的媳妇就把窝窝头都省给二小吃。当时一个大人一天四个窝窝头，中午两个，早晚各一。孩子一天就两个。

航哥的媳妇每天省出两个窝头给孩子，每天两个，但她还要干活，后来就病了，躺在床上。

航哥对妻子说："你啥病也没有，就是饿的，以后你的四个窝头谁都不给。"

妻子含泪答应，但是妻子还是照常每天给孩子省出两个窝头。

到了最后，航哥说："我看着你把窝窝头吃了。"

妻子执意地说："我不吃，孩子还长身子。"

没过几天，航哥的妻子就死掉。死时，她用干瘦的手拉着航哥，要航哥把孩子拉扯大。还说，死之后，别言语，就悄悄埋在堂屋的当门，谁也不知道，每天还可领四个窝窝头。

就是这样，航哥每天到食堂多领四个窝窝头。

几个月后才说人刚死。

我在牛屋听航哥一提二小的娘，就哭。

在牛屋朦朦胧胧的记忆中，我知道，最厉害的是那年的春天，村里一半的人都拉不动腿，饥饿让人变了形，不管是男男女女老老少少，大家都莫名其妙地长胖了，原本正穿着的可脚的鞋袜突然就穿不进了，硬是把脚指头塞进去，那整个脚面就成了发面馍，喧蓬蓬地堆在鞋口上。还有腿，大家的腿像是灌满了水，透明一样，布满青筋的皮鼓胀胀，拿手指按一下，塌下的凹窝就会好久好久地存留着。春天了，明明是换了单衣的，挪挪动动，似乎比冬天穿一身棉衣还笨重。

公社的人说这是浮肿，浮肿会堵塞血管，会填满喉咙，还会撒不出尿来，或者蹲下拉屎时自个把自个憋死。我们那里有俗语：男怕穿鞋女怕戴帽，说人在临死的前几天，也要浮肿虚胖，也要胖得戴不上帽子穿不上鞋。一时间整个平原都笼罩在死亡的氛围里。

因为粮食都是集体保管，家里是没有一粒粮食的，有人就捣鼓老鼠夹子逮老鼠。那些年老鼠也少，有人就找蚯蚓，在河边，在路旁，在麦秸垛下，人们用铁锹刨，大饥荒年代的蚯蚓却是肥大，人们刨出，就吞在嘴里，一种渴望。

在食堂垮后，社长下了一道死命令，凡是活口能挪动步的，全部去沙河去刨茅根，并要求每家每户都要拿出一半交上来，社里把集中起来的茅草根在太阳下晒干，然后分给出不了门的家庭。不是万户捣衣声，在接下来的日子里，家家户户都是捶茅根的声音，那些碎了的茅草根放到水里煮一夜，第二天早晨再掀了锅盖看，原来的茅草根就变成了有点糊状的东西，那就别管是草还是什么了，就往肚里吞。

航哥的妻子就是那时死的，到死还塞着满满一腔子的茅草根，闭眼后，航哥拿一张芦席卷了妻子，放到堂屋挖好的坑里又觉着心里难受，他就跳到坑里，掰着嘴撕扯茅草根，结果越扯越多，妻子的肚子原本滚滚的就瘪下来。航哥跪在媳妇的尸体前大哭，说："我日你奶奶茅草根，进了肚子你还不烂！"更多的人家是连一声哭也没有的，死了就死了，埋了就埋了。家里有孩子的爹娘，早晨起来第一件事是先搬了孩子的头脸，看见眼皮是动的，就又开始搜寻吃食了。

为了活下去，那些女人们像一群疯狂的母狼，结队搭伙地到三中扒树皮。三中的操场边上有一排排的榆树，扒下来的榆树皮先把外边的皴裂干皮刮去，里边会有一层饼一样厚薄的里层皮。这层里子皮有极大的黏性，无论是砸成黏糊，或者下到水里煮，都能填饱肚子。更多的人家是利用它们的黏性，里子皮晒干之后，再把它们剁成一节一节的碎块块，然后和干茅草根以及谷糠之类的杂物掺和到一起磨面。

三中的榆树皮很快被扒光了，一棵棵在春天的日光下裸露着，仿佛它们自己被扒光了衣服。饥饿的女人又把目光落在了刚刚发出新绿的麦苗上，只要这一天能活着，已经顾不得来年的收成了。夜里，这些女人就下夜去割麦苗子，回家就煮着吃。

“下夜”后来竟成了习俗，一直延续很多年。我小时候半夜，曾看到父亲和哥哥姐姐都下夜到地里去掰棒子刨红薯。

在牛屋里，记得航哥说他护秋曾抓住过大队里下夜的妇女主任。

我曾听养牲口的大爷说，他原本并不是饲养员，是因为大饥荒的时候，生产队里喂牛的三转老汉上吊死了。

当时是大饥荒最难的时候，村里死了很多的人，最后，队长无奈地说：“杀牲口救人！”

队长说这时，是哭着的，那哭声换来的是人有气无力的欢呼，许多人拥到牛屋，进了牲口棚。但是，冲进牲口棚的人又惊叫着纷纷后退，他们看见了饲养员三转老汉，看见三转老头摇摇晃晃地拔掉铡刀的插销，他把铡刀拖到敞亮地上，又把铡刀竖立起来，然后把都是褶子的脖子对准了铡刀的锋刃。脖子是黄瘦的，铡刀是晶莹的，人们看到这场景惊呆了，大家互相看着，就在人群中找队长。这意思很明显，你们要是动一下牲口，我三转老汉就会喋血牛屋，为这些骨瘦如柴的牛殉葬。

队长走过去，三转老汉慢慢地收起铡刀，队长把三转老汉抱住像哄孩子一样，说：“三叔，三转叔，老叔叔，我知道你饿晕了，饿晕了，你什么都没看见。”队长一挥手，几个小伙子把三转老汉像架小鸡一样架走了，人们看见三转老汉泪眼婆娑，接着号啕大哭。队长走进牲口圈里，拿手指着靠门口的两头老牛，还做了个压低声音的姿势，立刻有几十个人提腿提脚地凑过去，拉着推着把两头老牛弄出了牲口棚。

杀牛的过程很简单，那牛也瘦得要死，在刀子下几乎就没听到一声牛叫。但是牛也太瘦了，两头牛还不如一头平时的肥猪重，一人也分不了一斤，于是有人就嚷嚷着再杀两头，最好能每人分一斤，一家人家也好动锅灶。

不等队长说话，就有人又跑回牛屋去牵牛，但是接着人们听到牛屋传来惊恐的喊叫：“三转老汉上吊了。”

三转老汉是吊死的，他把绳套挂在喂牛的牛槽上，他的怀抱里是一头失去母亲的牛犊子，因为母牛被村里的人杀了，那牛犊子舔着三转老汉的手指，像舔着奶头，人们看着这场景，都扭头转过去流泪。

三转老汉到死还抱着牛犊子，大家使劲才掰开他抱牛犊子的胳膊。而埋葬三转老汉，竟然用了一百多个男劳力，拿牲口槽装载的尸体，一百多个男人分成五班，仅仅从牛屋抬到村口，就足足换了十几轮，每一轮走不了十几步就气喘吁吁。有人提议扔掉牲口槽，拿芦席包裹了，抬不动还可以拴绳子拖着走，但是队长坚决不同意，一直折腾到大中午，才把三转老汉送到坟坑里。

三转老汉死后，生产队就动员我大爷开始接过三转老汉的活儿，在牛屋喂牲口了。

在我和大爷在牛屋睡觉的记忆里，常常是到了冬夜的夜半，那些牛静静地反刍，大爷就几次给牲口加草加水。

但夜半的时候，也是我迷迷糊糊地听大人讲述比较隐秘的事情的时候，航哥是鳏夫，队里常让他去护秋，就是抓那些下夜的人，抓住了，就罚工分，秋后扣口粮。

下夜的不单是男人，更多的是女人，女人一见是航哥，就脱裤子，但航哥就扭头走了，口里吐着唾液，骂着：不要脸。

很明显，女人是想让航哥占便宜，放一马，但航哥是把偷来的东西拿走，往往在那些女人的屁股上踢上一脚，说滚吧，女人就提着裤子跑了，往往是用布衫蒙着头，怕人看出来。

航哥说，有一次他蹲在棉花地里守着，因为棉花总是被人偷，却没见到下夜的人，他这次要死守，看到底是哪方神圣。到了天将甫明，那人来啦，穿的是男人的衣服，但走路的姿势却像女人，因为女人的个子低一些。那人进了棉花地，四周看一下没人，就抓住才开花的棉花，一朵一朵地摘开了，一个时辰，就把一个布袋装得满满的。这人刚想走，航哥一下子扑上去，抓住了布袋，往下一拽，那人一下子仰面朝天倒在地上，这时航哥想看看是谁，那人却是双手死死地用衣裳捂住脸，这时航哥就上去扯衣服。

这下子可好看了，衣服扯开了，一对乳房鼓鼓地挣脱出来。

大家都问："是谁，看见了吗？"

航哥说："我一看妈妈（鲁西南方言）像油葫芦，比棉花还白。"

后来那人见露馅儿了，索性把裤子扯开了，就是不让看脸，这时航哥也上了犟脾气，你不让看，我就要看，以后见面，不好意思的是你。

大家都问："是谁？"

航哥说："你们猜？"

大家都被航哥吊起胃口，大家猜不出，最后航哥说是妇女主任。

啊，大家长出了一口气，接着就有人问："你干她吗？弄吗？"平时这妇女主任人模人样在会上高调，看样子是下夜的高手，穿着男人的衣服。夜已经很深了，牛屋里很静。

"我没弄……虽然想那事。"航哥说，"这骚娘儿们……看我不小心把上衣扯下来，她就自己把下身衣裳脱光，躺在那一布袋棉花上了。很明显，我弄了她，那一布袋棉花就是她的了。""真不弄？"大家接着问。航哥说："没弄，就是踢了屁股一脚，滚吧。"

大家说航哥傻，航哥笑笑，很神秘。

那些年，牛屋，不仅仅是乡间的一个空间的处所，它还是乡村的记忆，是故事的刻度。历史是要有刻度的，这里有乡村的旧影和回味，我离开乡村，曾无数次在梦里回到那些牛屋，告别了故乡，但告别不了牛屋，好像觉得乡村的灵魂和历史就在牛屋里。

再后来，读到《世说新语》，看到曾担任过大都督、参军、征讨大都督的褚季野的牛屋故事，那是褚季野在由章安县令升为太尉记室参军时，坐了当时行商的贩船，半路在钱塘亭投宿。

当时，吴兴县令沈充也正好送客经过浙江。因客人太多，褚被亭吏赶到牛屋睡觉。半夜，因潮声太大，沈充无法入睡，起来看到牛屋下有什么东西，就问亭吏，亭吏说："昨天有个鄙贱之人前来投宿，我就让他睡牛屋了。"沈充当时喝多了酒，就对着牛屋喊："伧夫（当时南人讥骂北人的话），想不想吃饼子？你是什么人，我们聊聊可以吗？"褚公听到有人喊话，就说："我是河南褚季野。"沈充大吃一惊，又不敢要褚移动地方，随即在牛屋款待褚公，并在褚公面前鞭打亭吏。但褚公与沈充喝酒吃菜，淡然自若，言谈毫无异状，就像没事一样。

这是个不错的故事，发生在牛屋的故事，人生有许多的机缘，曾发生在这满是牛粪味道的地方，夜间最是人寂寞难耐的时候，唤取同类在牛屋喝酒也是一件雅事。风风雨雨的牛，早就修炼出一副洞晓天命的模样，它们看到过许多人间的耕作收获，也看到过许多的歉年，经历过人间的鞭打血痕，曾随着历史上那些牢骚满腹、悲愤无助的诗人，漂泊过吟哦过，而在牛粪的味道中对坐饮酒，想必是人中之龙，芸芸众生里的达者吧。

多年后，我回老家，也是冬天，在什集的街头，我看到了苍老的王老师，看到王老师的自行车上绑着一个反过来的火罩，火罩里趴着六七个猪秧子（小猪崽），他的脖子拧着在一个扩音器轰鸣的大棚跟前，那是集市上的艳舞表演，叫亚洲歌舞夜总会。

大喇叭里女主持人嗓音尖利地喊着："脱了，脱了，走过路过，千万不要错过，今天最后一场了，马上开始了，二十块钱一位，两位三十了。"

刺耳的音乐后面，是大棚里那些父老传出的没见过世面的不像人的狂叫："真脱了，呀，恁白。脱了，脱了。"

我看着大棚外的王老师，他的背有点驼了，但他像许多人一样，站在大棚外，手抓着自行车的车把，车把上有个棉手套，黑油油的放光。

大棚好像被旋风卷起了，里面呼哨，狂喊，乱叫，跺脚，骂人，随着咣咣的节奏，把里外的人都卷起来，抛到了空中。

王老师的脸潮红了，我远远地站在王老师背后，未敢招呼他，但他的集市上的熟人，开始调侃了。

"王老师，看见了啥了？""过瘾不？"

"看到眼里剜不出来了。"

"晚上回家，嫂子受不了，床腿受不了了。"

王老师像个木头橛子，杵在赶集的、来看新鲜和热闹的人群里，地上，有很多肮脏的穿着三点式泳衣的女郎的纸片和红的绿的塑料袋，远处，是羊肉汤锅的蒸腾的水汽，王老师像是陷在兴奋里，涨红着脸，说着啥都没看见。

我想到王老师最后一课讲的美女可以取暖，但在晚年，王老师还是用火罩火盆取暖，在晚饭后，在灶下，把柴火的余烬扒到火盆里，然后罩上火罩，放在被窝里。

最后听到王老师和火罩的消息，是父亲告诉我的。父亲在什集的集市上打扫卫生，把一些灰尘树叶、砖头瓦块弄去，散集后，把丢弃的菜叶、垃圾也弄去。这样父亲每个集市上都会给每个摊位要一毛钱或者五分钱。父亲说，有一次王老师卖火罩，对父亲说，他在小学教过我，于是就省下一毛钱。

后来，王老师死掉，是冬天，在晚上，火盆里的火太旺，把被子燃着了，人们去扑救，发现了王老师赤身躺在烧得只剩下屋茬子的房子里。奇怪的是，他的火罩却完好无损。

而今，牛屋早没有了，去年夏天，我又回到故乡，到牛屋的旧址走一走，但早没有一点痕迹，但看到了村头的小庙，我在手机上记下了几句感慨：

村头的小庙朴实亲切
就像隔壁的亲戚
可以串门
可以赊欠
也可以说谎

我记得故乡是穿草鞋的，家乡的田垄是穿草鞋的，气喘吁吁的牛不穿皮鞋，跟在牛后的农夫不穿皮鞋。但现在，很多的人已抛弃了草鞋，我不是故乡重回草鞋时分，但穿皮鞋的故乡真的不是我的故乡，我的故乡已经存入了记忆，我只是故乡的一个过客，来，只是凭吊。

我仍记得童年的一幕，村的旁边是一条公路，有光棍对着城里来的汽车手淫。

三二月夜

一

现在如果要问你见过真正的月夜吗？那种如白夜一样的月夜，我敢说，很多的人会嗫嚅无言。

那种唐朝才有的宋朝才有的月夜，才是无渣滓的夜和月，王维《山中与裴秀才迪书》，干净得不染一丝渣滓：

> 近腊月下，景气和畅，故山殊可过。足下方温经，猥不敢相烦。辄便往山中，憩感化寺，与山僧饭讫而去。
>
> 北涉玄灞，清月映郭。夜登华子冈，辋水沦涟，与月上下。寒山远火，明灭林外。深巷寒犬，吠声如豹。村墟夜舂，复与疏钟相间。此时独坐，僮仆静默，多思曩昔，携手赋诗，步仄径，临清流也。
>
> 当待春中，草木蔓发，春山可望，轻鲦出水，白鸥矫翼，露湿青皋，麦陇朝雊。斯之不远，倘能从我游乎？非子天机清妙者，岂能以此不急之务相邀？然是中有深趣矣！无忽。因驮黄檗人往，不一。山中人王维白。

王维去看老朋友，但朋友正在读经，便不去烦扰，径直就到山里去，夜间的月下山景令人感到悠远，“深巷寒犬，吠声如豹”是我独喜的句子。老远访友，却又不见友人，把对老友的情感放进自然月色，寒山远火，真是知己。而苏轼的《记承天寺夜游》呢，是白银打制的篇章，在历史的书页里漏出：元丰六年十月十二日，夜，解衣欲睡，月色入户，欣然起行。念无与乐者，遂至承天寺寻张怀民。怀民亦未被寝，相与步于中庭。庭下如积水空明，水中藻荇交横，盖竹柏影也。何夜无月？何处无竹柏？但少闲人如吾两人耳。

在元丰六年的十月十二日夜里，苏轼解开衣带，脱衣躺下来，正想入睡，忽见月光从门缝中挤进来，洁白如雪，如掌如拳，不由心中一跳，兴致忽来，就寻人同赏，这样的不敢独私的境界不是一般人所能达到的，现代诗歌里最喜余光中的《梦李白》中“酒入豪肠，七分酿成了月光，剩下的三分啸成剑气，绣口一吐，就半个盛唐”，还有曹阿瞒《短歌行》里的句子“月明星稀，乌鹊南飞，绕树三匝，何枝可依”。如果在历史的书页稍一环视，月的文字真是万千气象，如涌如堵，古时的月清澈明洁，幽美宁静，一片空灵，像照在墨上与纸上。想我与友人在秋天的夜月下，翻越像枪刺的铁门，夜深，从小城的胡同森森的黑影中送来送去，徘徊久之，月亮就在头顶悬着似是在笑，清冷的天气，心是如沸如汤。明人张大复在《梅花草堂笔谈》里说：“邵茂齐有言，天上月色能移世界。果然！故夫山石泉涧，梵刹园亭，屋庐竹树，种种常见之物，月照之则深，蒙之则净；金碧之彩，披之则醇；惨悴之容，承之则奇；浅深浓淡之色，按之望之，则屡易而不可了。以至河山大地，邈若皇古，犬吠松涛，远于岩谷，草生木长，闲如坐卧，人在月下，亦尝忘我之为我也。今夜严叔向，置酒破山僧舍，起步庭中，幽华可爱，旦视之，瓦石布地而已。戏书此以信茂之语，时十月十六日，万历丙午三十四年也。”是啊，月亮移易了我们的世界，第二天再到夜间走过的小巷，也只是瓦石布地而已。

我能体悟苏东坡在元丰六年月下的影子，在童年时，月夜影子的问题常常纠缠我。

月亮在天上。白得发亮。

还有房屋的影子，还有矮墙的影子。

我从家里出来，就有影子跟在我的脚后跟，我走到哪里，影子跟到哪里。

去找小伙伴，刚喊了他一声，他答应着，院门吱的一声，人还没出来，影子就早早地冒出来，一晃一晃的。

我们到场院去，那些麦秸垛，早没有了白日的温和，在月亮下，好像如一朵朵埋藏着秘密的蘑菇，那些影子，就如粗短的矮人。

嘎——一个影子从天上掉下来，鸟从巢里飞起，那是鸟看到月光，受了惊吓。

有月亮的晚上，月光是背景，是白纸，在这个铺在地下的白纸上，一切的动物、植物，还有人，即使井台，都留下自己的影子，好像是月亮给这些物件的剪影。

我们看到公鸡的剪影，山羊的剪影，草垛的剪影，烟囱的剪影。

而这些剪影的原物呢，都是像披着霜，或是雪。我和小伙伴的头发眉毛也披了雪和霜。

我们朗诵着，月亮月亮。我们看哪些地方没有影子，我们从场院到田野，到小石桥。

远远地望去，田野的庄稼地，更是覆盖了雪，那小石桥的剪影倒映在河上，我们发现，河水没有影子。

哈哈，原来躺在大地上的东西都没有影子，于是我们和伙伴并排躺在小石桥上。

到了很晚，我们从田野回来，走到村口的井栏，大家趴在井口的青石上，我们的脑袋都映在井水里，井里的水里，是我们脑袋的影子。

不知谁往井下扔了土块，我们的影子在井里一下子碎了。

当我们回到家里，我们把影子关在了门外，这时母亲点上了油灯，这时又有影子了，我们用两只手，在墙上，借着灯的映照，就变化出兔子的模样。

母亲吹熄了灯，我们和影子躺在被窝，谁也看不见谁。

古人赏月，常是秋冬，我觉得那是一种人生的闲暇和季节的闲暇。

深秋的月，是最有含义的。

那时，月亮和月光是经霜的，村庄的树叶早辞别了树枝，还会有三两片顽强的叶子，也红得有点紫，吊在树枝上如孤独的鸟。如果这些影子恰巧印在窗棂的纸上，真是翅膀一样，时时给人飞的感觉。

月下的屋檐，就如下雨的时辰，那些月光是雨在滴答，铺在地上，有月光溅起。

这时的树，真是瘦了，但给人的是瘦硬，是不屈，好像古代的刺客，月下夜行。

这时的天地是最空旷静谧的。霜给了月光以寒意和冷静，而月光给霜的是，加倍地泛白。我们在此时，上完自习，从小学桥回来，觉得夜路是硬邦邦的，那些月光有了凸凹感，也有了缠绕脚踝的缠绵。

走还是不走，伤不伤着这月色，有时真是问题。

我们和书包，和家里来接的狗，都和谐地走在夜霜里，走在夜月里，狗跟在身后，也是轻手轻脚哦。

如果风吹，这时狗就会反扑着叫，好像示威，这月色愈加空旷。

月亮从东边渐渐爬高，还是慢慢地西行，我们感到了冷，就加快脚步。有卖炒花生的在村里的胡同吆喝，花生的篮子上盖了一块印花布，在月下，就如几片树叶那样好看，卖花生的人，脸色泛栗色，就是炒花生的沙土的颜色。

深秋的月，是我少年的月色，在多少月色朦胧的夜晚，是月给我叙说的冲动和向往。

大地慢慢变冷，我只能从被窝，透过窗棂去看户外的月色，那时夜气好像固体，别的一些声响在月色里，都有了更硬的回声。冬夜里狗的叫声更加的咆哮，好像反抗者的怒吼。

我把脖子缩回被窝，月色里，我的梦，却有了春天的绿色。

二

有一年的秋夜，我曾跟着父亲到菜园去给白菜浇水。父亲在前面挑水，我在后面用罐子提水。

我看到好多的白色的蜻蜓和蝴蝶从父亲的水桶里飞起来。我的罐子里也有白色的蜻蜓和蝴蝶飞起来。

我疑惑了。四下一望，月亮出来了，那些月光就如长翅膀的蜻蜓和蝴蝶栖落在村里的屋子上、菜园的树枝上。

在夜里，父亲不允许我走近井台，他把水桶从井里用井绳提出来，把水倒到我的罐子里。

当我们刚到菜园的时候，我远远看到井口黑乎乎的，像一个盲人的无神的瞳仁。

月亮出来了，那井沿也亮了，明晃晃的，井沿上趴满了蝴蝶和蜻蜓。

在又一次提水时，我故意落在父亲的背后，等到走远了，我则回到井边，就趴在井沿外，往井里看。

我吃惊了，那是一井筒的蝴蝶和蜻蜓。

我看到了井底里的我，那水里也有一个趴在井口的童年，我张嘴他也张嘴。都笑。

那是一井筒的月亮，真亮啊，我想到白糖和冰糖，是那种结晶的。

第二天，我早早起来上学，地上有霜了，我猜是昨夜的月光结冰了。

但现在呢，月夜成了一种珍罕，古时的月夜没有现在工业的暴乱所造成的污染，化学的，燃料的，现在的夜是神经功能紊乱，不再称之为“夜”，也没有了月和星。现在很多的人，连一次真正的黑夜真正的月夜都没见过，都是在霾里埋葬，古时的月是黑夜的火把，现在的夜没有了火把，月被淹没，大地成了严肃的不苟言笑，黑夜像是涂上了鬼脸，所有古代的那些月亮的描述，在现代无址可落，所有的月只有在古代晃荡，身份都有了问题。

我想到了儿时，那时的乡下，有月，也有夜，更有故事与传说，月是故事的背景，无论鬼怪，无论花妖，还是吊死鬼，好像有了月就有了间离效果，不再阴郁。记得母亲亲口说过的月线老鼠出嫁借蒙头红的故事，母亲是坚信那种故事的真，她说是她奶奶亲口说的，也许，是真的。

这是乡下奶奶亲口说的，那是一个有月亮的晚上，奶奶在灯光下做针线，是临近年关的雪夜，月亮白，一个姑娘，来借一块红布。奶奶的针线筐子没有，就在柜子里找了一块红布，姑娘拿走了，感谢着，奶奶发现，在月亮下，几个老鼠掺着一个老鼠，蒙着蒙透红，害羞地走，年关了，也是老鼠成亲的日子。

这是一个雪后的月夜，天地银银的，如玻璃，这应该称作“白夜”。村里的石桥上覆盖着雪，雪上是有点蓝幽幽的月光；黑黜黜的屋瓦也没有了，也是一层的白。再看看街上，铺着石板的街道，也是一色的蓝白，天上地上，整个的融成了白白银银的一世界。

在这个白夜里，村头的老奶奶在做重孙子的虎头鞋，快要年关了，城里的孙子要来老家拜年。老奶奶就趁着月光，坐在灯下做针线，屋里的灯光还没有外面白亮，老奶奶就索性吹熄了灯，让月光从窗口挤进来，屋里屋外都是白夜了。

老奶奶年纪已经很大了，发白如雪，皱纹如线。她绣完了一根绿色的线，那是老虎的胡须，正要用红线绣老虎的眼珠，可是她的手怎么也不能把那根红线认进针鼻，老奶奶接着月光，把针鼻对着窗棂，针眼里也透出了银银的月色呢。

白夜下的乡村，整个像古代的山水画，那远处的积雪，树林间的积雪，柴垛上的积雪，多么雅致的，虽不煊赫，但是生动的一幅雪境的乡村画，老奶奶觉得，今夜的月光是水，可以听到月光流动的叮咚。老奶奶拿着针线，想着她嫁到这个平原的小村，也是有雪的时辰，靠近年关，那时家家户户开始杀猪，猪的叫声，好像也是那么柔和，她又想着孙子的儿子该是怎样的虎头虎脑？

平原的小村静谧得，只听见老奶奶的针线的呲呲从布里穿过的声响，偶尔有狗在远处吠叫，然后是脚步的踏踏声，接着是贩卖炒花生的商贩“要焦花生”的声音，显得邈远无边。

这时的白夜，就像是把小村裹在了梦里，不知是真还是幻，也许老奶奶就是坐在梦的边缘，也说不定呢。

就在这时，笃笃的，有了拍门板的声音。

老奶奶疑惑了，什么时辰呢，还有邻居来敲门，自己的眼睛花了，但耳朵还好使，她侧起身子，看是否是起风了，还是狗在门板上挠痒儿。

不是风呢，风早熄了，也不是狗儿，外面只是银银的白夜。

然而雪里传来了沙沙的脚步声，老奶奶听到了一个声音自言自语：

“这雪好大啊。”

老奶奶疑惑地站起，那个黑影儿就到了窗户的边上，站在屋檐下的银银的月光里。是谁呀，这么晚了，有急事？

一个声音，哑哑地喊：“老奶奶，老奶奶。”

老奶奶把针线放下，那老虎的眼珠还剩一半没有绣完。老奶奶打开窗子，把月光和雪的蓝放进来，屋里就如白昼。

屋檐下站着一个小姑娘，头发长长的，还有一个现在都很少的辫子，姑娘用手勾着辫子，显得害羞，又有点紧张。

姑娘脸红红的，好像憋足了气力来到了窗前，老奶奶问：“小姑娘，这么晚了，到我家有事吗？”

小姑娘点点头，“老奶奶，我求你一件事，行吗？”

“哦，你是谁家的孩子呢？”

“我——我——老奶奶，我是你的邻居呀。”

“邻居？”

“是的，我就住在你的附近，我是晚上才出来，每次我都看到你在窗口绣东西。”

老奶奶相信了，村里的有些年轻的人她有很多都不认识了。每次到街上，都有很多的人喊她“老奶奶”，她点头答应，然后说老了，老了，在人前走过。

“孩子，你有事，给奶奶说吧！”

“老奶奶，我想借你的红布，一块四四方方的红布啊。”

“哦，红布？”

“我们要做一个游戏，娶亲少一块蒙头的红布，快要年关了，就凑着这白夜，大家说，我们借一下唢呐啊，喇叭啊，锣鼓啊，红布啊，在今天的夜里娶亲呢。”

“哈哈，这么小，亏你们小黄毛想得出，红布，红布——奶奶去找。”

老奶奶站起身，走到了一个黑黑的老式的木柜子前，开始翻起来，一会是小小的鞋，一会是破旧的衣服，在柜子的底部，老奶奶终于找到了一块红红的绸布。见到这绸布，老奶奶的嘴角开始挑起，荡漾了笑意，这是老奶奶年轻时出嫁时的蒙头红，在唢呐声里，一顶轿子把她抬到了小村里，一连六十年都没离开村子，在今夜，老奶奶把年轻时的蒙头红找出，就像心口砌个蜂箱，里面储满了花和蜜。

老奶奶把红布递到窗外，“记着，这是奶奶的宝物，要爱惜。”

“是的，老奶奶，天亮了，就还你！”

小姑娘接过红布，眼睛里快要冒出了泪水，在月亮下，闪闪的亮，小姑娘给老奶奶深深地折下身子，鞠了一个躬。

小姑娘走了，刚到大门口，就有很多的人蹿上来，把蒙头红给借红布的姑娘蒙上了，老奶奶探出身子，仔细一看，看到，这些孩子的身后，都拖着一条细细的尾巴呢。

哦，老奶奶想到刚才的小姑娘虽然腼腆，但是伶牙俐齿的模样还是印在了心里。知道了，在年关来临的时候，也是老鼠娶亲的时辰。老奶奶想起一张年画。画上是一群老鼠抬着轿子，举着花灯，扛着彩旗，吹吹打打走着，鼠新娘微微掀开轿帘羞涩张望，新郎戴着礼帽手挥折扇，骑着蛤蟆洋洋得意，还有一箱满载嫁妆的红箱随轿而行。老奶奶小时就听说，年关是老鼠娶亲嫁女的吉日，人要早早上床睡觉，不可以开灯，不然影响老鼠办喜事。

奶奶想到她的小时候她奶奶告诉她的，黑夜不能开灯的话。已经是七十多年前的事，还像昨天一样真切。

她当时问自己的奶奶：

“这是真的吗？”我瞪大眼睛，老鼠娶亲，多么奇妙的事。

自己的奶奶怎能骗自己的孙女“当然是真的”，自己的奶奶一本正经说，“半夜老鼠就要娶亲了，你要把鞋藏好，不然老鼠就偷走当花轿罗。”

老奶奶想到这里笑了，老鼠成不了亲，那一代代的就无法延续了，那十二生肖也就断了，那麻烦的事也就多了，老奶奶想重孙子到家里来的时候，她也把这亲眼看到的一幕讲给他。

门外热闹起来，唢呐响了，好像呼呼的风声，在白夜里，老鼠的娶亲在进行，真是值得庆贺的事。

这时村子静极了，好白的夜啊，好白的月！

老奶奶发白如雪，皱纹如线，“我还有一根线绣完，老虎的眼睛就睁开了。”

老奶奶关上窗子，但关不住的月光还是银银的挤进来了。

哦，这种有月亮的夜，人与老鼠或者花妖是该有故事的，月来到人世，不只是朗照，还有一种朦胧的遮蔽，是隐私，也是给故事一个幕布。

三

童年的月亮和成年人不一样，童年的月亮是银子打制的，薄而亮，有时感觉就是一张满是银粉的纸，贴在了天上。当时就想，天上一定有窗棂，那是窗棂贴的纸，但窗棂也许是隐身了，但纸却被我们地下的人瞄到了。

乡下窗棂的纸是防风的，那月亮也防风，从古到今，月亮从没有被风吹跑，我们在李白的诗里和梦里看到过这个月亮，在醉酒的苏轼那里，也看到过这个月亮。大风可以把李白的心吹出胸腔，挂到咸阳的树上，但在李白的笔下，风是吹不动月的，只是传说，李白醉酒，糊涂到月亮沉到长江里，他去捉月，就挂了。

诗人说，李白好饮酒，那酒钻到肠子里，曲里拐弯，再跑出来就幻化成了月光。

月亮也是偏心的，我觉得，河边的月亮和井台的月亮，要比柴草麦秸垛的月光要多一些。

月亮有时也挑肥拣瘦，我看到火车站的月亮，都是瘦的，有时瘦到成了一个钩子，那是要把送行的人的眼泪勾出，那眼泪里就有了月光的晶莹了。

月亮是有古道热肠的，一年的秋天，我去看朋友，经过几百里的跋涉，到县城天已经黑沉了。我还要用脚踏车到朋友那里去，朋友在县城外的一个村子，村子在平原的深处。

那是土路，凹凸不平。一开始还没有月光，只是几颗星斗在远处晃动，有时有拖拉机的红红的灯与喧嚣擦肩而过，有时是几辆脚踏车赶路，匆匆而过。

我往朋友家赶。当时路两边是还未收割的大豆，还有高高低低的玉蜀黍，风一吹，那些黑影幢幢，好像要扑到人眼前的鬼魂。

但就在一霎间，月亮出来了，那些蟋蟀也一下子就叫开，我以为是蟋蟀唤来的月亮。

天上地下，都是月光，大豆的秧子上，玉蜀黍的天缨上，一下子都淌着水银，我兴奋莫名也就是在那次。我脑海里叠加的是，我童年到外村和姐姐看电影，那夜很黑，电影结束了，我也在姐姐背上睡熟了。

姐姐背着我往家赶，离家还有几里路，我被一道白光刺醒了。我看到姐姐的头发成了银子的，她背着我，那额头的汗珠也是银子的。

我惺忪着吗，看到天上月亮了，是白得如银。

夜宿的鸟，也被这月亮惊醒了，驮着黑色镶着银边的银子，扑打着翅膀，叽叽喳喳叫着，远去了，路边的溪水，上面的月光如蛇在游动。而草尖好看的是露水，在月下，是那么的莹亮，这是夜半了，老人说，夜半露水才凝结呢。

头顶的月亮，在姐姐的背后也走着，当姐姐停下脚步，月亮也停了，我们能看到自己住的村子了，那里的房屋在月亮下，好像很谦卑，一下子变小了，变猥琐了，如刺猬。

“姐姐，月亮，会背着星星吗？”我问姐姐。

姐姐回答：“如果，星星是月亮的弟弟，那月亮一定会背着弟弟的。”

在城里久了，在雾霾天久了，就格外怀念多年前乡间的天幕和夜。那时的夜，只有乡村的夜才显出厚实的浓黑来，那些脚趾就像舒适的排排小猪躺在黑夜的被子深处，觉出安眠；而乡下的月光呢，才称得起“月光”。

等晚饭时辰，把涮碗筷的脏水朝猪圈不规则石槽泼去，做姐的或是做母亲的把濡湿的手正拟往衣物上靠近，常是一声的惊恐：“呀，哪里这样明啊？”

（乡下人不懂得王维的诗句，但月亮出来的时候，总是有鸟儿扇动翅膀，遽乱飞去。）

于是惊恐间，大家疑惑地抬起头，抑或从房门和窗里探出半个身子，不注意的时分，那月光默然地删减了黑夜，刷新了古旧，像如掌大的雪那般纷纷地洒落下了。

院子里的柴垛隐没了，如一堆的霜，银银的亮。房瓦呢，也是银银的亮，从空中到地下，兼之村巷胡同，整个被月光濡湿了，融成了一片的白。

而对于月光我却是满布着遗憾，那时我只十岁，麦天的假期里，学校的一只羊轮流放养，那天羊就牵到我的家里。在秫秸苫顶的厨房里，一个木橛和一段绳索把这个生灵拴住，给它喂草喂水。羊，一副谦逊的模样，不挑剔，也不讲话；到了黝黑的晚上，隐隐听得远处有狗叫，声如远豹。我，就想着羊是否也闭着眼睛睡觉，但最终也没考究出所以。其时前院土一样黑实的得宝来拍门，的的笃笃地叫我。得宝是在四川大山褶皱里当兵退役的军人，按辈分排序，应该是唤我爷的，但只因年龄的悬殊，得宝把我当成一个刚醒事读书的孩子。

得宝一脸的兴奋，明天他要娶亲，偏僻黄壤的鲁西平原深处的风俗，讲究娶亲前的一夜，男方家庭要喊一个孩子“压床”。娶亲前一夜的床是不能空掉的，那床的底下还需放上枣和花生一类的东西，一般压床要找属相为龙的孩子，须是男孩。我便从家里的床上转换到了得宝的新房，睡在了他的床上，那床上全是新的被褥，一叠一叠的粗布被子里，透着新弹制棉花的香气和雨水与青草的味道。

是西屋，刚好，月亮的光已经从天上溢出来了，房门也闩不住的月光便从窗棂中透过，莫名地睡不着，就看月光，想我的羊是闭着眼睛还是睁着眼睛，抑或睁着眼睛抑或闭着眼睛，得宝的鼻翼哼哼地翕动，在夜里，像是吸取新制棉被里的那些香气。得宝不和我说话，覆盖在同一被子里，只是他的脚不时触动我的下巴，而我的脚只能蹬到他肩胛的地方，这是一个极美丽的月夜，乡下里的月亮。四周静静的，窗棂上的那个“喜”字在月光下，迷迷蒙蒙的一片中就浮动着微红——

得宝媳妇第二天月亮下去太阳未出的时候就娶过来，那女子有着姣好的秀韵，就记着了她进洞房时粲然的一笑，绽出着一颗虎牙，幼小的我立时便感到了童年的温热和朦胧的美丽。在鞭炮声里，我从送嫁人手里得到一个麦面与糖做就的“火烧”，火烧的中心处，是一红红的朱砂印记，圆圆的。那女子非常勤谨，婚后的翌日，就踏着鞭炮的纸屑和月光到了生产队的麦田里。

春天。夏天。接着是秋天。正是农历的八月十五，好像能闻到月光的味道了，我和母亲到生产队的场院里分取谷物。

秋天的场院毕竟最像场院，谷子，玉米，大豆，都堆码在那里，牛、驴和碌碡或站或卧，队长指挥着人翻动场院里的稼穑。春耕。夏耘。秋收。冬藏。劳碌的人们盼着领取冬季的口粮，像要冬眠的动物一样能蜷缩在寒冷的日子里过活。

生产队里是用磅秤分取谷物的。得宝的媳妇站在谷堆上，谷子，黄灿灿的，饱满，圆润。得宝媳妇负责用簸箕从谷堆里量取，然后再一家一家往磅上的口袋里倾倒谷子。劳作中，那女子的面目还是异样的姣好，沉静。一下一下，那么专注。

一簸箕有几十斤，那女子就立在高处，她双手举着簸箕，谷子如水流从簸箕里奔赴口袋，一家一家，在机械中显得利索，谷子们从簸箕口散开，就像竹子做成的帘幕，谷子倒进口袋的时候，那女子的上身和胸脯有规律地耸动，一颗虎牙还是那么粲然地绽着，沉静静的。谷子散出尘土般的雾气，有点呛人，阳光透过雾气照在那女子有着异样油彩的脸上，感觉毛茸茸，简直不是一个在劳作的模样，像一尊塑像，显得在旷野上有点高远。倏地，那女子再次向口袋里倾进谷子时，就收腹，就高举，就胸部高耸，那簸箕就达到头顶处，上身与胸部还是有规律地耸动，这时也许腰带太松，也许腰肢太细，总之，一下，就是一下，下身的衣裤便从臀部尴尬地滑落，委顿在谷子里。农村女人一般是不穿短裤的，那女子也不穿，于是她就白白的两只大腿，银银地直戳在灿然晕黄的谷子里，只是那一刻，想必人们惊呆了，队长发痴。那女子只宛如一尊塑像，一幅剪影：在谷子扬起呛人尘土的雾中，她的丝丝黑发，她的下肢月光一样耀人，于是就有了那刹那永恒的静，呆呆木木的，人们好像在梦境中永没有醒转过来。

一切都是那么猝不及防。

那女子手中的簸箕从头顶滑落了，谷子从她的黑发，脸部，腹部滚落，只是一刹，她的衣裤便忧伤地回复到本然，她从谷堆上逸下，那样怨诉，那样哀婉，端庄姣好的脸上有泪溢出，一路泣哭着遁走了。

碌碡还是在那里转着，吱呀吱呀，直到黄昏从西天漫出，才将那吱呀吱呀的声音完整覆住。

真的，那个黄昏使人尴尬。

到了燃灯吃夜饭时，家家熬了舂去谷壳做成的米饭，在馨香浓浓扑鼻中，我还想着得宝的那个女人。乡下的八月十五啊，等待着父亲能把月饼分给我，那年家里就买了一斤的月饼，“一家都在秋风里”，我想着学校的羊，明天就要轮流到我家吃草。

天已经黑透了，乡村的有线广播中《国际歌》那雄浑的声音还在空中未能散尽，月亮已是在东屋的房脊爬得有一尺高，月光把房屋和树木都画在空无旁依里，十分清晰，好像一根根对生活敏感的神经。

“秀秀，秀秀……”

外面有嘈杂的人声。

这是我姐姐从外面回来，她说得宝的媳妇上吊了，正喊人抢救。

我到了前院得宝的新房，人们还没有多少，得宝不在，人们说他去喊医生了。那女子吊在新房的房梁上，像一个倒悬着的感叹号，哀哀的，但她的双手似乎努力地争取着滑落的衣物，裤子一如在场院里一样，因为收缩吧，衣物已经滑落在脚踝的地方。月光从窗棂里透过，八月十五的月亮，像一方方手掌的月光，照在那女子的身上，就像执着地追光一样，那时我开始诅咒月光，开始替月光遗憾，它该迷茫些，或者在今晚索性不出来，人们看着她那双月光下的大腿，白的和黑的。

她两天后，在土里埋掉了，是夜里，还有月光，医生说，得宝媳妇怀孕已两个月，我一直替那女子遗憾，它吊死在有月光的夜里。

我还记得那夜的月光啊，好白的月光呵，一地的月光，能盈尺盈丈的厚！如母亲给我讲过的老鼠借蒙头红的月光，但这时的月光添加的是缠绕是泪，注定月光下有出嫁有新生，也注定有死亡有哀歌。

我知道，不一定身处黑暗就一定发生悲剧，身处暗夜也一样传递温暖嗯哼光亮，在月夜，也一定时时有灾难窥视，月亮照义人也照不义的人。但我还是渴望那种乡下的月亮，铭记着她们，用她抵御我们现在雾霾沉沉的夜，我想在暗黑的时分要有火把，是月亮，让这样的夜醒来，让人有安慰。

木镇纪

子　时辰

乡村的时间既模糊又清晰，是啊，它清晰到有许多的参照，如树叶青的时候，如蛙声开始的聒噪，如谁谁娶媳妇放炮仗炸了手;但模糊呢，树叶青到底是啥树，楝树，柿子树，还是铁皮一样瘦劲的枣树？即使说：那时候是广播响的时候，但上午下午夜间也不分明，乡村的广播是一日三次。但大家还是记得，谁当队长，谁是会计，那时地瓜长得个大，出的淀粉多，弄出的粉条在灶火里煮不烂。

木镇的时间有女人时间和男人时间。女人成人，木镇把结婚叫“成人”，女人最记忆深刻的时间莫过于第一次把一切都露出来，虽然是黑灯瞎火，怯怯生生，但她知道一只手，原先摸铁锨把的手，满是茧子，在乳房划过，那夜最黑，但手还是能看到乳房。再黑的夜，男人也能把女人大襟衣服的一盘盘扣子解开。女人记得，结婚那天，夕阳一拃一拃从院墙走下，接着是婆母把白面馒头，那馒头上用红颜色点一下如唇印，还有一碗白菜酥肉端过，然后就点了蜡烛，那夜的蜡烛是全镇最亮的，好像是把人的衣服照得如玻璃，人就无处躲。

风过来了，窗户纸好像也不结实，风一吹就破，蜡烛好像也不坚强，一吹，也就灭了，但女人知道，夜晚外面的星星下还有一处地方亮，那是狗的眼睛，旁边是柴垛。

于是女人的时间就有了一个坐标，成人的时候，就如北京时间一样，成人的时候，也就是人的东八时区。在东八时区左边，是不懂事，是渐次朦胧，是在织布机上把愿望放进彩线，是在集市偷窥未来的男人;在东八时区右边，是怀孕吐酸水，是头生闺女，是男人挖河。女人的人生就从“成人”一路走来。人也如树木有年轮，但人是无法锯开的，我想，有些时间人是加速度活的，那时对时间感到紧凑，有些时间是熬，乡村有句话：熬吧，那是一种无奈。女人是一根线一根线来量时间长短的，坐在门旁或者床上，身边是男人孩子的鞋子袜子还有老人的衣物，一针一针缝，把青春缝进去，然后缝的就是白发，她们不会看钟表，也不懂分针秒针，她们知道日头和月亮，也知道地里的草该薅了，她们喂奶洗尿布，在坑边，把孩子的尿布像展示旗帜一样给世人看。一根线是与日头联系在一起的，冬至这天就是刻度，从这天开始，也不用通知，节气就把白日时光慢下了，或者是拉长了，在这天要是掂针缝衣服就出活，就可以多缝三尺的线长。但白线用着用着没有了，想到头上还有白发，那就连针也掂不动了，即使掂动针，也找不着针鼻了。

乡村的时间是挂在棉线上的，这种说法不是矫情，而是真实，你在乡村生活一段就能领会，棉线是乡村时间的根。

乡村的时间，对于男人，也是有几个关节组成，那是你三岁或者五岁？一个早晨，你听到了拍门声，有个白头发的人迈着小脚进来，那时阳光正照过来，各种粉尘颗粒正一个一个往下落。你对这次的睁眼开始了记忆的储存，那是姥姥来了，胳膊拐里有个印花包袱，那里是芋头，是姥姥在星星的光下煮熟送来的。多年以后，你吃了烧鸡牛肉，但你记得第一次吃芋头，是一个阳光的早晨，你的记忆是从芋头开始的，而时间也是从芋头开始的。

人的一生能与多少的芋头相遇厮守，芋头的叶子从土里艰难拱出，还有草的围剿，猪狗的践踏，真的不容易。

一个男人在乡村突然回家喊娘的时候嗓子粗了，像灌了沙土，喉结也大了如一个蚕趴在脖子里，胸脯开始一起一伏，那是一个共鸣很好的乡土音箱，无论风声雨声，都会有很好的原生态的回音，但一个男人的变声，就如一只小公鸡开始学习打鸣，有时对着草垛偷偷地模仿老公鸡，连架势动作都一丝不苟。当满意了，就把翅膀背在身后，踱着步子。

但一天的夜里，无疑是似睡非睡的时候，外面是起了春风，有猫从房顶瓦沟细碎的猫步踏过，那些草啊，在雨水的滋润下，也在夜里怯怯对话。你知道了血的热，你还没了解节气，更不了解人也是有节气的，就在那夜里，有温热的东西从你的胯下嗖地跑出。你开始惊慌，用身子把那褥子暖干，但就是几场春风啊，竟然唤醒的是身体里极普通的欲望。这是一个刻度，但这也不是无缘无故就来到，前面有铺垫和序曲，你看初中的女同学的辫子不一样了，你看女老师的胸脯的眼神开始躲闪了。

你开始看到一个公鸡用翅膀覆盖草鸡，然后是公鸡在土墙上得意地踱步逡巡，像要发布情欲的文告。

就是那一夜，你作为男人开始蒙眬苏醒。然后就是循环祖辈留下的时间认知方式，让你复习一遍。其实季节就是时间，一年四季，来往回环，如一个圆，人就在圆里打转，什么时候疲惫了，那也怨不得季节。圆还是循环，那时是你的子辈和新的庄稼加入进来了。

一年有四季，四季再细分，可分成一个个节气，像一个个的格子贮存着很多人们不清楚的来自河流青草的信息。春天的节气主暖，如果是一节竹子握在手里，那是爷爷改造的一个放养的羊鞭的根部，握在手里的那竹子是一节一节加温的，直到烫手，那是夏至到了，如果手里结满了霜，连村庄也成了白的，那是秋季君临，然后呢，是硬邦邦的小雪大雪，一直到大雪封门，炉火红红地燃在乡村。

四季是一个轮回，二十四节气是一个轮回，春种秋收，夏耘冬藏，是的，春温秋肃，时间给人的刻痕表现在脸上皮肤上，但也有很多的器官随着时间，或者强健或者枯缩。

有一年秋季，我随爷爷在生产队里的牛屋为那些牛做饲养，夜里，我起来小便，哎呀，看到外面满是白霜，于是就使劲嗖嗖地从窗口，把小便撒出去，那霜就褪得无影无踪。我看爷爷披着夹袄也小解，就怂恿爷爷，也从窗口把尿放出去。爷爷笑了，说："当年尿尿洒过路，如今尿尿滴湿裤。老了，岁月不饶人。"

爷爷说谁也抗不过岁月，连树也抗不过。

我知道岁月就是时间，时间不说话，它叫庄稼出土就出土，叫庄稼落叶就落叶，人也是如此。

爷爷对时间的概念很简单，天亮了，就起床干活，有时活多，他就把时间刻度前移，鸡叫一遍，鸡叫三遍，或者一遍起身或者三遍起身。天黑了，爷爷就睡觉，有时睡不着，就点烟把夜燃个洞，接着是像风一样干咳在房檐屋下，卧在门外的狗以为有了动静，也跟着狺狺而作，在胡同里声如远豹，你心疑是否走到了唐代的乡间，一个诗人在夜间的月下感受到了这些，把它写给山中的裴秀才迪。

麦子有麦子的时间，红薯有红薯的时间，时间把一些东西变老，时间又使一些东西萌生。当喧闹结束，大家一起走到时间的深处，慢慢咀嚼走过的路，那时才知道时间的加法和减法是一样的。

丑　草

青草是乡间最朴素的东西，也是乡间最卑贱的符号，哪里没有它的影子？路旁、沟渠、田野、房前屋后，甚至墙上，草比粮食更和农家相厮相守。

到了夏日的中午头上，人们都从地里下晌了，那时的田野往往是一天最闷热的时候，像四处支起了蒸笼，但母亲其时却丝毫没有回家的意思，还是那么安静地在地里，用镰刀或者铲子割一粪箕草才回。

粪箕，是曹濮平原特有的农具，下面犹如簸箕，但比簸箕口深，边沿我们称作“帮”比簸箕高几倍，有点U，而上面是三股荆条形成的可以扛在肩头的我们称为“系子”的柄。

母亲割草总是选择人迹罕至的地带，比如坟地、高粱地、玉米地，坟地胆小者很少去，夏季中午的高粱地、玉米地是蒸笼加农家的灶屋一进去就是一身水，但那里却是草的天堂，那些草好像在等待着母亲，母亲往往是往铲把或者镰刀的把上吐口唾沫，然后半蹲在地上，就像亲昵青草，那些青草就麻利地被母亲收拾了。

当大家吃午饭的当儿，母亲就背着一粪箕子青草回来了。然后再在灶屋里馏一下剩馍，用黑陶的蒜臼子捣些辣椒或者蒜，然后对付着把地瓜面的窝头吃下，喝口馏馍的水，然后再出工。

傍晚下晌后，还是到地里割草，有时黄昏，有时露水下来，母亲扛着一粪箕草回来，那些草在粪箕子里也好像昂着头，因为水分汁液饱满，好像骄傲的样子，那些猪啊羊啊，就喜欢骄傲的草，不喜欢那些耷拉着头无精打采的草，那些草好像很伤心，猪啊羊啊，吃得也不舒心。

那些年村庄的广播里常播送《金光大道》，母亲听不懂，但母亲把那些播音当成时间的刻度。中午广播完了，那是下午的2点，而黄昏开始广播那是下午的6点半，那样的时节，就是背着草归家的时辰。粪箕子里的草满了，如鸟羽。把草往家里的院子里一摊，或者扔给猪扔给羊，其实猪羊一见草到了，就如见到了自己的娘，这些玩意视草为娘为命，不管自己的形象，就叫着扑上来。那些吃剩的草就在地下晾着，人们来回践踏，等干了，就用叉子把它们垛起来，码在院子的槐树下，以树为中心，树就像草垛的华盖。

那时锄地的活属于男人，男人种庄稼锄地积肥打场上河修坝，都属于力气活技术活，但男人给生产队里干活，多数是毛糙，那些庄稼里的草总不能好好地判死刑，一得了雨水，那些玉米地高粱地里，红薯地里棉花地里的草就像吃足奶的孩子，个子噌噌地往上蹿，队长就骂那些男人：“狗日的，干的啥活？”

于是就动员女人和孩子下地割草，割了草到队里的牛屋过秤，十斤草算一个工分。

母亲春天割草，夏天割草，秋天割茅草苍耳子蒿子秆，那些草一经霜，身子骨就如铁，硬得狠，那割下来就够烧火做饭半年的了。

那时，也有很多人在下晌的当儿，如母亲一样也是肩头背着一粪箕子草回家，但往往在粪箕子底部放几块集体的地瓜或者玉米棒子。后来队长就站在大家必经之地的拱桥那里卡着，从地里到家这是唯一的一条道。队长这狗日的，是个骚虎，每次在检查粪箕子的时候，看到漂亮的女人，如果翻腾到粪箕子底有集体的私货，就不怀好意地乜斜着问女人，眼睛上下逡巡，最后一双眼睛死盯着女人的乳房，有时拿着地瓜或者玉米就往女人的乳房上蹭，你看看这不是集体的是什么？那些女人当然就忍声吞气不敢声张。如果是夜里，队长在地里逮着那些下夜偷生产队里的庄稼的女人，就上去脱人家的裤子，然后在田埂上地垄里干那事，那些女人就用草帽子围巾遮住脸，不让队长看出是谁，怕白天尴尬。

但后来，队长却不再下夜查人了。母亲说，那次队长在夜里抓住邻村的一个女学生，是高中生，放了秋假，在夜里到地里掰几个玉米棒，那也是家里穷怕了，揭不开锅了，要不谁去下夜？那女孩没经验，也不看动静，到了玉米地直接就下手，其实才掰了几棒，正气喘吁吁地准备走，队长从玉米地潜伏的地方大喊一声，一把抓住女学生的篮子，一个抓住篮子系的这段一个抓住篮子系的那段。那时，对女学生来说，天明告发到学校，别说开除，还要开会批斗，那羞辱，显然这女学生想夺回篮子，但队长死死地抓住。

最后女学生问："你想咋着？"

"我想咋着？我不想咋着！"队长说，"你想咋着吧？"

就这样僵持，队长眼睛只剜那女孩的胸部。队长又说："你想咋着吧，要不你回去，篮子放这里，天明再说。"

听到"天明再说"这句话，那女孩突然放下抓篮子系的手，接着一下子就把衣裳脱下了，然后把衣裳蒙住脸，叉开腿，直接躺在满是露水的底墒沟里。

等队长干完，那女孩还是不起来，用手抓住衣裳，死死蒙住脸。队长满意地走了，但看女孩还不起来，就又回过来，问："啥庄的？"

那女孩回答："大王庄的。"

"你认识满瓮吧？"

那女孩一直不回答，队长说声回去吧，他走几步，突然听到后面那女孩哭了。"满翁是我哥——"

队长的腿像粘住了，一回头懵了，这女孩是在县城念高中邻村他姑家的女儿，已经好几年不见，她就是表弟满翁的妹妹，就在这夜里的玉米地见了——

从此队长老实了，在拱桥卡人，只是发泄地把人的粪箕子打开，把草随便扔，发现了玉米地瓜就扣下，秋后罚口粮。

那天母亲背着一粪箕子草和几个女人一起经过拱桥，队长开始挨个翻腾，大家都把粪箕子从肩头卸下，放到桥的栏杆上歇息，等到了母亲，队长使劲把母亲粪箕子的草拽下，谁知母亲的草装得结实，草动，粪箕子也一下子侧翻，一下子掉到河里去了，草从粪箕子散开了。那些草是母亲一上午的心血哪，母亲不敢从桥上跳，就转身到了桥下，蹚下河去捞粪箕子和河里漂浮的草。

那正是涨水的季节，河的两岸都是水，草在水里漂浮，各种虫子在叫。正是正午头上，太阳炙烤着，队长和那些女人们，都站在桥头上，神情木然地看着母亲，好像那些年把人的表情都批斗得没有了。

母亲看着湍急的河水，我不知道那时是否感到了恐惧，草和粪箕子随着河水波浪的涌起，时高时低。其实后来母亲说，她刚带着衣裤蹚下河水的时候，闻到了干草的味，后来如死蚂蚱的味，那种焦煳。

当一个激流把粪箕子推到离岸不远的地方，母亲一边把草往岸上扔，一边去抓粪箕子的系子，谁知，当她身体前倾，双脚蹬地，蹬着河底的软泥时，脚底下一滑。

母亲说，当时，她就感觉自己进入了风道里，脑子嗡地一下，就感到风的响声灌进耳门子，那耳膜就涨开了，嗡嗡地疼，水像要脱下母亲的衣裳，母亲死死地抓住裤腰和衣襟。

“成子娘……”母亲说只听到桥上有人喊了这样一句，其实这是幻觉，当时队长站在拱桥上，是以欣赏的眼光，那些女人也吓傻了惊呆了。

毕竟女人胆小，她们催促队长下水捞人。

队长说，没事，喝多了，就自己漂上的。

母亲本想抓住粪箕子系子，但她一下子滑到河水中的一个深土井里，水把她推得来回翻跟头旋转，最后她抓住一把青草，然后什么都不知道了。

后来是本家的一个哥哥下晌路过，把母亲捞了上来。

但是母亲已经没有呼吸，只是手里紧紧抓住一把草，人们把下晌的牛拉过来，把母亲搭在牛背上，这是曹濮平原里古老的救溺水的方法。牛很有灵性，如果它规矩地让你把溺水的人放在背上，那证明这人还有救，否则就是死路了。

父亲赶来了，他牵着牛，母亲被头脚朝下地搭在牛的脊梁上开始控水，等一袋烟的工夫，然后让牛走，母亲灌下去的水开始从口鼻一点一点一股一股控出，最后是草，是泥沙，到最后，母亲哇地吐出了血丝，大哭一声苏醒了。

当时人们说父亲牵牛的手一直颤抖，而双腿也是哆嗦，泪水和汗水从鼻梁到下巴，也是滴滴答答。

母亲苏醒过来了，那时天地也平静了河水好像也恢复了温柔，只是太阳还是火辣辣地直射，那河水白花花的，像满河的玻璃碴子。

母亲从牛背上瘫了下来，父亲眼里突然盈出了泪水。他抓住母亲，两人的手颤抖着。

“没事了，你饿了吧？”

“不饿，孩子呢，下学么。”

“你手里咋还攥着草？”

“唔。”

河水把母亲的粪箕子和草都卷走了，但母亲却抓住最后的一棵草，死死地抓住。

后来母亲说，她迷迷糊糊地记得，姥姥来拉她，她们手拉手走过一座桥，刚走到桥中间，这是不知什么时候，姥姥从背后过来，一把拽住母亲，说：“妮，咱不能去，你还没割完草呢，说着就给母亲一棵草。”

然后就醒了，从牛背上看见大地在走，果然手里有一棵草。我知道，母亲溺水的那年，姥姥已死了三年了，后来当母亲讲这时，总有泪从深陷的眼窝里渗出来，然后慢慢集聚，最后再落下。

也许就是念想，母亲把手里的那根草，作为姥姥递给她的念想，她就把那草别在堂屋我放照片的相框里。

后来，母亲老了，在晚年，曾几次到我居住的城市，当看到操场里的青草蓬勃到遮蔽膝盖时，母亲说，要有一把镰刀和铲子多好，割几把草，养一只羊。有时她出去散步，走着走着就蹲在路边，用手薅几把不知名的杂草，然后带回我们住的楼房，就放在窗台上，让草们风干。

有时，我回家，常常看见，母亲拿起窗前的一棵草，那些草早已没有了汁液，干枯得如同母亲的手，记得母亲自言自语说过这样一句话，谁的坟头不长草啊？

当时，我痴痴地望着母亲凝望草的样子，好想拍下来，但手头没有相机，后来再没有这样的机会了。后来母亲走了，是在早晨的灶屋里，刚做完饭，手离开风箱，坐在草墩上喘口气，随手在身边拿起一根草瞅着，然后头一偏就过去了，那手里的一个草干枯，但叶脉间还可看见汁液的影子，母亲的手好像被草染绿了。它举着那根草，好像在端详草。

我不知那棵草，是否是当年在河里，姥姥递给她的那棵草？

寅 木屐

乡村是穿草鞋的，曹濮平原的冬天，有雪，那木镇的大街小巷，就有了草鞋踏雪的咯吱声。应该说草鞋是乡村的原配，就如露珠，萤火，蛙叫，还有农历的节气，黝黑的夜，胡同里的犬吠，这些也是乡村的原配，这是乡村的富裕，是妻妾成群，这原配的大家族是和谐平等的，有长幼与尊卑，但没有歧视，大家相安。

多年前的乡村是低碳的，用棉线把芦苇樱子拧成的草绳分成几股弄成鞋的样子，下面和木屐相缝制，就成了乡村冬日脚的保暖具。用手一摸，那鞋毛茸茸的，如刺猬，但不刺人。

有些物象是和季节相混搭，那种混搭是天衣无缝，《诗品》云：“春风春鸟，秋月秋蝉，夏云暑雨，冬日祁寒。”春天是和风连在一起的，当然还有鸟声，秋天是和梢头的蝉与月紧密；夏天的云和暴雨，而冬天呢？诗人却投机取巧，光说“冬日祁寒”，祁：大，冬季大寒也。那冬日的物象呢？付之阙如，那好，留下缝隙，就是乡村的雪和草鞋。

乡村的冬天是逐渐来的，先是秋的头白了，那是无边的芦苇：蒹葭苍苍，白露为霜。接着像谁撮起嘴，上唇下唇成一个圆，对着季节小声吹气：嘘——，要大家安静点，那是登堂入室的蟋蟀在发音。

人们说春温秋肃，我理解的秋是肃静，大地静下来，开始听大自然的天籁，虫子的声音，秋雨的声音，雨中蓑衣的沙沙声，木屐的咯吱声。冬天也是一个严肃的季节，那是秋的加深加浓，虫子噤声了，但风声更嘹亮，从一个屋檐到另一个屋檐，雪的沙沙声，那草鞋和木屐是最适合冬季的。

我知道木屐是为我国古人所钟爱，在隋唐以前非常流行。《释名·释衣服》云：“屐，搘也，为两足搘，以践泥也。”因此木屐上有两齿，适合在泥中行走。鸟爱惜羽毛，而人也爱惜自己，怕污秽玷污了脚玷污了衣裳。而在雨雪中，人是极易跌跤的，《急就篇》颜师古注：“屐者，以木为之，而施两齿，可以践泥。”屐中可以践泥的齿是为了走路轻便及雨天防湿防滑。在汉代汉女出嫁的时候会穿上彩色系带的木屐。除了两齿木屐以外，汉人军队里还采用了平底木屐，防止脚部被带刺杂草划伤。

晋代还出现了屐齿可以拆卸的谢公屐，方便登山。《南史·列传第九》云：“（谢）灵运……登蹑常著木屐，上山则去其前齿，下山去其后齿。”李白《梦游天姥吟留别》：“脚著谢公屐，身登青云梯。”

宋明时期，木屐成为像斗笠、蓑衣一样重要的雨具。古人是特别强调生活情趣和生活美学的，在这种与自然和谐的生活中，他们的精神是深邃的，他们的精神空间是阔远的，这木屐草鞋曾是古人诗意的构件。

但现在，木屐的草鞋已经在很多地方消失，我在课堂上，同学连木屐的“屐”字也不认识，无论我怎样比画，他们也是茫然。

记得初中的时候，穿着木屐草鞋到学屋读书，学屋的一角堆放着干草，那时读鲁迅《雪》，是很羡慕江南的雪的景致，说白了，就因为里面的一句话：江南的雪，可是滋润美艳之至了；那是还在隐约着的青春的消息，是极壮健的处子的皮肤。处子而健壮，真不是我所想象的江南女儿，江南女儿是婉约，但先生在这里用处子，我估计是来自《庄子·逍遥游》：“藐姑射之山，有神人居焉。肌肤若冰雪，绰约若处子。”唐成玄英疏：“处子，未嫁女也。”读着鲁迅写雪的文字，就偷偷觊觎班里的女生，但乡村的女生脖子多是黑的，手也有冻疮，只有支书的女儿的脸蛋是白白的，我们就把她当作处子。

是啊，美的肌肤来形容雪，但我拿什么形容面前的平原里的雪，也应是女儿？用江南的雪，那是纯洁如银的女儿？平原里飞雪中女儿脸多是皴的。

在小的时候，对雪最大的幻想，如果是棉花絮子多好，是白面和砂糖也不错，那是饥饿年代，虽然也想到了雪的覆盖，让人感动把一切的污秽遮蔽了，让人感到了宽厚与仁慈，童年时候的冬天雪一下就是几场，不像现在，是小雪的节气，却没有雪的踪迹。

往往早晨上学的时候，一开门，就见雪封门了，或者晚上感到屋里很白，不是月光，是雪在外面闪耀。记得在牛屋听说书人讲林冲风雪山神庙，那雪正下得紧，这里离梁山只百里的路程，无论是物理的距离还是距离名著，一下子名著就像梁山离我们这么近，水浒不远，道不远人。

记得班里有个女同学，她父亲是木匠，下雪天，她父亲就给她做个木屐，套在鞋子上，吱吱地在雪地走。也许她是嫌恶木屐草鞋如刺猬吧，她就如公主，一天夜里，那木屐就走到我的梦里。

但男孩子是穿草鞋的，毛茸茸的，既有木屐，在雪之上，又有温暖。

就是在雪天，那是黄昏，其实天也黑了，我走在放学回家的路上，看到了村里的牛屋，那里有麦秸垛，我想一座村庄，如果没有麦秸垛，那是不能称其为“村庄”的。在雪天，麦秸垛仿佛一下子也就跟着多了起来，就像雨后山坡上的蘑菇，这里冒出一个，那里冒出一个。

但就在哪天，我突发奇想，雪天的麦秸窝一定温暖，就走到了麦秸垛那里，忽然听到了如老鼠吱吱的声音，当时我裆里却痒痒的。

你走了

我还回来的

我攒钱给哥娶媳妇

我不要

接着是哭声，是曹濮平原里女子那独有的嘤嘤的啜泣，压抑不平，又极力平抑。

我走了，你要爱惜自己，不要死干活，

嗯

我以后会回来，还是你的

你是人家的人，回来庄上的人说闲话

说，他们说，我的身子是你的。

唉，咱俩命不好

不是命，是穷

是命

不是命，攒钱多了，就把我赎回来

不是羊，不是牛，曾能赎？

接着是麦秸垛的晃动，我听得大腿根发紧，想尿，后来我明白，乡间的爱情多是与雪和麦秸垛相关联，这样的爱大多散发着麦秸垛的气息，朴素，温馨，也带着雪的气息，有了几分的诗意。

雪，那童年的雪，和乡间女儿相连的雪，和木屐草鞋相连的雪，对我是最最珍贵最难忘的，也是最伤感的。那麦秸垛里的男女，我是知道的，是邻居，在年根，那女的就出嫁了，她哭得厉害，我想到了麦秸垛，上了男方搬亲的牛车，我想要是一下子拉到麦秸垛也不错。

但现在，我们的雪呢，现在的雪需要喊，也需要等，每次下雪，我都会不眠，静静地咀嚼雪，也总想做一个木屐草鞋到雪野里踩。

雪对我是亲切的，我总是想到一场童年的大雪，平地里积了半尺厚的雪。下雪的那夜，我躺在母亲的怀里，觉得屋子要被雪压垮，雪从窗棂子里麦秸缝里钻进来，我更紧地搂着母亲。

雪，我们喊着，这是小雪的季节，但雪在哪里？要是下雪，要是下童年那样大的雪，她会给我温暖的怀抱吗？抱着我，就不怕屋子塌了。

过去的冬天，没有雪是不可想象的，天寒白屋，柴门犬吠，是那么的和谐，蓑笠与木屐草鞋，那是冬日里最绝美的景致与最素朴的音乐，康•巴乌斯托乌斯基在《金蔷薇》里引用一个画家的话，“每年冬天，我都要去列宁格勒那边的芬兰湾，您知道吗，那里有全俄国最好看的霜”。我要说，在乡下，踏着木屐草鞋可以听到最好声音的雪，雪给人的是冷中的温热，可以感到漂浮、澄澈、光洁、静谧，乡下的农人喜欢雪，可以灌圆可以覆盖蒜苗麦子，在坑塘里，鸭子是不怕雪的，还有微微暖气的未结冰的水面，洁白的雪上有灰扑扑的野鸭子在那里飞起，落藏。而坑塘的另一边是一长条通向井台的路，已经被雪覆盖，有人套着木屐草鞋去用扁担挑水，水桶里冒着蒸腾的水汽。

那是乡间最美的雪，最美的木屐草鞋踏出的咯吱声。

对了，在曹濮平原我们叫木屐草鞋为“草翁”。

卯　哪儿去喊娘

到了南方，是否我的性情变得古怪乖戾了？时常就怀念一些老家那乡间各种混合的声音。

每个地方都有自己独特的口音，回木镇老家，其实还有三里二里的路程，就听到她那有时嘈杂有时幽微的声响了，像是暖暖地来迎我，听到有点艮（硬）的这土地的方言，感觉却如酒鬼尝到了一葫芦头的老酒，醇凛浓烈，只一下，就把人整得微醺趔趄，欲倒欲俯。听到鸟叫了，在头顶上盘旋，不知道什么鸟，但叫声很熟，就如亲戚就如在集市上碰到前庄后村熟识的人，却一下子怔住了，叫不上名字，但没有关系，鸟的这一叫，把脚下路的沟沟坎坎和身体的褶皱一下烫平了，那么抱慰，没有一点隔阂，没有一点生分。

在童年的乡下，耳朵是有福的，各式的声音是给耳朵的福利，是声音衬出了静，是静给了那些声音以镶嵌的金边，那种静不是无声，是一种乡间的寥廓。捣衣的声音、草虫鸣的声音、落雪的声音、驴叫的声音，那时的声音，都是协调的、尊重耳朵的，像是纯手工的。

那比例也是恰切的，该热烈的就热烈，该清净的时候就清净，比如青蛙知了和秋虫的独奏合唱，那是最热烈不过。往往是春夜的某个时分，先是一声两声的蛙鸣试探似的，过不了几天，那青蛙的叫如万箭齐发，靶心就是乡村的耳朵，像是故意地寻衅滋事，那声音就吃定了你，整个乡村陷入蛙鸣的集中营，你的关门声，磨牙声，刷锅声，牛羊的叫唤，都变成了青蛙的共鸣箱或是模拟器，这些平时没有关注的声音，都像转了基因，让青蛙招降了，俘虏了，同化了。

辛弃疾说蛙声是成片的，我说是成吨的，有吨位，如果说窃窃私语的蛙鸣是论斤两的，那晒着白肚皮鼓腹而鸣，把乡村做K歌的地方，不给乡村留下一丝空余、一点闲暇的集体大合唱，无疑是有万吨的分量。她们像是乡村霸道的统治者，整个乡间的夜都是她们的，你仿佛觉得都是使劲张大的嘴巴，可着嗓子，睁着眼睛，就是叫，除了叫，没有别的心肝肺。是什么让她们这样地愤怒或者亢奋？是乡间的夜太黑了，他们反抗这黑幕一样铁桶一样的威权？是的，只有发声，只有拼命地叫，才能确认自己。

其实夏天的蝉鸣何尝不是以青蛙为前驱，他们是炎热的煽风点火助威的帮办。秋虫好一些，这是懂节制的，有韵律的一群，蟋蟀，蝈蝈，那绝对是天生的好嗓子，好像是被乡间的乐师调教过，各谋其位，有的上半夜有的下半夜，有的星月下，有的黄昏或黎明，独奏也好，合奏也罢，高处和低处，疾缓和洪细，莫不合工尺谱。

声音是乡间的住户，一年四季都在乡间居住的常客就是风了，她既是声音，也是一种传输。她有舌头，更有嗓子，她能鼓动世间的一切，大风飘瓦，删繁就简，各种的树木都会低头心折，俯首称臣，你要是刚愎自用，那风就会折断你。若是微风，那像是换了模样的谦和，允许草啊庄稼啊勾肩搭背交头接耳，说些私房话，甚至是黄段子也无妨。

“以鸟鸣春，以雷鸣夏，以虫鸣秋，以风鸣冬。”父亲说二十四节气都是有声响的，只是人不留意罢了，那些惊蛰了霜降了，谷雨了秋分了，在日子的平静中，树木、庄稼、鸟雀其实是最能感受到的，坑塘里的鸭子的声音沙哑和清脆是代表着不懂的季节，是呼吸到了不同的空气，是听到了来自地心的不同的告诫。

有时我想惊蛰应该是雷霆万钧的，记得有一年春夜的时候父亲到城里来，朦胧中，我听到父亲折身起来，他说惊蛰了，有雷响了，我揉着惺忪的眼，窗外还是黑乎乎的，外面的电灯光无精打采，仄耳听去，好像什么声音也没有，窗外只是一派死寂的静啊。天气还很冷。哪里有什么声音？

父亲笑了，你能听到花开的声音吗？虫子从地里爬的声音你也听不到，因为你心不静，自然就听不到了！

第二天起来，果然觉得窗外鸟儿的叫好像清楚了许多，也许是城里地方那些噪音——装修、K歌、烧烤、骂街把我的耳朵磨钝了。

父亲的耳朵还是乡间的耳朵，他能听到很多我听不到的声音，比如他随便往田边地头一坐，总能听到那些庄稼的叽叽喳喳的叫声，父亲伸手掐一个麦穗，说他们正商量着灌浆呢。我当时听得发愣，是的，父亲听到很多来自我们不知道的地方的声音，在我看就像是诗意的幻觉或者巫术，那些草儿能和他对话，一问一答，有时父亲嘟嘟囔囔，是自言自语地说给自己的，也是说给庄稼和那些草们的，有时父亲生气地警告草丛里的虫子“别咋呼！”，我知道，那是性急的虫子冒失地加入了父亲和庄稼的对话。

要知道，乡间的声音不是雅致为上，而是生意，陈继儒说：“论声之韵者，曰溪声、涧声、竹声、松声、山禽声、幽壑声、芭蕉雨声、落叶声，皆天地之清籁，诗坛之鼓吹也。然销魂之听，当以卖花声为第一。”卖花声第一？乡间的父老是不认可的，这离父老的审美很远。乡间有的是早晨卖豆芽、卖香油的声音。冬季里招徕弹棉花的木梆的声。这样的声音才是乡间原配的声音。

我还知道，当春天来了，乡间的耳朵里，会传来“小鸡苗，赊小鸡！”那时卖小鸡的就把雏鸡装在两只大竹筐里，用扁担挑着走村串庄地叫卖。叫卖的声音拉得很长，那不是吆喝，是合乎梆子腔的唱腔，那节奏是：卖小——鸡苗——卖小——鸡！卖小鸡的明明赊小鸡，他吆喝的却是卖小鸡。到秋后再给钱。

挑鸡苗的绝招是一眼能辨别公母，父老养小鸡，图的就是下蛋。挑完小绒毛鸡，卖小鸡的便拿出个草纸本本，记上赊鸡人的姓氏和小鸡个数，等秋收罢了后再来收钱。“秋后算账”，卖小鸡的就来到村里，在大街上就喊一声“收小鸡子账的来啦，都来交钱喽”，只这一声，赊鸡的人家便哩哩啦啦地过来交钱，还春天的一个债。

儿时，逢夜间醒来，耳朵里就会钻满嗡嗡的纺棉花的纺车声，那时冬夜，天很冷。屋当门的油灯下，纺车嗡嗡，永不疲倦。那时的夜静极了，仿佛整个乡村都只剩下这一种声音，有时是母亲，有时是姐姐！她们盘腿坐在一个高粱叶子编的草墩子上，脚下是芦苇缨子缝制的草鞋。常听到的是“脚像猫咬的”，那是被冻麻木了。

那些被纺成的棉线穗子，是椭圆的，一个个被码放到一块，我感觉像电影里的迫击炮的炮弹，那要是爆炸，不，那些穗子要是在冬天暴动多好，可把母亲和姐姐解放出来。

有天在灯下浏览，看到刚去世的诗人丁庆友的诗《跟着娘回家是幸福》，特别是读到后三句，泪早已下来。母亲离开我十年了，想我在小时候冬日上学，天还很黑，就早早爬起，往往是村里有个叫“六子”的人喊我，我们是一个班，但很多时候，六子不来，母亲知道我怕黑，就陪着我。但母亲是小脚，颠颠簸簸，就说娘回去吧，娘不放心，就说在身后看着我，看不见了就喊一句：到了不？那时我就答一句：还没！到了不？还没！

等看到了学屋的破烂的大门，我又一次听到身后母亲的呼喊：到了不？

那时我就响亮地答一声：到了。那模样就像是向早晨报告。

而乡间的傍晚，随着炊烟的消散，是各家各户的呼唤声，有人的，有动物的，也有鸟雀的，各自有各自的路数，该归栏的归栏，该回巢的回巢，到处充斥着各种调式的声音，只是有的人觉不出罢了。我想起了那首诗：

是谁家的娘呼唤孩子
一声……又是一声
就站在村口
站在那一棵老白杨树下
天将暮的时候
许许多多的鸟，叫着
朝老白杨树上飞
鸟都是快活的
肯定，就有一个孩子
背着草篓
或者赶着一群羊，甜甜的
从田野里，应答而来
而且，而且羊们也很幸福
大羊叫一声
小羊叫一声

大羊和小羊都说了些什么话呢
没有谁呼唤我
远远地，我跟着走
看鸟的回巢，看羊们归栏
看娘和孩子走进自己的家门
千万不要回头看我
那样
我会哭出声来

这首诗的后三句，他是写的一个孤儿吗？随着乡下随处皆是的娘唤孩子的声音响起，羊回来了，鸟回来了。回到白杨树的鸟是快活的，一路说着“话”回家的羊是快活的，那些被母亲喊着“满囤”“铁锁”“罗圈”的孩子的应答是甜蜜的……如果诗就仅结穴与此，这无非是一副写烂了的甜腻的乡间暮归。但，“我”蓦然出现了，在鸟和羊和被呼唤的孩子后面，还有着另一个孩子。这形只影单，没有人喊他，也没有人等他的是逝去母亲的孤儿吗？这孩子冷得缩紧了身子，听见别人的娘的呼唤，泪水就要眼眶子涌出来了。也是这三句，刺痛了我，直接扎到了鼻孔发酸，直接扎到了悲悯的七寸之处。我眼泪流了下来，没有了母亲，再也不会有在傍晚唤我回家吃饭的声音了，我曾回到木镇，现在连黄昏唤孩子的夜没有了，知道贵州毕节四个孩子喝药自杀，我知道，他们是死于缺少一种呼唤。可悲的不是一个人的死，而是一个人不想活，况且是一个孩子领着三个更小的，他们死了，他们死于缺少娘的呼唤。

我去年回木镇的那一次。把手机的录音功能打开，想录下一段乡间黄昏娘呼唤孩子的声音，好带到我在南方的住处，但等了很久，转了几处地方，我最终都没能录下来。乡间再也没有了母亲，我到哪儿去追着喊娘？

辰　镰刀

回到老家木镇，看到老屋的墙上还挂着一把像锈蚀月牙的镰刀，逝者如斯，缄默无声。

父亲不在后，镰刀也失去了存在的意义，镰刀木把上的油汗还在，红玉玉的，铭感着主人当年的恩遇。像是看到久违的人或者亲戚，其实在老家的院子里，看到没有父亲的老屋里胡乱堆放着的那些农具，涌动的是一种被遗弃的感觉，铁锨、锄、扬场锨、桑叉、簸箕，这些曾经和父亲有过交集的农具，与父亲耳鬓厮磨的农具，也是父亲生命里的一部分。父亲故去了，它们还寂寞地留存，但也是老态怆然，没有人再使唤这些农具，过不了几年，该锈蚀的锈蚀，该脱榫的脱榫，该散架的散架，而后归结于泥土，与虚空合而为一，谁也留不住。

想多年前，天还未明，和父亲下地去割麦子。父亲的镰刀在油石上磨过，闪着冷凛的寒光。那是农人的重大行动，如将军夜行，前驱赴敌，我知道，要用我们的血肉之躯和汉代人都已在使用的镰刀，和那些麦子进行一场损耗与杀戮。

麦子被割倒，但父亲的手上胳膊上腿上胸膛上，也会被麦芒、镰刀、绳索所蹂躏，留下瘀瘢，留下红肿与浓痰与咳嗽。也许这就是历史，互相制约，消耗磨损，麦子的命运，也是父亲的命运。

在割麦前，天气暧昧的春夜，躺在床上，隐约听到村外的青蛙叫，曹濮平原深处有农谚：蛙（wāi）子打啊啊，四十五天喝好面疙瘩。

那时在院里，我看到父亲坐在用来把耕后的泥土弄碎弄平的农具耙的木帮上抽烟，平原深处的农民有很多的农谚，这是人生活的遵循和提示，青蛙叫到掂镰割麦是一个半月。

为了增加耙的分量，在耙地时，常是我坐在耙的上面，父亲吆喝着牛驴，在田地里一遍一遍地循环耙地，直到田地里没有一块拳头大的土块，直到田地坦荡如砥。耕过的地必须耙，把那些草啊庄稼的宿根啊，砖头石子等耙出去，那样庄稼会舒服。

坐在耙上，我把手伸进刚耕过的土里，那时的土有点湿漉漉，耙过几遍，土松了软了，在阳光下开始干燥，那是泥土吸足了阳光，这时的土地有了一种混合的味道，天地间的杂糅造化，使泥土如面团一样在农人的手下变得有了灵性。

夜，是白日的休眠，也是父亲自由自在的时分。

最有意思的是麦子拔节或扬花的夜晚，父亲会披件夹袄到田野里，坐在田埂上，随意扯一把草垫在屁股下，也不管那草是否干湿。那时的夜极静，有时星子就像落在怀里，没有星月也无妨。要的就是夜的静谧与神秘，把一切的嘈杂和琐碎都隔开，像给整个乡村拉了个幕布。父亲点上一支烟，听来自麦田的声音，那时的麦子就如换嗓期的少年，骨节开始变粗，嗓音开始变粗，好像得到了神的启示和密码，他们都争着发言。

那些麦子的叶片，一个个像举起的旗子。麦穗呢，像开怀的女人，腹部开始渐次隆起，但是，有的麦穗在南风的撩拨下，情欲一下子释放了，越发鼓起身子。扬花的麦子，如乡村T型台的女人，是勾引吗？否，乡间的麦子是单纯地展示自己的幸福，是把身体里热烈的一面弄出来。

那夜静得出奇，但静的下面是动，是爆发，麦子的拔节和扬花的声响，只是这大静与大美的陪衬而已，那些静为他们提供了一种氛围和场景，父亲就是在这样的场景里，潜伏，也像一株草。当看到父亲伸伸懒腰的时候，你觉得那老骨头，也像受了麦子拔节的蛊惑，与土地厮守的人，何尝不是土地上的一茬庄稼呢，一茬庄稼可能是经历了一个春一个夏，或一个夏一个秋。而人只是一个大茬的庄稼，经历了几十茬的庄稼而已。最后人也会被命运收走，这由不得你。

我想起父亲磨镰的神情，那种肃穆和庄重，我们那里的人，不说“割”麦子，说的是“杀”。

父亲把油石放在屋檐下有星的时候，那星子就漂在水盆里。

父亲用手撩一些水在油石上，一下一下把休眠了半年的附着在那些铁中的刚性，把那些锋利唤醒。

父亲对生命充满的是敬畏，他不想因为镰刀的钝，而在杀麦子的时候，增加麦子的苦痛。

父亲说清代的时候，曹州府的刽子手斩头杀人，头一天还要犯人好吃好喝，四个菜一壶酒，犯人晕乎乎地上路。我知道，那是一种人道。

父亲说对麦子也要有一种人道，人和一茬麦子相遇，是一种缘分，麦子让人吃。人吃了有劲了却杀这些不言语的庄稼，父亲感到了亏欠。

父亲杀麦子的时候，就会祷告，我看到田垄间的父亲比平时瘦小了，恭敬了，他放慢脚步，好像怕惊吓了黄熟的麦穗。这时的麦粒，颗颗饱满，如汗珠子从土壤里一起附身在麦穗里。是啊，对人的汗珠怎能轻蔑和随便呢，这些汗珠是有尘土味的。人也是从尘土来的，都是同一路径的弟兄，说不上谁高谁低，只是一种轮回。

父亲左手把麦子揽在怀里，右手的镰刀只是轻轻地一弑，麦子倒下了，没有痛苦没有声息。杀麦子的时候，往往是天未明，那麦棵上的露珠，就滴滴答答地回归到泥土，往往把人的裤子打湿。把裤腿挽起来，那麦芒就如针尖一样刺人。割麦子的早晨是从黑夜开始的，相当漫长，我跟着父亲割麦子，往往只是虾腰割一会儿，就感到腰要折了，而父亲淹没在麦田里，只是看到麦子一片片倒下，好像父亲是童话里不知疲倦的人。在天色微明的田野上，父亲如一只田鼠在为自己准备粮食，父亲低着头，好像眼睛里只有麦子和泥土，好像他们在童话里对话一样，麦子会开口，泥土也会开口。泥土感谢父亲把它身上缠绕的草啊蒺藜啊拿去，把硌骨头的砖石拿去；麦子也感谢父亲的照料，给他们以水，为他们捉虫子。

但我知道，父亲也是把自己看成一穗麦子，他们都是来自土地，沉静是一样的，朴实是一样的，都是泥土一样的肤色。可能你会觉得他们土，但这是大地的颜色，是生活的本色，从泥土里走出的植物动物和人，很少保持泥土的颜色，对泥土的忠实，继承泥土的基因图谱，没有花哨的东西，维护了泥土的尊严，没有使麦子和农人背叛自己的来路，只这一点，就值得诗人尊重。

麦穗的形状，曾被某些图标和钱币所采纳，而农民呢，我有时替农民悲哀，他们被看作下作奴役，驱使他们鞭笞他们，劳役河工担架，这些与他们紧密连接，饥饿灾荒梦魇这些他们挥之不去。他们只是承受，只是躲在历史的背影里，他们是被收割的庄稼，权利是一柄锋利的镰刀，收割他们的劳力，他们的妻女，他们的成果。

后来父亲去世了，镰刀也失去了用场，我有时也回到木镇去，那多半是清明或者旧历的年底，有时把墙上的镰刀拿下来，用手指肚蹭一下镰刀的刃，涩涩的，不再锐利，满是苍茫。

即使不是农忙时节，木镇也找不着说话的闲人，那给了我清净，于是走到田野里，走向一个田埂，翻过水渠，能看到一个老汉就恭敬地递上一支烟，蹲在地边上，谈论一些玉米、棉花，有些大棚或者农药的价格。但村里多的是老人，也有些留守的女人，但大都不认识，随意地点一下头，知道我是这个村里的。

回故乡的机会越来越少，其实木镇的人也是越来越少，年轻的都走了，到了旧历的年下，人才像回巢的鸟飞来，一过完年，村子又空了，有时农忙的时候，在外的人也回来，帮着家里的人收麦收秋。我在木镇只是看到少数留守的女人、苍老暮年的老人和一些留守儿童，很多人家的院子长满了荒草，连窗台上也结了草籽。

木镇不再繁华，记得我曾读过一首诗《多与少》：

村里的动物越来越少
村里的童年越来越少
原来的童年有狗陪着
狗当童年的影
原来的童年有牛的影子
跟着牛到处阅读青草阅读蝴蝶
村小学由五间教室减少到两间
最后村小学取消任何一间教室
这个村和那个村还加一个村
拼成一个小学
三个村共用一个童年
三个村的动物越来越少
消失的还在继续消失
陪伴童年的狗牛比童年的数量似乎更少
动物越来越孤独
童年越来越单调

我隐隐觉得这土地上有许多不可知的东西，在暗暗地发生着变化。在今年的麦收，在外打工的二民从青岛的建筑工地回到家里，家里有几亩地，麦子黄熟，父母年老力衰，妻子带着一个孩子无法下地割麦子。

早晨，天尚未明，二民就拿着磨好的镰刀和装满水的水壶直奔麦地。那时的村子多静，树木、院落、房屋、家禽还在朦胧中，一些人影影影绰绰，好像添了些许的神秘。

很多人在外打工，都不指望土地吃饭了，但二民不，因为二民的媳妇在家，每年他还是该种的时候种，该收的时候收，从城里回来看看父母、媳妇和孩子，有点像走亲戚。

就在二民快走出村子的时候，他看见了村支书，村支书从一个也是打工的人家出来，见了二民，他吃惊地看了一下，接着就说："二民，你站住。"

二民站住了，赔着笑："支书。"

"你看见什么了？"

"我没看见什么，去地里割麦子。"

支书把叼着的烟扔到地上，对二民说："我从三春家出来，你没看见？你发誓！"

二民站住了，把镰刀拿在手里，对支书说，没看见就是没看见，你不要逼着哑巴说话。

支书说："二民这算你聪明，你父母还在村里，你媳妇也在村里，还有孩子，我帮助你家也不少，民政的救济，你家得多少，你媳妇不给你说吗？"

就是这句话，让二民感到了屈辱。在他回家割麦的时候，年老的父母隐隐透出，有次父母看见了村支书从二民媳妇的屋里出来，这是家丑，父母一直叹气。夜里二民质问媳妇，媳妇支支吾吾，最后媳妇哭了，说："你惹得起吗？我一个女人在家带着孩子容易吗？"哭着就用嘴在二民的胸膛上咬了一口。

村支书的这句话，就像盐粒掉在了二民的胸口被媳妇咬的伤口上，腾地一下，就感到了胸口的疼，那种不可忍受的疼，刺骨的痛！二民不知道他怎么就扑向了村支书，他在建筑工地拧钢筋的手，一下子就扭断了支书的腰带，一下子就把支书放倒在地上，裤子掉了，二民就用镰刀，嚓嚓一下子就把支书的男根割下啦。

然后，二民把那东西往远处扔去，"支书，我不跑。我去割麦子。"

当警察和二民的媳妇抱着孩子来到麦地的时候，二民把麦子已经割了一半，他放下镰刀，拍着手上的土走向地头，他看见了头顶的太阳白得耀眼，有点发黑。而天是多么蓝啊。

在这黄的麦穗和蓝的天幕下，一个个的光脊梁，如一块块门板闪烁在这土地上，那些人的腰，像对大地鞠躬一样，谦卑地弯向土地。麦子地里的土在阳光下蒸腾，镰刀唰唰地响着，麦子像一个个站立不稳的女人在爱的胳膊下眩晕，倒下。

二民把麦子割了一半，还没有捆麦个子，这些活要留给媳妇了。

他知道媳妇是捆麦个子的好手，先打麦腰子，如腰带一样作用模样的麦腰子，一个麦腰子捆一个麦个子，捆好后，一个个一排排的麦个子，如一队老头站立在裸露的麦茬地里。

每年都是二民在前面割麦子，媳妇在后面捆麦个子，二民心疼媳妇，看到媳妇先是弯腰捆麦个子，久了就跪在麦地里捆，最后就顺着麦垄向前爬着捆。媳妇的手上勒出了血泡，麦芒在脸上留下一道道的血印子，特别是汗水一蜇，生疼得钻心。

二民喜欢媳妇捆麦个子，他喜欢媳妇捆麦子时候，屁股翘得老高，如耸起的欢乐。

警察把二民带走了，有个警察把二民的镰刀用布裹起来，说是作案的工具。警察说，割麦子的镰刀，割人的男根也这么快，想不到！

巳　擀面杖

说白了，擀面杖就是一个光棍儿。光棍儿在这里不是指人，不是指的青皮无赖，而是指枣木椿木旋的擀面皮的物件。它的材质是木头的，是曹濮平原上的枣树和椿树的枝杈，烧火可惜，就旋出了擀面杖。这擀面的家什，有两头尖尖的，也有两头和中间平的。擀面条的是大擀面杖，擀饺子皮的是小擀面杖。

有乡下传说，曾有女人擀面条，夏日厨房热，上身衣物少，在擀面条的时候，孩子伏在背上哭闹，于是就顺手把奶头从胸前往肩膀上一甩，奶子如布袋搭在肩膀，孩子口里吭哧，半边泪花，半边嬉笑。

擀面杖的基本功能是在乡下女人的手下胸前，来来回回地旋转，把和的面的形状随意摆布，可方可圆，在木头的碾压下，就把面弄劲道。但擀面杖还有别的功能，就是说，擀面杖除了擀面条面叶面旗子，除了能擀出来葱油饼韭花饼，还有别的功能。比如，男人醉酒了，把擀面杖拿在手里呼呼生风打媳妇；有的人落枕了脖子扭了，也可以在村里找巧手的女人，在脖子上来回擀几次，那套路一般是：把擀面杖放在火上烤热，注意火不要太旺，擀面杖也要不停地转动，以免烧黑了，等到擀面杖烧热后，让落枕人低头趴在床上如出头的龟，也如砍头的人犯，把脖颈凸出，女人即用发热的擀面杖在颈部轻轻滚动，直到颈部的皮发热发红为止，有时擀面杖热了，落枕治好，脖子上却会起泡。

擀面杖，就是农村普通的物什，平时也没大的用场，但却有雅人深致，比如作家铁凝的父亲就喜收集各种农家的笨锁、鱼刀、粗瓷、民窑，尤其是擀面杖。

铁凝的父亲铁扬是一个长于西画的画家，但特喜中国民间的“俗物”，铁扬搜集擀面杖，木质、长短和粗细各有不同，但他的原则是有意思就行。当铁扬有机会去农村的时候，串门便是常课。过去的父老多半好客，见了生客也通常会可着大嗓门邀人进家。铁扬进了屋，便在灶台、水缸、案板之间东看西看起来，用眼睛逡巡。遇有喜欢的，或开口直接买到手，或买根新的拿来换。如遇主人也把擀面杖看作爱物，既不要钱又不愿意给擀面杖，铁凝的父亲便死磨活说地动员人家，最后许以高出原价几倍乃至十几倍的高价。

铁扬把擀面杖拿回家，这喜爱擀面杖的情愫又在铁凝的血液里流淌。铁凝也喜欢把这些擀面杖排满一墙欣赏，好像沙场秋点兵的将军看排兵布阵，铁凝像巡视一排管风琴那样，巡视这乡村排排的肋骨，这肋骨有枣木的，梨木的，菜木的，杜木的，铁木的……是啊，擀面杖什么时候来到乡村的已不可考，但这些肋骨的缝隙间呢，铁凝看出了别样的蕴藏“它们的身上沾着不同年代的面粉，有的已深深沁进木纹；它们的身上有女人身上的力量女人的勤恳和女人绞尽脑汁对食物的琢磨”，每一根擀面杖，“都有一个与生计依依相关的故事”，“它们能使我的精神沉着、专注，也使我能够找到离人心、离大智慧更近的路”。

是的，每根擀面杖都会有母亲媳妇女儿的手温，也会有早晨的鸡鸣夜半的寒霜，有期盼有等待有心惊也有血泪。擀面杖虽细物，但它和乡村一样古旧，在女儿小的时候，它是玩耍的物件，也许曾用它吹过火，但火苗却起不来，那俗语就从这寻常的举动里来了：擀面杖吹火——一窍不通。

对孩子来说，窍是慢慢开的，心眼子是慢慢长的，谁没有擀面杖吹火的那阶段那笑话，没有过失的童年是不完整的，过早的成熟对童年是一种不能承受的伤。等唢呐一响，擀面杖会从厨房到洞房，新郎手颤抖心急用擀面杖去挑蒙头红，姻缘就在那一挑了，是俊颜还是丑面，是擀面杖挑开的，如挑乡村的呼吸，那么期待，那么对未来的不可知。

自然，擀面杖是和炊烟和米面有着最近的血缘，它从树梢来，归宿于厨房。于是想起铁凝那么推崇的一幅画，就有了直接的根由了：《厨房》，那是颜文梁先生画于20世纪20年代的画。"它无疑是世俗的：画面右边推开的窗扇让光漫了进来，一定不是艳阳，有点假阴天的意思，反而使厨房有种别样的宁静。画面左上方悬着的板鸭、蹄髈和大蒜勾引着你的嗅觉和食欲：有点香吧，也有点不讨厌的霉潮气。它们下方那只水缸，缸沿泛起暗黄色高光，半圆形灶台上两支燃亮的红烛，以及正前方小炉子上那映在墙上的橘红色火光——炉上的砂锅里正在煲汤吧，这三组物质形成一个稳定的三角形，带给厨房以殷实的温暖，又与画面的大框架做着呼应，洋溢起宁静中的活力。"

是的，一根短短的擀面杖，让乡村有了生机，虽然乡间的厨房没有入颜文梁先生的法眼，但铁凝在这里说起来，如海德格尔在面对凡·高的《农鞋》，其实一支擀面杖凝结着多少乡村的沧桑？这有谁知道。

铁凝还曾讲过一个父亲"磨"出一根他看上的擀面杖的故事。铁扬进村不过是想画些钢笔速写。画速写用去的时间只是短短的20分钟，"求"擀面杖却花了5个小时。为了一根擀面杖，他可以耐住饥饿耐住焦渴。而看热闹的村人越发以为那家的擀面杖总是个稀有的宝贝了，起哄着，撺掇着擀面杖的主人将价格抬高。最后还是村干部出面说和，铁凝父亲以近二百元人民币的价格将擀面杖买下，于是得胜还朝般回返了。铁凝没有问过父亲这根擀面杖值不值，乃女知父，铁凝晓得“喜欢”这两个字的价值，喜欢是钱所不能衡量的。

记得有人说老舍生前也喜欢收藏一些小古董，瓶瓶碗碗不管缺口裂缝，只要喜欢都买来摆。有一次，郑振铎到老舍家来玩，仔细地看了那些藏品之后轻轻地说了一句：“全该扔。”老舍听了也轻轻地回答一句：“我看着舒服。”两人相视拊掌大笑。

郑振铎认为老舍收藏的瓶瓶碗碗实在不值一提，是从收藏的角度文物的角度来考虑的，没有啥价值！而老舍则是从兴趣来看待自己收藏的东西，他认为能给自己带来快乐的就有价值，老舍的一句“我看着舒服”，实在是一种境界。很多时候，收藏也就是为收藏者提供一份快乐，收藏一份舒服的心情，而藏品的价值和价钱倒在其次。这些人不是商人，不为谋利，喜欢的东西就买来摆摆，买给自己的是一份高兴一份陶然而已。铁凝的父亲收藏的擀面杖挂满墙，如陶渊明把没有弦的琴挂在墙上，都可当作如是观。

吾村有一烙饼的老人，吾按辈分唤他大爷，他在集镇卖烙饼，案子与面与擀面杖在胸前，而火烧的红鏊子置在身后，他一人可用擀面杖把面擀成纸一样薄，而且，他不用看鏊子，把擀好的饼往背后一翻，饼就整齐落在鏊子上，分毫不差。我童年上小学的时候，他已八十岁，母亲提起他，说他烙的饼像粉连纸，我知道粉连纸如果糊在窗户上，月光可透过来，白白的能洒一床。

在民国时期，曹濮平原一代土匪猖獗，有土匪捉了女人，扒光衣服，在乳房上拴了铃铛，逼着给他们擀面条，还起名叫“铃铛面”。博物一记。

午　听房

夜，木镇的夜封住远远近近的路径，连井台也黑咕隆咚，人就只剩下一件事：睡觉。夜里，动物和树木也睡觉，也做梦，人的梦和动物的梦和树的梦会交叉。

有时人在睡觉做梦的时候，狗就乱叫，那是狗看到了人的梦，走到了人的梦里。

树在梦里会移动，有时榆树在村东，一夜间就走到村西，但树的模样人记不住，以为村东的树和村西的树是孪生，也不在意，其实那是一棵移动的树。

在夜间，很多的生灵并不是静止的，那是另一个世界，比如乡间的小偷，小偷是在风天出来最勤的，在雨天雪天小偷就静止在家窝着一动不动如一头猪在睡。乡村里有偷羊的偷狗的，偷羊是最省心的，羊不叫，你只要是到羊圈里，把第一只羊牵走，那后面的羊就温顺地跟着走，低眉顺眼。偷狗就费事，狗一听动静就叫，但狗有弱点，狗贪嘴，把一个馒头扔过去，不知馒头是用酒泡的，一会酒发作，狗就晕乎乎地倒地，然后偷狗人把狗往布袋里一装，或者提着狗腿就走。

但有时小偷时运不好，如果碰见夜晚乡村听房的人，那听房的人就喊一声“有贼”，那小偷就放下东西跑，如果听房的是火气旺的青年，那小偷就倒霉，小偷往哪跑，青年人如影子在后面追。有意思的是月夜，一般小偷不选月夜，前后村庄的人难免认识，即使不照面，看背影也知道。月夜里，小偷如果碰到青年人，那算倒霉，如果朝着月光逃，那影子就如绳子被攥在抓贼人的手里，心理上就怯气，最后累得吐血瘫在地上束手就擒，如一只狗，拱着腰求饶。如果背着月光跑，贼的影子在前，好像贼的影子是贼，而贼成了好人。

听房是曹濮平原的一种习俗，特别是新婚的时候，如果没有听房的，那怀孕生下的孩子是聋子，做婆母的就用扫帚竖在窗台下，扫帚上搭一件衣服，装扮成人的模样。

在木镇听房的故事很多，说有一群人夜间在牛肉汤锅啃骨头喝酒，最后酒劲上来，说最近周家娶了媳妇，我们去听房。都是四五十岁的人了，到了新房的外面脚步如猫，腰弓着，生怕弄出点声响，坏了好事。

到这一帮人走近，新房的窗台下早趴了一圈人，没有一点空隙，可容纳这些后来者。后来的一位走到前面，悄悄推推前面的人的肩膀，说："里面开始吗？给我让个空。"

"听啥听？家里有老婆，自己弄去。"

答话间一回头，双方都怔住了，原来是一对父子，回答家里有老婆弄去的恰恰是儿子。

还有听房者，犹如录音机，夫妻床上的戏谑第二天就会长腿一样走遍村街巷子。

夫妻对话，女问："要是生个孩子，需要你的那黏黏糊糊的东西得多少？"

"得多少？那得一小瓯。"

瓯，是曹濮平原对小酒盅的称呼，是一种瓷器，里面能容纳酒三钱。偏巧，这夫妻对话被听房者记下了，这一夜也就萌发了，一年后，这家就生了个儿子，人们就喊他"一小瓯。"

其实听房的人，很多的也是寻机会与所相好的幽会，有时就碰到特别的景致，有的人睡不着，就喜欢爬到屋顶，看村外的油菜花，可着嗓子喊一声，那村子里的狗像听到了一二开始，一起叫起来。这个村庄的狗呼唤另一个村庄的狗，此起彼伏，油菜花里看风景，听取犬吠一片。

其实在夜里，很多的人是睡不着的，那些女孩子，总是听见狗在外面扒门，风从一家窗棂到另一家像是叫魂，把人的眼皮叫开，眼珠呼灵灵地瞪着。她们就好像听到脚步，就看见了迎亲的花轿，还有蒙头红搭在头上，把羞涩盖住。

谁知，那些听房的男人会走进屋里，就有男人像动物一样爬上床，那男人像种地一样把犁铧直直地进入到土地里，不问土地的感受，这一切都被外面听房的知道得一清二楚。一个乡村少年从听别人的房启蒙，然后被听，然后又启蒙下一代的人。

有时听房在曹濮平原就是一个没事找事的乐呵，无论老幼，没有几个把这生殖的事当真，男女的事就是冷了加衣服，饿了吃饼蘸酱。

听房，要细心耐心小心，有时人趴在窗台下半夜，或许里面什么动静也没有。有时是冬日，里面的夫妻知道外面有听房的，故意弄出动静，惹人，但又不动真格，有时就把尿从盆里隔着窗子拎出来，浇听房者一头一脚。要是夏日，听房者的身体要经得住各种小虫子的叮咬，那小虫子从领子袖子裤子的口钻进去，在脖子肚子屁股那里随意撒野，你也得忍了。

有的孩子在窗台下听房，睡着是经常的事，家长在村子里找遍，最后在谁家的窗台下找到。怜惜地抱起孩子，对着窗户喊一声："好好睡。"

里面传出一声："慢着走"，于是相安无事，月光满地，虫子叫起来，那狗就知趣地退下，动物们有默契，那乡村真叫静。

未　杨叭狗子

杨叭狗子，是老白杨在春天开的花，毛茸茸的，有一拃长，如虫子。这种杨花不是词人说的：春色三分，二分尘土，一分流水。细看来，不是杨花，点点是离人泪。杨树是先有杨叭狗子再出叶，一般杨树不栽种在家里，是否古人白杨多悲风的风俗，在曹濮平原有谚俗，是说“家住的位置，前不种桑，后不植柳，院内不见鬼拍手”，所谓的“鬼拍手”指的是白杨的叶子，在风中哗啦啦地翻卷似手掌在击。

古人把柳絮称作“杨花”，垂柳是美的，可杨花却有些轻浮，如感情不专一的女性，想来，“水性杨花”一语，任何女性听了都不会高兴。

春天的时候，清晨起来，村头的杨叭狗儿落了一地。有人就把落地的杨花扫起来，浸泡到大盆里，泡上一天一夜，把花絮淘洗干净，再把硬壳儿揪掉。剩下绛红色的花芯儿，用刀剁碎，用面粉或者榆皮面粘成一团，蒸熟了吃，虽有一种苦味，但勉强可以下咽。如果用蒜末调了吃，倒是一种美味，在饥荒的年代，这就是最好的伙食了。《板桥家书》里有“天寒冰冻时暮，穷亲戚朋友到门，先泡一大碗炒米送手中，佐以酱姜一小碟，最是暖老温贫之具”，这样的文字是温暖的，主要是那种悲悯的举止，很让人感怀。郑板桥虽是江苏兴化人，但在曹濮平原里的一个县做过知县，对这里的民风和吃食应该是了解的。不知兴化是否有这样的杨叭狗子。但看苏北的方言，就如刘邦的老家丰县、樊哙的老家沛县也把这杨树的花叫作“杨叭狗子”。

在前年，也是春天的时候，我初中的女同学来到我家，她捎来的就是用杨叭狗子弄熟的团子，她说可以用辣椒炒，也可放到稀饭里，她说我家不稀罕什么，这我现在没吃过吧，我五哥让她捎给我杨叭狗子。所谓的五哥也是我的同学，在初中比我大三岁，后来师范毕业回到了曹濮平原的深处，与我这女同学结婚，生了两个儿子，其中的一个孩子就在我所在的学校读英语。

杨叭狗子有很多的吃法，有的腌制起来，可以到春节，这是放在一个坛子里，然后再往坛子里放上姜花椒盐，坛子用木塞盖住。这样的紫釉的坛子农村很多，可以腌制红白萝卜雪里蕻，可以腌制腊肉，曹濮平原多是这样的与自然合一，人和牛羊猪狗的食物链条差不多，到了荒年，和牛羊猪狗争食，后来把这些动物也吃掉。

我父亲有一位朋友，是在我们镇子的北街，他用黍子弄的醋，人要是喝一大口，比酒还烈，也能醉人。有一年，我父亲用坛子腌制春天刚下来的嫩黄瓜，用白糖和醋，加上盐，谁知，醋只放了三汤匙，到了打开的时候，黄瓜都是酸得倒牙，后来俺家就不再腌制黄瓜，改成了腌制雪里蕻和杨叭狗子。

杨叭狗子在乡间本草里，是有药用的功能，小时候的冬天，突然肚子痛得厉害，可能是肠痉挛。趴在床上打滚，家离公社的医院又远，父亲不知从哪淘来的药方子说用干的“杨树狗子”拌糖吃，可以治肚子疼。于是父亲就东家西家地找，终于淘来了干“杨树狗子”。吃了以后，肚子就不再翻腾。

“文革”期间有个叫《决裂》的电影，其中葛优的老爷子葛存壮扮演的教授在课堂上大讲“马尾巴的功能”，引来阵阵哄笑。而这“马尾巴的功能”也就从此成了一句“经典”，被那时的人们常挂在嘴头。《决裂》是“文革”式的“反智主义”的一个代表作，以为一切与生产实践脱节的知识，都是无用的——学会养马放牛才是农业大学的要旨，而研究什么“马尾巴的功能”则是极其可笑的。于是，教授不如老农，课堂不如田野……当时，在乡下的中学里，有一北大生物系的老师也是被发配到曹濮平原，他刚一到乡下正赶上麦收打场，村里的那头叫驴，一边拉着石磙碾压麦穗，一边不忘把自己的“家什”亮出来炫耀。在各种乡下的牲口中，驴子是最贱的，干最多的活、挨最多的打、吃最差的料，但是叫驴的那家什却最为雄奇，长可及地，蔚为奇观。那生物老师大概是为这奇物所惑，不明白地问："大爷，这驴怎么五条腿儿呀？"

也是这位老师，他说话讲课都是北京话，在农村，人们感到稀奇，常常坏坏地模拟。有一次他在四面透风透阳光的教室给孩子们讲课，抑扬顿挫，满含深情，他说："每当春暖花开的时候，在曹濮平原的村前村后，那高高的白杨就开一种花——花。"他一连几次说到花，最后说出了一句普通话语调的方言，"那就是杨叭狗子"。到了这里，整个教室哄堂大笑。

后来，人们见了这个老师，在背后，就喊他：狗儿！

现在正是春天，我所在的学校的白杨开花了，叶子还未长出来。我想如果遇到春荒，不知会有多少人在树下打杨花。这绛红颜色的杨叭狗子，其实倒像个大蚕，也像个豆虫。给我送杨叭狗子的女同学说童年趣事，她说她和妹妹年纪小，才锅台那么高，树高爬不上去够不到杨花。人家把杨叭狗子打下来，她们也能捡。半晌也能捡一小篮，拿回家就像拿回了粮食和活下去的希望，把它煮一道水，拌上点盐当饭吃。青黄不接的时候，乡间的温情还在，乡土的宽厚也在，穷困的人是最易同情穷困的，彼此能照顾的。

杨花老了，随风飘落，杨叶才慢慢地长出来。小叶绿生生的，如一个个春天的小耳朵，这耳朵嫩时也可做菜，也可掺上红薯面或麦麸子蒸来吃。可是，女同学告诉我直到现在她还不懂得嫩杨叶含有啥成分，人吃多了，脸、腿都会发肿，可是，人们还是捡来吃，只不过是吃得少些罢了，小心些罢了。

送我杨叭狗子的女同学告诉我：1958年曹濮平原"大跃进"，锅砸了，连锁鼻子也拿去炼钢去，那年村上的树也砍光了，连白杨也都砍了，春天整个平原成了光秃，谁家想捡杨叭狗子煮煮吃也办不到了，只有偷偷用洗脸盆当锅煮点野菜，或是萝卜根来吃。她的姐姐就是那年春季饿死的。姐姐还没有吃到杨叶，断气后，牙缝里只卡着一根去年的老草。

死是死的证明

在这平原的深处，人们有时把死看得很重，有时看得又很轻。父亲还在世的时候，就早早地为自己打制了泡桐的棺木。当父亲死后十年母亲死去，当给这吵闹了一辈子的人合葬时，把父亲的坟墓挖开，那泡桐的棺材还是完整如初。

我记得很清楚，当父亲健在的时候，我每到老家看望父亲的时候，总是看到父亲的白色棺木。停放在鲁西老家东屋的一侧，那是厨房兼放杂物的房子，当初我哥哥就在这所东屋结婚，后来分家另住。当下午的阳光穿过窗棂，照见棺木那光洁舒畅的表面，阳光的照射下，那泡桐的棺木就散发着一种树木的楚楚清香。

当时父亲才六十出头，但他却像要被收割的庄稼一样，为自己准备储藏过冬的地方。每当割麦子的时候，每当收玉米的时候，父亲都是死死地看着那些被撂倒的庄稼，他那时准是想到了自己的归宿。

人都有老的那一天，如庄稼。

但贫穷和悲哀一直没有离开我的家庭，父亲挣扎了一辈子，但还是老了。他储藏的那些酒和揣在怀里的锡制的咂壶，好像再也温暖不了父亲的心。

记得当时母亲说："今年为你父亲打一口棺材，明年再为我打一口。"

这一切都是这么的淡然，你能想到什么呢？想到了苍穹下的阳光和雨水？黄土默默地积蓄与损耗？想到了在它们之上或之下的人类命运，就像一粒麦子随手弃在地上长大了，长成了一穗麦子，当我们面对它们团结而成的面包的时候，你还会产生某种感恩的心情以怀想它们？

我知道，这时的父亲再也不能庇护你，苍老了，他却有自尊，他不依靠你，耻于用一口棺材来麻烦儿子。这就是父亲，你一直消耗的父亲，但这样的父亲，他使你想到延续、挣扎、血汗和泪水。然而当我面对的父亲不是一个词汇，也不是一群词汇的时候，我的心里有着不是苍凉不是悲哀不是旷达不是冷静却兼有容之的东西，我想到了沉默后面的那种深刻的冷峻。

我的父亲是个木讷的农民，就像一株普通的麦穗子，在我回家见他把一车公粮和交提留的麦子送到什集粮站的时候，我首先还是想到普通麦穗子的物象。多年了，我的家和我出去读书时也还没有什么变化，一进门就见着院子里散乱的麦秸窝、地排车和一口压水井，靠近院角的地方，有个粪堆和一棵榆树。

这就是我的家。从我当年走出这个院落直到现在，它仍旧是一如既往，除了土坯墙，还是土坯墙。我的父亲已经垂垂老暮了，毫无再振兴的可能了，而我却在外面漂泊，是不愿意再回到这地方，其实，走出了，你就无法回来。但“家”这个概念还存在，温暖还在，血气还在，我的父亲和母亲还活着。虽然我每次回家都感觉到他们有点陌生，不再是那么一对东奔西忙的老夫妇了，不知是哪一次我从外归家的时候，发现父亲和母亲的身子已不再壮健，我心里一阵压抑，这就是我童幼时遭到委屈和欺凌的时候，时时拥抱的那样一团支持、骨肉、血性和光热的力量吗？记得在我刚刚放下包裹还未暖热床板就要离去的那次，母亲问我能不能再多耽几日，我没有想到母亲的心境，脱口而出："外面挺忙。"惹得母亲非常难过，说我人大了，再也用不着父母了，再也想不到父母了。

我当时正迷恋写作，虽然当成当不成作家我不管，但我要写作，这是我的一个梦。我无法和母亲交谈，谈了她也听不懂，她还是要求我好好过日子，别和媳妇生气，把自己的儿子看好，一辈一辈人，母亲对延嗣后代看得重，我说外面挺忙，是敷衍，但母亲没有愤怒，她一辈子不会愤怒，只有承受。也许在母亲看来，我是中了邪魔，写作能吃吗？

过后我悟到了母亲话中的寂寞。在雪季里或是每个普通的黄昏抑或是深秋的夜里，这一对老夫妇想些什么做些什么呢？不知什么时候了，户外没有了秋虫在灶旁在枕簟上唧唧复唧唧，只有风溜到窗下蹲着听一会儿，然后耸起身子用手捅一下窗纸，跑到别户的房屋上，在那茅草顶上吼着叫着。

整个村子都熄灭了。

我知道，这一对老夫妇在深秋的屋里准睡不实觉，这并非人老卧伏的机会就少了，他们肯定是在似睡非睡地假寐，以仄听户外的秋风，渐渐迷离于淡远的往事了。

他们会磨磨叨叨地诉说起儿子吗，说他在几十里外一个小城里怎样地生活。小时候，每一次户外秋深的夜风把我惊醒，我总是躲在惊恐里听着父亲的脚步，在满是残霜和牛粪的地上移动着，嗒嗒地走出村外，离村不远处有一座孤零零的白杨树林，父亲把树林里的叶子扫回家，用作柴烧于秋深无边的寒冷中。父亲的扫帚声使我心碎，那使人心碎的扫帚声最后就凝固成一块铁板那么硬朗，就像那声音来自平原的深处，急急地唤你，催促你，使你容不得半点吝惜。

还是灿然的老老的黄土，还是灿然的老老的黄屋，面对鲁西无尽洒脱的麦天的旷野，背靠至少有三百年历史的村落，母亲把麦子倒进院里架起的一个笸箩里，那时明媚的阳光照射着晶澈明亮的东屋一侧那口充满忧伤的棺材，你不能不感到生命的进程就是这么平静地、不动声色地流逝了。

鲁西南平原，黄土屋。父亲之前的祖辈就这样生活过了。面对着父亲的棺木，我悟出了生命在挣扎的时刻同样也有一种坦然的表现，或许因为，苦难滤尽了所有的奢求，便生出了自然的怡静和淡泊？

母亲连续几日冲洗麦子，然后让父亲交上公粮或到一个远远的打面机坊里去磨成面粉。母亲用湿布擦洗麦子，手在麦粒中间搅动翻起一股隐隐的尘雾，有点呛人口鼻，仿佛使人闻到旷野里的土地散发出微微的温热，直到一颗颗的麦粒被还成了原生的那种浅褐如土的质朴和忧伤。

浑圆的麦子使人忧伤。

但这种深深的与生俱来的忧伤，这里的农民是无法表述也不屑于表述了。

于是一天，当我把装麦子的麻袋搬上借来的毛驴和排子车，朝打面机坊行驶的时候，我和父亲坐在车上，那时候时间尚早，驴子踢嗒踢嗒踏在地上的声音很动听。有时路上没收拾干净的一茎草叶或一穗麦子，在车辆中间，草叶或麦穗轻轻地拨弄着车轮，发出很响的刺棱刺棱的声音，旷野里很寂静。父亲漫不经心地唱起歌来。

往前望白茫茫是沧州道，
往后看不见我的家门。

曲调是古老的《林冲发配》，节拍很缓慢，歌声悲壮苍凉，这悲壮的歌声在坦荡的旷野上缓慢地爬行着，空气在歌声里起伏，没散尽的雾也在飘散。

雪纷纷洒酿难消解心头怨愤，

泪涟涟我再打望一下行路的人。

从父亲轻轻唱出第一个音节时，我就把头扭回来，面向着父亲。父亲的脸木木的，没有表情，连眼睛也是丝丝缕缕的茫然，就在这丝丝缕缕的茫然中竟能有两个很亮的光点，我紧盯着这两个光点，似乎感到某种温暖和安慰。父亲是一个在现实生活中彻底失败的人，我想在他歌唱的时候，他大概把我，把驴车以及广袤原野也忘却了吧？那驴子的嗒嗒声，那麦子，那歌唱的回响声都与他无关。

我听到了自己咚咚的心跳，我对这架驴车充满了少有的依傍和信赖。这就是这个黎明的时刻唯一可以让我在旷野中感到坚硬的东西了。好些年啦，我没有手握镰刀割过麦子，平原里的事，都是父母日夜躬身的操劳，我却独自在外边吃着自己的“工作饭”，每次归家，我都有楚楚的凄凉充盈在心里，常想该把自己全部榨干像阳光奉献给树木一样奉献给父母双亲，让家里的日子过得暖和些，光彩些。偏是这些年立了别样的目标，总想做成一些更紧要、更崇高的事情，就在这些自慰自欺的前行里，父母都老了，这每一次回家，我不得不面对老家东屋一侧冷冷的棺木了。

这是父亲最后的床，当我和父亲坐在车上向打面机坊驶去的时候，父亲说有一天的夜里，他梦见了他的父亲和他说话，他觉得自己一天比一天更趋近于梦中的那个人，越来越酷似他模仿他，直到有一天彻底成为另一个他。父亲在麦收之后让木匠为他打了这口棺材，说等他咽了气，就把他装进去悄悄地埋掉，就省了做儿子的许多事情。

父亲说：“做棺木的是你的同学呢。”

我明白了，父亲不是为了他，而是为了我不再在他忙乱的后事上再为一口棺材奔奔波波。

那天早晨在打面机坊里，我感到很疲乏，我看到我们的麦子在钢铁的挤压下一点一点被咀嚼被粉化，变成没有性格没有性别的面粉。早晨的阳光照在磨坊的窗纸上，涂抹着最初的一抹润红，有一种明丽的安详在我父亲的眼中悄悄蠕动了。他已经离开了磨坊，在院子里的大石碾上，想吸一支烟。

这就是父亲。

我望着轰隆轰隆响声的磨坊，看到那些新鲜的、带着琥珀色光芒的麦子在重浊的隆隆声中被粉碎了。我想到了那口棺木，父亲已经不行了，再往前紧走几步他就会躺在那最后的床上，无声无息地在泥土里像一穗麦子被粉碎，最后变成细碎的壤粒，再生出一茬茬的麦子，然后再播种、成熟、收割，被粉化。在父亲打制棺木七八年后，父亲死去了。我曾把几瓶白酒放进他的棺木。

父亲不识字，他不知道世上还有他儿子所从事的写作，他不知道有所谓的诗歌小说散文等文体和称谓，他不会说话，最终上苍也剥夺了他说话的权利。

我也知道世道的变幻，人将老去。我也知道墓草何苍黄！

世间没有所谓的“龙种”，有的只是野心；世间也没有所谓的成功，有的只是机遇。这些父亲都不具备，他只有默默地承受，他不是勇者，亦非智者，他不是一个人生的表演论者，也非一个人生的目的论者，有时他分不清世间的直道善行与怙恶悛丑，他上当，他受骗，他是一个最忠实的承受者，就像一再表述过的一个意象——土地，农民是土地，所有像父亲一样的农民构成了土地。

土地万有，土地亦无言，土地养活了谷物，土地养活了炊烟，土地养活了我们和历史，土地最低贱，无数的人扭曲了它、塑造了它，但最终塑造它的人都不见了，最后我们活着的一切都不存在了，只有它还存在。

每个人都是要死的，有的人思考过死去了，太多的人来不及思考也死去了。死，对某些人可说是一种苦痛的结束，对另一些人来说，无疑是一场永久的休息。

自然，在父亲死时，因为怕火葬就悄悄在冬日的夜间埋掉，当他逝去三年，我们那里的风俗是要办一下，招呼亲朋邻居同学故旧参加“过三年”。

那时是要有响器的，要热闹一番。不管人生前是多么委屈，那死后的唢呐、笙箫、锣鼓、鞭炮，还有纸扎的侍女、摇钱树、阁楼，是一样都不能少的。

不管人死的时候，是多么的猥琐，我们那里的人出殡的时候，那棺材和棺材下的架木，都是实木的，很重，需要十个壮劳力才能抬起，当追魂炮响起，主事的人喊一声：起！

那棺木就应声起来，在人们的瞩目中向着在田野里早已挖好的墓穴抬去，往往半道要换几次抬棺木的壮汉。我不解为何要这样重的棺木和架木，有朋友解释了，这是因为老家的人一辈子太轻飘，人们给这些劳作一生的灵魂配重，让大家记着他曾在这片土地上走过。

小时对我们这里的鲁西南唢呐的吹奏乐十分着迷，因我曾有一阵子喜欢唱歌，每到谁家出殡，我就会站在人群里如痴如醉地听那些演奏的唢呐曲。当然，还有就是娶亲时候，那也吹唢呐，但接新媳妇，吹的是《抬花轿》，要的是高亢是喜庆。一杆唢呐，要的是有阳光那样的冒尖的气势，特别是壮小伙儿吹，带给人的是力量和美。

响器也讲究班子，我们那一代著名的是洼里庄的响器和旗杆刘的响器，特别是旗杆刘的响器，里面吹唢呐的是一个年纪十八九岁的闺女。

在我们那里，人们根深蒂固地把吹响器看作下九流，女性吹响器更是惑人心魄。

一天，我们村里有两个老人死去，恰巧都是同一天出殡，一个下帖找洼里庄的响班，一个下帖找旗杆刘的响班，那天真是有好戏看。

死老太的那家灵棚外，摆了八仙桌，上面好烟好酒，八个盘子八个碗，还有果碟。

死老头的那家灵棚外，也是八仙桌子，上面好烟好酒，八个盘子八个碗，有果碟，并且还用纸封了五百块钱。不用说，除掉下帖时候给的五百块，你要是出力，吹得好，那这五百就是面子钱，是赏钱。

于是那天，死老太的那家先吹的是《秦雪梅吊孝哭灵》。霎时间，哀哀婉婉，人的心像堵到嗓子眼，天是昏的，地是暗的，那唢呐模拟的秦雪梅就像跪在大家的面前，身穿孝服，楚楚可怜，虽然秦雪梅吊孝，祭奠的是商公子，主家今天出殡的是老婆婆，但大家要的是那气氛，那种悲悲切切，那种揪住人的哀痛。

最神的是，唢呐模拟人读出了那祭文：

维大明成化十一年四月十二日，未婚妻秦氏雪梅致祭于亡夫商林之灵曰：呜呼，商郎，才华出众，志气轩昂，文章不亚韩柳，书法胜过苏黄。倘天假永年，寿不夭亡，何难攀丹桂于蟾宫，宴琼林于朝堂。雪梅幸得佳偶，盼鸾凤早日成双。谁知书馆一会，引出祸殃，若父生怒，逐出东床。郎怀怨恨，染病卧床，因积怒而莫解，为相思难偿而殇也。呜呼哀哉，君今去世，妾有何望？想昔日钟情留爱，竟成万世永伤。从此君为亡魂，妾作孤孀。恨皇天之无情，愿恶地之不良。呜呼痛哉，闻君讣讯，断我柔肠。扶柩一恸，血泪千行，清酒沥地，纸灰飞扬。灵其不昧，权作齐眉奉敬。死而有知，再作同穴鸳鸯，呜呼哀—哉—尚飨。

于是那看热闹的人都聚集到老太出殡的这家来，人山人海，忘记了是丧礼，都拍手喊好。于是老太灵前外的八仙桌上，摆上了六百元的赏钱。等六百赏钱刚上桌，人们却像潮水涌动，大家开始向旗杆刘的响器班奔去。那是大家熟悉的曲调，是唢呐模仿申凤梅的越调《诸葛亮吊孝》，这是一个女娃子吹的唢呐，却激越高亢，是沉郁顿挫，她模拟的诸葛亮对周瑜的祭文，比秦雪梅的清晰入耳，是知音之悲，也是知音之感：

呜呼公瑾，不幸夭亡！修短数天，人岂不伤？我心实痛，酹酒一觞；君若有灵，享我蒸尝！

吊君幼学，以交伯符；仗义疏财，让舍以居。吊君弱冠，万里鹏抟；定建霸业，割据江南。吊君壮力，远镇巴丘；景升怀虑，讨逆无忧。吊君丰度，佳配小乔；汉臣之婿，不愧当朝。吊君气概，谏阻纳质；始不垂翅，终能奋翼。吊君鄱阳，蒋干来说；挥洒自如，雅量高志。吊君弘才，文武筹略；火攻破敌，挽强为弱。

想君当年，雄姿英发；哭君早逝，俯地流血。忠义之心，英灵之气；命终三纪，名垂百世，哀君情切，愁肠千结；惟我肝胆，悲无断绝。昊天昏暗，三军怆然；主为哀泣，友为泪涟。

亮也不才，丐计求谋，助吴拒曹，辅汉安刘。犄角之援，首尾相俦；

若存若亡，何虑何忧？呜呼公瑾！生死永别！朴守其贞，冥冥灭灭。魂如有灵，以鉴我心；从此天下，更无知音！呜呼痛哉！伏惟尚飨。

当时我随着人群两边跑，一直到上午也分不出输赢，最后是双方都站在桌子上，唢呐里像坐着一群孝子贤孙，这是主家要的效果，但是事情要有个结局，最后是谁输谁先下桌子，那赏钱没有，下帖的钱也没有。

男的忽然使了阴招，他把汗褂子脱了，光着脊梁吹，一边吹，一边拿眼乜斜看着女唢呐那一桌，女唢呐的声调一下子蔫下来，那女的气得骂了一句：不要脸，耍流氓。

大家开始起哄，嗷嗷地叫着，女唢呐脸红了，但接着，女唢呐却吹出了从没有的高亢和悲壮，如山洪奔泻，如冬日开河的冰块，那声调堆起来，仿佛唢呐口里飞迸的是血，是眼泪，是不甘。这时候谁也想不到的一幕出现了：那女的把外罩竟然也脱下了，只剩下贴身的红兜肚。人们一下子傻眼了，谁见过这阵势啊。那女唢呐站在八仙桌上，唢呐对着太阳，汗珠子从脸颊流下，顺着红兜肚淌下，大家都被震住了，木呆呆地望着。

这时，那男唢呐口喷一口鲜血，跳下桌子，把唢呐一摔，跑到灵棚里，对着老太的棺木咚咚咚地叩了三个响头，然后走出灵棚，拱着手：老少爷们儿，人外有人，天外有天，我今天丢丑了。

然后在人们的惊愕中，哭着走出了村子。人活着争一口气，人死了，他的后代还在，还要争口气活着。其实，多数人在活着的时候，是没有多少尊严可言的，他们受尽了侮辱，你看那些父老的眼神就知道，胆怯、猥琐，说话时不敢正面与人相视，说话也嗫嚅，即使在他们少有开心的时分，也是痛苦长久于心的原因。还记得父亲去世几年后，我回平原深处的什集看望母亲，那几天里对邻居家所发生的事，使人感到了一种悲抑、无奈，甚至愤怒。说愤怒，我不知把愤怒发泄给谁？这么多年，这样的悲剧还在代代上演，其实悲剧的导火索就是一只青山羊羊羔。古英格兰有一首著名的民谣：“少了一枚铁钉，掉了一只马掌；掉了一只马掌，丢了一匹战马；丢了一匹战马，败了一场战役；败了一场战役，丢了一个国家。”这是发生在英国查理三世的故事。查理准备与里奇蒙德决一死战，查理让一个马夫去给自己的战马钉马掌，铁匠钉到第四个马掌时，差一个钉子，铁匠便偷偷敷衍了事。不久，查理和对方交上了火，大战中忽然一只马掌掉了，国王被掀翻在地，王国随之易主。

这片土地的人不知道那些国外的人事，他们最大的愿望就是活着，但生活得闭塞，灵性的缺失，使他们的心理狭窄和执拗，他们的眼前利益就是最大的可感知的存在，眼前如果有了塌方，那他们就会茫然或者绝望。我有时觉得，我的故乡就像悲剧里的一只羊羔。

是的，有时候一只羊，竟然惹出了一个惊天的悲剧来。正月十五过完，村里的小学就开学，到二月二还会放假，这是惯例。每到下午放学后，一些小学生就会在家里牵出自己家的羊到村头的河沟放羊，我们那里称为“米羊”，这也许是个古语，让羊吃饭？我没考证。

这活儿小时候我也干过，经过一个冬天羊都是吃一些干的树叶，或者是地瓜的秧子、干草之类，这时呢，虽然草才发芽，甚至还没冒出来。但是河沟里的去年的枯草和老草的根却不再苦涩，而是多了一些水分与甘甜，有时羊也很聪明，瞅主人不注意，会跳到附近的麦田里饱餐一顿。有时你跑到麦地，赶紧拽着羊绳，因为那是麦子发青的时候，羊一啃，就会减产，如果让别人看到，就会破口大骂，或者举起手里的铁锨，照着羊的脊骨猛拍，那一下就会把羊拍瘫痪。

但你即使抓住羊绳，但羊看到麦苗，就如苍蝇见血，羊还是拧着脖子往外挣，把绳绷得很紧，那时你手里的绳子就勒得你的手生疼。那时你就会骂羊：“你挣吧，不管你啦，来人喽拍你的脊梁骨！”

也许羊就害怕，就乖乖从麦田里出来，随着你到河沟里喝水，虽然河水里还有些冰碴子，但羊们却喜欢，如嚼冰激凌。

如果是夏天，那河沟旁的草茂盛，往往在“米羊”的时候，就会挎着荆条篮子或是背着粪箕子，篮子里放着一把割草的铲子，那时羊吃饱了，还能割一篮子一粪箕子草，有时还会拿着一个塑料袋子，把羊屎蛋捡起，一个上午或者下午，能捡一塑料袋羊屎蛋，这是黄瓜最喜欢的肥料，上到黄瓜架下，那黄瓜花也开得格外地黄。

但在今年的开春，还有两天就是二月二，村东头的满娃下学去“米羊”，是一只母羊和三只羊羔，当时满娃、母羊、羊羔都在河沟里，满娃把母羊拴在杨树上，母羊就以杨树为圆心，转圈吃草，而三只羊羔，也随着母羊吃草。

当时麦田里很多人家正给麦子施化肥，地里的荠菜开始发芽，河里的水很平缓，有的人在浇水，一切都是这么平静。

满娃背着书包，他静静看着羊安然如初，就拿出了一本漫画书，时间就这样不知过了多大一会儿。

忽然，一个女人拿着铁锨，大骂着：“谁家的羊，啃俺家的麦苗？”当时满娃的母羊还在河坡上啃草，而三只羊羔则嗅到麦苗的香气，禁不住诱惑就到了麦田。

也许是满娃太专注漫画书，没听到那女人的叫喊。

“谁家的羊？没人答应？砸死个狗日的！”

这女人就用铁锨去拍那三只羊羔，有两只机灵，嗖地跑开，一只被铁锨砸中，当场口里吐血，趴在地上。

满娃这时醒来，看见满脸怒容的女人，他认得，是街里的留根媳妇，长得黑黑大大。

留根媳妇站在麦地里，仍是骂着："你这熊羔子，咋不好好看着你的羊，光啃俺的麦子，给你爹说，赔我家的麦子！"

当时满娃吓得不敢吭一句，直到留根媳妇骂着走了，他才飞跑着去麦地抱起那只口中吐血的羊羔，但羊羔已经死了。

事情在这时发生了逆转，要是满娃把羊羔抱着回家，顶多被家里的大人大骂一顿，也就算了，但满娃却恐惧，不敢把死羊抱回家，他就抱着羊羔一直坐在河沟里，到天黑了，听到家里的大人一声一声的呼唤，他还是不答应，最后，他竟抱着羊羔跳进河里。

等家里人到了河边，捞出满娃和羊羔，满娃也已经断气。

第二天，天还不明，留根家的院子里就传出留根媳妇的大吵大闹，留根媳妇披散着头发，衣衫不整，露出多半个乳房，她的两眼冒火，嘴角吐着白沫，双手拍着大腿，"亲娘啊，你们这是讹死赖，你们的孩子死了，死了，也赖不着我们，我是点一指头啦，还是拍他一巴掌了？"

天不明的时候，满娃的家里人，拿着木棒、铁锨围在留根家，把满娃的尸体放在一张灵床上，灵床放在留根家的院子里，正争吵着往堂屋当门抬！

留根媳妇一看这阵势，就躺在灵床前，那灵床就搁浅在留根家的大门外。

这时，一个男人一下子走到灵床前。

"满娃爹干啥？"

这男人是满娃的爹，他走到灵床前，一下子拎起满娃，断气的满娃如同木偶，胳膊垂着，满娃的父亲跨过留根媳妇，一下子冲到留根家的堂屋里，把满娃放到了留根家床上。

这时留根媳妇跳起来，“你们这是把人往死里逼？”

满娃家里的人嚷着，你们等着坐监狱吧，杀人偿命！就有几十口的人，跑到留根家，有抱电视的，有抬沙发的，嘴里嚷着，不偿命，赔四十万。

拉东西，伐树，钱不够，扒屋子。

有的人则在留根家搭起灵棚。

这时留根家的堂兄弟也提着钢管、七节鞭来了，两支队伍在留根家的胡同碰面了，那些搬电视的抬沙发的，都慢慢放下。

村里问事的人来了，想说和，是私了还是公了。

大家在夜里还没有商量出结果，天明了正商量喝碗鸡蛋水，一会儿再说的时候，忽然，留根跑过来，说：“别喝了，我媳妇喝药死了。”

天明的时候，谁也不知道留根媳妇在哪里摸出一瓶农药，她跑到满娃家，推开满娃家的堂屋，就在当门喝药了。

当我回家的时候，母亲告诉我，留根媳妇喝药，也没救过来。当时我沉默了，也许在留根媳妇的意识里，只有死可以抵挡死。

因为一只羊，是的，就因为一只羊，夺去了两条命，就像把生死看得轻，这里的人不把命当成命，我们怎么论证这些死因？有什么逻辑关联，让我得出死的理由？

我知道，当下奇怪的死很多，比如有的人可能“睡梦死”“躲猫猫死”“鞋带自缢死”“从床上摔下死”“睡姿不对死”“洗澡死”“做噩梦死”“激动死”“上厕所死”“喝开水死”……这些“死”之前无非就是睡觉、从床上摔下、睡姿不对、洗澡、上厕所、喝开水等等一些吃喝拉撒的平凡得不能再平凡的事情。这些人都可以死，那么对家乡的人，因为一只羊的死引出无数的死，也就令人无话可说了。我知道这是土地的不幸，如果你的周围都是废墟和冰凌，那种无边的寂寞和恐惧，怎能让你内心安详?

母亲站在门口，她说要给我烧水做午饭。我摇摇头，母亲不知我为何吃不下。

我看着没有父亲的院子，那压水井还在，那棵榆树快要环抱，我低下头，怕母亲看到我掉泪，我用脚踩一下滴在地上的泪，嘘了一口气。

木镇与什集

一

在我的文字中，常有一个名词的指代：木镇，是曹濮平原黄壤深处的一个村镇。其实，在地图上是找不到这个木镇的所在，她只是我的心里的图示，她的原本的名字：什集。什集的“什”人们常读作什么的“什”，其实这是一五一十的大写，什集的“什”，也是数目字“十”，是几百年前十户移民在此落脚。五天一集，十天一会，就有了这个名字。

在这个地面上，曾有我的族人近六百年的足迹，在两个坟地里，我知道高祖、曾祖、祖父的两个哥哥，在祖父另立的坟地里，有我的祖父祖母、伯父及两个大娘、父亲母亲，堂哥和堂侄。他们的坟也如那里的庄稼，有时茂盛有时焦枯，那就是后人在清明的时候，多培几锨土，多扯几把野草。外人不会在意，并且，这些坟地多在别人的责任田里，那些庄稼就和这些坟地争空间。

我曾写过：我居住的木镇，房子所有的烟囱朝上，所有的屋檐向下，房檐下鸟巢所有的鸟雀头朝外。是的，在冬季，最避风寒的就是在黄昏时回家找一个栖身的屋檐。早先木镇的人死了，坟墓里脚都对着村口的方向，好像翘向屋檐，伸到屋里去。

每次从外面回来，我都感到木镇局促与狭小，连挂在白杨树梢的月亮也是一半，清癯，好像另一半被城里夺去了。我真的觉得木镇很小，如废弃的卷角起毛的邮票，有时又真的觉得它是那样的敏感，如一只在平原深处的刺猬，一有响动，就胆怯地蜷缩起来。

其实木镇是我的精神的符号，我记得，在冬日的夜间埋葬父亲的时候，最后一个程序是调整父亲棺木的"走向"，我们那里简称：向，是按照风水和祖制，父亲的棺木是头朝西北，脚朝向东南，父亲的脚并不对着什集的村口。

我知道我早已成了一枝世间的无根浮萍，自己早成了一个漂泊在故乡的异乡人，但骨子里所谓的乡愁，其实是一种孱弱的病，也算是一种入骨的浪漫，其实是一种媚俗而已。前些年米兰·昆德拉《不能承受的生命之轻》在知识分子中间流行的时候，书中的一个词尤其爆棚：媚俗。是的，"媚俗的根源就是对生命的绝对认同"，而生命是作为肉身而存在的。人的肉身的存在，需要很多的营养和肥料，也需要一些事物作为参照系来确认。这参照物和肥料除了食物、睡眠、性交之外，当然也包括对价值或信仰的认同，比如乡愁。

我也曾提醒自己，田园牧歌的伪善，我已是一个衣冠楚楚的"城里人"，所谓深陷乡愁，甚至悲悯，这是一种病，而不是药，这还是一种流传了数千年的"悯农"病和"归去来兮"病。我曾对某作家的散文有个说法，还是一个站在农民之外的二流子，是一个浪荡的游吟诗人的写作，没有接触到乡土的底层真实。

所谓的回望与怀旧，就是一种知识者优雅的伪装，哈佛的俄裔女学者斯维特兰娜·博伊姆给"怀旧"一词下的定义是"对于某个不再存在或者从来没有过的家园的向往"。你在城市的书写，只是一种美丽的幻象，是在现代的都市居高临下的书写。鲁迅说小时候的罗汉果好吃，只是一种儿时的记忆，他《故乡》里所写的现实，一样是尖锐地刺得他彷徨无地。你只是一个过客，你是一个回不去故乡的异乡人和旅客而已。

田园和诗意的背后其实是悲怆啊。我想到在集市上半乞讨半做面饭生意的父亲，我在这片土地上长到20岁离开，我曾写出很多木镇的诗意，比如，我曾写过诗意的屋檐和小学的风琴：

在城市无端地失眠，被那些夜里的肆无忌惮的光弄得心惊肉跳。失眠久了，时不时想起乡村，总有一个词突显——“屋檐”。是啊，有屋檐，你就感到温暖，在那乡村被子里，无边黑夜里新棉花被子下的脚指头如一个个小猪在安恬地趴着睡。

平原深处、黄壤深处的乡村的屋顶是如缓坡一样的耸立，如三十度的夹角。那是水和泥土柴草烧制的灰色的瓦，在陕西的阿房宫旧址的土地上，我曾看到秦代的瓦，与现在的模样简直是兄弟，有着同样的基因。灰色的瓦排列起来，一片压着一片，如鸟羽，下面是草是房梁是檩条，就这么简单支撑起一片温暖。夜里，曾有几次惊叫把家人吓醒，被问是否有梦魇，我说看到乡村的瓦片如鸟的翅膀在夜空里翻飞。那些瓦片也如钢琴的琴键在奏着谁也不懂的曲子。

该如何形容乡村的那一排排瓦呢？真如钢琴或者手风琴的琴键呀。在还有生产队的时候，从城里下放的马老师，为大家演唱《红星照我去战斗》，那是我第一次看到挎在胸前的手风琴。那黑键白键在老师的手下，如风触到了瓦片，触到树的枝丫，触到了水面，各种声音都一齐汇聚到乡村牛屋旁边的“完小”。

第一次看到那黑键白键，就想到乡村屋顶的瓦，那是雪后的瓦，微微露出黑黑一角的瓦，或者是霜降夜里的瓦，凹的地方是白，凸的地方是黑，那霜降的夜，睡不着的人，看到了有一只黑猫，在屋顶十分诧异地看那霜，它不明白，就用脚一下一下划那霜。猫的爪子如印戳，盖出老猫到此的阴文和阳文。

是啊，那时的我觉得老师演奏起手风琴来，就像把手伸到河里伸到溪里，在那些荷叶底下淤泥中摸鱼——孩子在木镇后的河里，用肚皮紧贴浅浅的河床，张开手摸鱼，不经意间就摸出欢乐，如老师在手风琴里摸出的音符。

这样的屋檐何止是能为劳作的人遮蔽风雨，还是一种隐喻与象征，但我要说的是，在土改的时候，我们家从东街被转房到十字口的隅首处的一家地主的房子。母亲说，她不想搬家，已经是大年三十的早上，那家地主的家人搬着铺盖卷跪在我们家，央求换房搬家，如果我们不搬家，那地主一家就会在冬天的野外度日。我们家从土坯房搬到了有点砖和土的瓦房，谁知到了公私合营的时候，房子又被征用了，我们又回到了东街，但这次没有了地方，父亲只是盖了两间房子，在贴着地的地方有几层砖，其余都是黄土砌墙。在我初中的冬天，我去学校晚自习，我睡觉的那面墙倒了，我放学回家，屋里和屋外一样寒冷。我体悟到了什么是荒寒，好在是我去晚自习了，否则会被土墙压在底下，后果可想而知。父亲用高粱打的箔放在塌了的土墙下挡住北风。整个冬天，我们都是在寒冷中度过，早晨起来，我的牙骨都冻得疼。

那时我家还在泥水和血水里蹚着，父亲在集市上，靠半夜起来扫大街，白日在集市上摆摊赚着五分五分的收入。我还记得当时，天不明，父亲就穿着一件我哥哥从河南濮阳买来的半截的有血迹的羊皮袄去扫街，那个场景很清晰，在恍恍惚惚的油灯影下，父亲起来，在竹皮暖壶里倒一碗水喝下。穿上那件羊皮袄，却是光着头，手里拿着扫帚和铁锨。

那个在灯影里的剪影一下子被融入黑暗，我又睡去了，等再次惊醒，父亲和北街的马新胜——与父亲一起扫街的我叫作二哥的人回来了，他们年龄相仿，马新胜没有儿子，只有三个闺女都出嫁了。他们在我家的屋当门开始用棉花柴烤火，有时就温二两酒喝。

多数的冬天，都是他们两个人，但有时二哥病了，父亲会拉上我去帮忙，就是用铁锨挖坑，栽上木头，然后用绳子绑成单杠的样子，让卖猪肉的羊肉的人挂在上面卖。

那时的冬天是真冷啊，耳朵都冻得有裂口成了冻疮，而大地也满是裂口，那裂口上有白的边，是霜，上冻了，这时水缸也结冻了，早晨人做饭，就先用铁锤或者砖头敲开水缸里的冰。

我一边跟着父亲绑肉架子，一边跺脚，龇着牙，哈着寒气，一面说："恁冷，恁冷！"

卖菜的人拉着地排车和满满的菜来了，这时菏泽城边刘小鬼庄的种菜的，棉帽子上都是霜花，用兔毛做的耳护子也是白的霜，"像小刀子割耳朵"！

也是那时，我喜欢上唱歌，多是可着嗓子号，内心感到土地的压抑，于是对从菏泽城里来的被打成"右派"的马老师那架手风琴就特别着迷。

当时能到学校跟着马老师唱歌是一种荣光，我们胡同三户人家，在我家前面是叫"刘四"的人，在阴雨天就纠集几个人，弹扬琴唱，多是曹濮平原黄壤深处流行的《大锅缸》的节奏。后来，刘欢为电视剧《水浒传》片头唱的《好汉歌》，那个调就是我少年时代熟悉的调，嘿呀伊儿呀嘿嘿伊儿呀。

但家庭的贫寒彻底击碎了我的音乐梦。在小学时代，每到放学后，马老师就组织十多个孩子练歌，到了一年的元旦前夕，我们学校接到通知，要到县城去合唱《红星照我去战斗》。

只有唯一的要求，每个同学不能穿农村肥大臃肿的家织布的棉裤，而必须穿毛裤，这样站在台上才更有精神。

当时的我立志要做一个歌唱家，四处追着电影《闪闪的红星》看，在幕布下，张着嘴跟着唱，我就是声音洪亮可着嗓子吼，我觉得声音洪亮就是我成功的第一步，我也弄了一根笛子，笛膜不好弄，就到沙河（也就是木镇常写的“泥之河”）把苇子的内瓤的薄膜当作笛膜，吹不大会儿，苇膜就透。一次回家的路上，一条狗，嗷嗷着扑来，我就用笛子当作棒子，不用说，笛子的一段被打得开裂，狗尖叫着遁去。我用姐姐的头绳缠住笛子的一段，吹起来声音有点怪怪的。

家里人看着我这么热爱唱歌，其实是不大高兴。在什集，唱戏的是不入流的，是属于下三烂下九流的，我不管不顾。我知道，我们乡间有练习吹唢呐的，白天是在红薯窖里吹，怕外面的人嫌吵闹，夜里是对着星星吹，但他三年走出红薯窖，在娶亲或是丧礼上吹唢呐，一村的人都惊呆了。娶亲时吹《抬花轿》，那抬花轿的人就像身上有虱子，浑身上下地踋起来；而丧礼上吹《起灵》，那孝子的脚步像踩了棉花垛，无力而轻飘，欲跌欲倒。

当我把去县城会演需要穿毛裤的事说给家里人时，一家人无言了。当时我们什集农民的孩子没有一个有毛裤的，只有供销社和粮所职工的子女才有毛裤。

我也无言，在夜里，我把笛子扔到了井里，对着井，大吼三声，从此绝了当歌唱家的念头。

因为贫穷，扼杀了多少孩子的梦，因为人为的农业和非农业，因为这背后的资源，然后就是这差异的一条毛裤，扼杀了我的艺术梦。

当时是父亲人生最背时的时候，他从非农业的供销社的一个职工被劝说回家，说国家困难，等形式好了再回来，但父亲再也没有回去的机会了，他承受了，他接受了，他本身是农民，又回到农民，这个最早把自己的木轮车子和做面饭的一切无私拿出的人，这个为了配合政策和地主转房，最后却没有自己居所的人，这个在“文革”中，被人在集会拉出唱《东方红》，他却只会从“呼儿嗨吆”唱的人，被人起了绰号“呼儿”——这是我童年听到的最刺耳的绰号——任谁都可以侮辱他，喊他“呼儿”。这是一个卑贱到底的位置。我小时候，最羡慕非农业人口，我们叫吃国粮的，即使不吃国粮，能和国家沾上边弄个临时工合同工，也能凭粮票吃上馒头。

当时农民一年四季吃地瓜干窝窝，像牛皮筋一样，再加上窝窝和辣椒一起吃，当时农村的胃病特别多。每到春天的夜里，除掉猫的叫春，都是人们反胃的咯咯声。

一年到头只有正月初一上午吃上馒头，其余都是地瓜做的窝窝与糊涂（粥）、疙瘩汤、面条，母亲有时就把地瓜面给我做成麻嘎子（喜鹊）状，但我总是吃不下去。

每当看到供销社或者粮所的学生拿着馒头吃，心里的口水总抵挡不住那麦面的勾引，总想上去说，我吃两口行不？但看着那些高傲的喉咙，年幼的自尊还是压抑下那念头，当时就想，他娘的，不就是你们吃国粮吗？老子以后也要吃国粮，娶媳妇还必须是烫发的。

一次课外活动，我从低我一年的班级过，发现察名山正坐在课桌上吃馒头，他的腿搭在桌子的腿上。是秋天，他的鼻子下挂着很长的鼻涕，一伸一缩的，也顾不得擦，两眼看着窗户，腿一下一下地荡着，悠闲而满足。当时我感到整个教室都是那馒头的香气。我的脚自然地停住了，那腿也好像被馒头的香味绊着了，再也无法挪。

察名山的父亲是拖拉机站的一个汽车司机，是公社的合同工，也是可以有馒头吃的。他父亲一出车，就把饭票给了名山，于是上学的时候，就可看到他坐在课桌上荡着腿吃馒头。当时阳光照过来，馒头成了金色的，连名山的鼻涕也好似金色。

在我不自觉伸头看时，名山喊我："给你一个馒头，你让我看你的画书。"

如果没有要我的画书换，我可能也会心口不一地说，我不饿！

但我接过了馒头，因为他渴望得到我的画书看。

以后，每到有空的时候，我就拿着画书找名山，他也会拿着馒头找我。

当二十多年后，我在一所大学做了中文系主任，名山找到我，他接他父亲的班，开汽车跑运输。我把他领到一家饭馆，说，你想吃什么就点什么，想喝什么酒就喝什么酒。

那天，我喝多了。我对名山说，感谢你的馒头。

二

我从叫"什集"的地方走出，却走不出"木镇"。

什集是肉体的多一点，木镇是灵魂的多一点。对什集的痛感多来自那种家乡的破败，人伦的沉陷，人性的幽暗；而对于一些看不见的怀恋，我放到了木镇，比如那种风声，那种芦苇的花飞的激动。

失眠是什集的，在夜间不寐或者哭醒，想来路和归途是木镇的，木镇在什集之上，木镇不满足于什集，于是就有了那些萃取的美，诗意的集合，她是我现实之上的理想国，也许会蛊惑我一生，但我愿意。我曾这样写过木镇：对故土时时反顾，有时又觉得，无论你离开土地多久，从乡间走出多远，总能感到隐隐有一根脐带连着你和乡村，这脐带如输液管一样，给你温暖和营养。

在外地，常会无端想到——夜里，窗外有风，父亲常在风里早起，那时风吹动窗棂上的纸，噗噗响，父亲走出篱笆门拿着扫帚，把落叶和枯枝弄到一起，然后背到灶下。到了晚间，灶头的火照红了母亲，而墙上筷笼子里的筷子，也成了红的，一根根如铅笔。在灶下，母亲用火的灰烬埋下一块红薯，到了夜半，在惺忪的梦里，你接到烤得焦焦的红薯，觉得乡村的柴草和炭火烤出的红薯，那才叫烤红薯——这不是手艺，是乡下母亲们天生的绝技，这里面有母亲的体温，有父亲收拢的枯枝落叶，更有大风把漫天的星星吹落后，父亲走在风里的踉跄。

确实是狭小局促的木镇，每当夜里风起之时，我总有一种担心，怕那像草绳一样的羊肠小路，那上面无尽的落叶，不会把路淹没吧？或者路也会被风吹断，一截被风吹到另一个村子？

我是从什集那片地方提着一支笔走出的，自小，我有买书的嗜好，我隐隐觉得只有书，才可给我走出黄壤深处的可能。我有好长时间，把《约翰·克利斯朵夫》放在枕边，我知道外面还有更辽远的所在。

当时村子里也流行几本书，比如《烈火金刚》《大八义》《小八义》《三侠剑》《三侠五义》。农民喜欢听坠子书，也是公案故事，麦天，在村头一唱就是一个月，这是乡村的文化生活。

在初中的时候，我有一个同学在公社院子里住，他父亲是干部，我在那里看到了冯梦龙的“三言”，当时感到这样的文字好像离真的文学有点远，乡村多的是好奇猎奇。

而外国作家对这片土地无疑是阳春白雪，离得很遥远。但有一天，我知道了《约翰·克利斯朵夫》。

江声浩荡，自屋后上升。

这是初中时第一次读到《约翰·克利斯朵夫》的第一句话时，给我的震撼，这声音，到现在还在回响，还在笼罩，成为一种暗物质在我的骨髓里生长，这是一种向上的力，奔涌如血液，从脚趾到发际直达头顶。

对一个平原深处的孩子来说，虽然离黄河才三十里，但初中以前一直没有机会亲临，何况大江的涛声。但那刻，它就在我心中奔腾起来。

那是三十多年前发生在故乡的事。1980年的春天，我正读初中二年级。一天我在镇上供销社的玻璃柜台看到一套四册的《约翰·克利斯朵夫》。

我怯怯地让女售货员拿出来，翻开书页，第一眼，“江声浩荡，自屋后上升”破空而来，一下击穿了我，对一个乡间的孩子，在快板书和民间故事中成长的人来说，我知道外面还有一种有别于我们组合习惯的文字，还有一种有别于我们生活的别样的人生。

那时农村僻陋偏远，是没有多少闲书可言的。父亲不识字，母亲不识字，哥哥有一本绣像本的《三国演义》，快被我吃下了。那种精神的饥渴，在物资匮乏的年代更加让人窒息。

那天在课堂里老师讲的什么我一点都没听进去，晚上在家也只是草草吃点东西。母亲问我：“冻着了？凉着汗了？”

细心的母亲看出我的不对劲，我的倦怠，以为是春天忽冷忽热感冒了。接着母亲又问："和人怄气了？被谁欺负了？"

我摇摇头，就躺下睡了，当时家境贫寒，我和父母还在一个床上睡觉，床的下面，拴着的是一群羊，而屋子的梁上则是宿窝的鸡。

我想到"江声浩荡，自屋后上升"，但只是想象那大江的模样。

我知道父母的不易，父亲靠在集市上半夜起来扫街，半劳作半乞讨地和来赶集的人一次要上二分钱补贴家用，有时还要遭到斥骂和白眼。

五天一个集，每次下集，我就看见父亲在家里一分一分地点钱，然后交给母亲。那时哥哥刚结婚，姐姐也要出嫁，家里有时就断盐。

一次母亲上集，被小偷偷去了五块钱，我看到母亲从集市上哭泣着回来了。当时我中午正放学，同学说："你娘哭了，在街上走呢。"

我悄悄地跟着母亲，看她从集市上哭着走过，那泪从她的眼里流到嘴角，流到脖子里，流到衣襟上，母亲用手去擦，眼泪又流到了她的手上，我怯怯地抓住母亲的手，母亲的泪也在我的手背上流。我也哭了，我们母子哭着从集市到供销社、到水煎包铺与鸡蛋市。人们不知道我们为什么哭，很多人窃窃私语："这娘儿俩，哭得泪人似的。"

后来，我想起"江声浩荡，自屋后上升"这样的句式可以形容我们贫寒的母子——"哭声浩荡，在母子脸颊上升。"

黎明，屋梁上的鸡开始鸣叫，母亲早早唤我上学，问我身体好点没有。

我没言语，在学校晨读的课堂上，我扯破喉咙喊："江声浩荡，自我家屋后上升——江声浩荡，自我家屋后上升——"

放学吃晚饭，在端碗的空隙，我同母亲说："老师要我交学费，两块钱！"

母亲没问，从衣裳的口袋里，在手巾包裹的里三层外三层的中间，找出一块五，然后又去邻居家借了五毛。

我到供销社的玻璃柜台，买下了《约翰·克利斯朵夫》。这是我骗母亲的唯一一次。三十年来，我一直压在心底，母亲去世多年了。我想到我们娘儿俩哭泣着走过的路：哭声浩荡，在母子脸颊上升！

我后来走向写作，确实要感谢母亲还有父亲，他们给我的恩情，或许是不知如何指导孩子读书的重要。在书里我得到乐趣，并且有时拿着一本新的画书在村里四处炫耀。

其实，我在父亲那里继承的是喝酒。某一年在北京曾因喝酒胃出血抢救，当时曾写诗记事，诗前有文字：

某所好无多，不抽烟不打牌，唯好饮酒及读书，酒不求粗细，书不求甚解，只求快意。曾把宁伤身体不伤感情作为口头禅，酒品即人品，多年来，把煮书下酒作为境界，不效魏晋时人读汉书痛饮酒成名士。2010年7月31日赴京，8月1日痛饮酒，8月2日胃出血住进北京空军总医院，辗转床榻5日，农历立秋日出院。

曾经豪饮看空盅，
座中顾盼为谁雄？
诗仙斗酒诗百篇，
情重虹吸情似虹；
十八碗后拳碰虎，
呕吐夜半觊流星；
此般景象成追忆，
只写散文摹人生。

胃部出血后，人们告诉我，养胃的最好的东西是老家的粥。确实，即使喝醉了酒，第二天，喝一碗粥，那胃就舒服妥贴。我曾在木镇的文字里写过，那有现实的影子，但诗性的更多。

回家，有一次远远地看到村口的父亲，戴着一顶老式的芦苇编的草帽，那尖尖的模样，就如乡村的屋顶。父亲说，刚割了麦子，有用石磨磨开的麦仁，那是幼年十分盼望而不易得的熬麦仁啊，到了嘴边是植物的清香，还有母亲在草垛里用豆秸捂到长白毛的酱豆，乡村的酱豆是故意发酵到长白毛，到时再配上辣萝卜。在麦天，儿子戴着爷爷的草帽，喝了一碗麦仁，接着又喝下一碗。乡下的饭食养人，我那时知道了根系在这片土地，连儿子也莫能除外。

父亲老了，他走过多少乡村，真的不好说，但他触摸过木镇的每个角落，他的脚也踏过这里的每一寸泥土。泥土有记忆，哪片地方父亲踏了一遍，踏了两遍，泥土都保存着。有时在夜里，在城里的夜里，父亲仅有的几次住到城里我的楼房里，我听到父亲的梦话，虽然不清晰，但我知道那是与一辈子厮守的泥土的对话。木镇有多少户人家，有多少房子，有几口井，这些父亲都知道。

乡村远离了我住的城市，但故乡却潜伏在我血液的深处，骨髓的深处。有一天，一位诗人朋友说，你头上隐隐的有东西。我说，那是故乡的屋顶。朋友说，你眼里的东西呢，还没到生白内障的年龄呢。我说，那是木镇的屋檐。

那夜，朋友醉了，为自己没有一处眼里的屋檐，故乡的屋檐！

其实木镇的屋檐，就是避免我们精神淋雨的屋檐。我曾在什集破旧的屋檐下见过父亲，在父亲去世的前一年的冬天，快临近黄昏的时候，我无端的焦躁，就坐公共汽车回到二十公里的什集，当踏向天要黑的家的时候，屋檐下站着的父亲，我几乎看成是竖着的一捆棒子秸秆。待那秸秆有声音了，问我咋这时回来了。我才知道，这如庄稼一样的农民，在风里霜里，雷里电里，劳作失望，醉酒，最后是越来越和庄稼的面目贴近。

还是狭小的院子，红砖土墙的灶屋有白色的炊烟，人与槐树一样孤独，我跟着父亲走进屋里。我对这低矮的屋檐有一种信赖，在我精神委顿归家的时候，它给我坚实的依靠。我知道只有这里的狗才不对我发狠咬我，别的楼房华屋，我踏进去是要看脸色，这什集的屋檐和房门，我可以随时进入，即使不咳嗽一声就可以躺下睡，起来吃。

没有脸色的屋檐，是什集的屋檐。

三

十九岁之前，我一直就在什集这个山东西南部贫穷卑微的一个乡村生活，我的小学初中高中，一直是在以我家为圆心，以我的脚步一千到一千五百步为半径画圆读书。小学初中在镇子北头的寺庙的遗址上，高中在镇子南面的田野里。那是一个叫“什集”的小镇，先是公社所在地，后来是乡政府镇政府所在地，属于鄄城县，就是曹植从洛阳回来写《洛神赋》的鄄城。初中升高中的时候，曾报考地区和县城所在的高中，皆因为数学成绩的瘸腿而败北，到镇子外求学的愿望就一次次落空，也就一次次在夜间仰望星空，面对浩瀚，心情一直压抑，在自己居室的墙壁上，用毛笔刷下“闻鸡起舞”来砥砺自己，无论春天秋天，我都是从田野里穿行，不走高中的大门，直接翻墙进入学校，即使是在冬季，天将甫明，戴着棉帽，穿着肥臃的棉袄、棉裤上学，我也是从墙头翻过。那时的冬天，好像格外像冬天，冷得凛冽肃然，于教室的一角，是夏秋割来的青草，堆拥在那里，散发着炽烈的太阳炙烤后尚未散去的煳味，直透鼻翼的清香。

如果是有雪的冬季，从教室里跑出，脚踏干爽咯吱作响的雪，兴奋地呼唤着：欲渡黄河冰塞川，将行太行雪满山。

回到家里，就在墨水瓶改造的煤油灯下开始了读课外书，当时读的是《世界文学》《收获》。当时的高中，有两间图书室，图书管理员是一位女老师，恰巧是我同桌的亲戚，我就能多借几本书。在《世界文学》上，我第一次读到了博尔赫斯，记得是一篇叫《玫瑰街角的汉子》，感到非常的新奇。

我家距离鄄城县城17.5公里，这地面上有一处拖拉机站，有几辆洛阳产的东方红牌拖拉机和两辆破旧的解放牌汽车，就是察名山父亲开汽车的拖拉机站，而拖拉机汽车所用的汽油柴油却是在县城才储存，也可能是动用机车到县城成本高，于是拖拉机站的汽油柴油就由我家用地排车从县城拉回，地排车上装四个铁桶，每个桶满满的油是200公斤。从我上小学开始，有时在夏季或者冬季就和姐姐到县城拉汽油柴油。

常是鸡叫的时候，拿着窝头和一瓷葫芦水，姐姐拉着我和空的铁桶到县城，在油站上班的时候，我们就到了，然后装油，然后吃窝头等待。

在装油的时候，我就一路跑着到位于县城北大街的新华书店买书，油站离书店五里，我必须在一个小时来回，于是到了书店就匆匆买了书，然后折回。《飘》《欧也妮·葛朗台》《芦青河告诉我》《月迹》都是在初中高中那时买的，但是书买回来了，却错过了吃窝头，于是姐姐架着车辕，我在边上套上绳子拉偏套，有时就低头吃窝头，在喘息的时候，就拿出新买的书，于是也就忘记了劳顿。

现在能在书房读书了，但我还想到少年时拉着地排车到书店买书回来的那种兴奋，但现在好像遥远得有点不真实，但我却想到那一幕，这是一种怀念？抑或是一种失落，那样的心境竟不再出现于生活中，随着成年与人生的历练与缺憾，我觉得这徒步买书的可贵。

其实在乡下，是书开启了求知的闸门，由于眼界狭窄和贫困，读的书多有偏差。在开始写作时，模仿的诗歌都是甜腻的形式，自己一下笔就是油滑浮薄。在1984年秋天，我高中毕业，准备到一所师专报到的时候，一天，在新华书店发现了一本刊物，《文学家》的创刊号，上面是昌耀的组诗，那次我读到了他的《高车》：

是什么在天地河汉之间鼓动如翼手？……

是高车。是青海的高车。我看重它们。但我之难忘情于它们，更在于它们本是英雄。而英雄是不可被遗忘的。

从地平线渐次隆起者
是青海的高车。

从北斗星宫之侧悄然轧过者
是青海的高车。

而从岁月间摇撼着远去者
仍还是青海的高车呀。

高车的青海于我是威武的巨人
青海的高车于我是巨人之轶诗。

这是一个巨人的诗行，周涛曾说王昌龄的弟弟王昌耀，那时我知道以前接触的诗，是算不上诗的，我从昌耀这里知道了何谓诗，诗又是何为？从昌耀，我开得了新面，后来昌耀先生死去，我曾著文哀悼《老昌耀》，此文于《散文》海外版刊出，算是馨香一瓣，献于死者的灵前，那是对文学的招魂吗？抑或是对身边的文学招魂，我的墨水的脐带真的接通汨罗江？从这点我是感激书店的，在那个时候，在那个地点，让我认识了诗歌，也认识了自己的局限。

在读高中的时候，我曾借过一本《日本短篇小说选》，是中国青年出版社出版的。当时是冬天，我抄写了上面一篇三浦哲郎的小说《忍川》，这也是日本的电影演员栗原小卷的成名作，写的是年轻人情感的纯洁，上面写的“我”，一个卑微的来自乡间的大学生与一个同样卑微的菜馆的招待志乃的故事。那种气味，那种故事，那种格调深深地吸引了我。我也是一个屈辱的存在，我坐在一个阴冷的屋子里，一连抄写了三个晚上。当最末的一天，天竟下起了雪，我有点喜极而泣，泪流满面，情感的共振何计东西、南海北海，何计肤色民族，绝对不可以“萧条异代”来说。

我是来自农村的，我知道底层的纯朴和哀痛，最后“我”带着志乃回到也是农村的老家完婚，走向神圣的婚礼时的场面，是留存我记忆和影响我文学记忆最深刻的事件。当时我还未婚，没有女性朋友，只是在文学里转移自己的情感与注意力，寻找拯救的力量，但我记得小说里的话：“我们虽然寒微，但是要坚强地、精神饱满地生活下去，这就是我们的信念。”也许是这信念，也许是文学给我以疗救，虽然当时像所有的农民的儿子一样，灾苦多难的生活培养了一种孤傲、腼腆羞涩而又时时感到委屈的心灵，那时学校里的女生稀少，而最怕的就是与女同学对话，是结巴和嗫嚅，是脸红得如红布，一个底层的农民的儿子，孤傲的背后也渴望一种自由的表达。像卢梭，躺在高贵的华伦夫人怀里，有母亲和情人的关怀的爱情，幻想如《红与黑》的于连一样爱上德瑞扶夫人，获得有身份女性的青睐，通过爱来弥补身份的差异，纤弱，苍白，想法是如此的可笑。于是想到《忍川》，想到雪夜“我”与志乃，那最后的描写，简直是黄金打制的，饱满光辉，有磁力，我曾和我的极为少数的朋友讲述过这个细节，衡量文学钻石的分量是看它的恒久的悸动与感慨，这是金子与铜的分别：

雪乡的夜晚如同在大地深处一样宁静。就在这样的宁静中，传来了清脆的铃响声。铃声慢慢由远而近了。

“这是什么钟声？”志乃问道。

“马橇上的铃。”我回答说。

“马橇？马橇是什么？”

“就是马拉的雪橇。大概是有些农民到镇上喝多了烧酒，这时候才回村去的吧。”

“我想看看呢。”志乃说。

两个人用一件棉袍裹起赤裸的身子，钻出了房间。把廊子里的防雨板拉开一道细缝，剑一般凉飕飕的月光，几乎是白糊糊地照射在志乃裸露着的身上。在像白昼一样明亮的雪路上，马橇拖着阴影，叮叮当当地过去了。马橇上面，驾车的人裹着毛毯，抱着双肘熟睡了。那马是自己在归路上疾驰的吧，马蹄铁在月光下闪闪跃动。正看得入迷，志乃微微发抖了。

“好啦，该睡了。明天还得坐火车哪，睡一会儿吧。”

“嗯，在还听得见那铃声的时候就入睡吧。”

一钻进被窝，志乃就把她那冻凉了的身子挨到我的胸前，把咔嗒咔嗒打战的牙齿轻轻地贴到了我肩上。

铃声远去。骤然间听不见了，只觉得余音缭绕。

“还听得见吗？”

志乃没有吱声。我把自己的嘴唇贴在她的嘴唇上。志乃却已酣然入眠了。

这个细节，我曾在一篇散文《风雪黄昏》里有过追忆，那是一篇发表在2004年夏季《文艺报》上的散文，寄寓了我对抄书的怀念。在我抄写《忍川》完毕的时候，老家也下起了漫天的大雪，如鹅羽的雪，后来我在电影《日瓦戈医生》里看到雪夜的西伯利亚的森林小屋里，日瓦戈在写诗，烛光摇曳，外面是狼的长嗥。多么相似，还犹如《三套车》的场面：冰雪覆盖着伏尔加河，冰河上跑着三套车，有人在唱着忧郁的歌，唱歌的是那赶车的人。

也许这小说和我当时的心境有关，我愈来愈信，你接触某个文章也是讲究机缘的，这机缘可以是天气心情，也可能是年龄，但那年的冬天，是文学和《忍川》这小说温暖了我，给我精神的滋养，给我以后文字的节奏。我知道了人类发展的元素：爱、尊严、自由与平等。

我知道，人应该有两个故乡：精神的与现实的。现实的故乡是一个地址空间；另一个故乡是收留我看不见的精神和感情元素多一点，什集和木镇，也许对我就是如此吧。

匍匐在土

一

总是在冬夜，外面还有寒霜，父亲就起来了。穿上一件几经转手才到了我们家的半截羊皮袄，那袄很脏，上面还有暗黑的血迹，是人的还是羊的，没有人考究，但它御寒。哥哥曾穿它，姐姐也曾穿它，父亲去世后，这件羊皮袄，留给了姐姐。

今年是父亲去世20年，20年无祭，没有只字片纸写给我的父亲，只是当年在父亲的病榻前，我写过一篇急促的文章。父亲出殡的当日，那文章恰在当地的一家报纸刊出，里面有一句“乡里小儿”的俗语，这本是一句庸常的套话，但有的人不高兴了，就如眼里有了芒刺。当在乡镇工作的堂姐告诉我这事的时候，身穿重孝的我无奈地苦笑，随即勃然大怒，我说，让他们找我算账好了。那声音大得惊人，四周的亲戚都转头看我。父亲棺木尚未入土，我要维护父亲的尊严，思想的尊严，不要让我的父亲再一次受辱。

今天，我特意把20年前的文章找出，毫无增删，把那段文字原本照录：

望着眼前卧床失语的父亲，我就想起那个当年被生活逼迫无奈、到机井寻死的人。那时我才出世三天，他去向队里干部讨一点谷子来给我母亲和我熬点粥喝。最终无奈的他向乡里小儿跪倒，匍匐在地，对着那人喊出一个字："爹"。父亲不是韩信，他受的屈辱也远甚于胯下，于是他最终选择了投井。几十年后，我在菏泽工作的时候，父亲每次到城里，怀里揣着的是一个用锡打制的酒壶，那壶乡间唤"咂壶"，需倒旋才能打开盖子，把壶放在近身的衣服里，酒也就有了体温。我常想饮酒、醉酒是天才的最好下场，想不到一生屈辱、不能明白表达自己意志的父亲，一生平庸无愧的父亲，竟和天才们殊途同归。饮酒，是他们共同的出路。

20年了，父亲庐墓已拱，而20年前的文字还在。今我南下岭南，远离血地，就像是做贼一样，我感到一种对父亲和那片黄壤的亏欠。20年，我很少在文字中提到我的父亲，我在寻找一种有血痂的文字，那是专门与父亲般配的文字，与苦痛相称的文字，不轻慢不懈怠，如土地滞重敦厚的文字，但还是不能如愿。

我知道，父亲是一个被践踏者、被侮辱者，他生得瘦小，说话口齿不清、呜呜噜噜，他不会说理、好急躁，急了就骂娘。父亲是一个从小在集市上做面饭生意挣扎生活的手艺人，他到过周围方圆数十里大大小小的集镇，认识很多人，但知心的，我知道的就什集镇西街姓周的一个大爷，北街姓马的一个大爷。他们两个都年长我父亲，一个卖烧鸡，一个做茶炉子（拿手的绝活是酿醋）卖开水。他们的身上一个是常年的油腥味，一个是煤烟味。

父亲是一个失败者，失败者的地位在乡间也是最低下的，各种力量都可以使唤他消耗他剥夺他。人们爱取笑我父亲，给他起各种带有侮辱色彩的绰号。其实包括我母亲、哥哥也都看不起父亲，哥哥常和父亲顶嘴，我看到一个没有尊严的父亲在儿子面前的焦虑，父亲急了，也是呜噜呜噜骂人，然后气得走掉。

这是一个卑微的人，卑微到人们的眼睛里好像没有这个人，只是蝼蚁般的生物的存在，即使在他的兄弟、堂兄弟甚至子侄那里，也没有尊严和分量。我有时对父亲的生存感到悲哀甚至悲悯，但我知道，父亲是不可替代的，我同情我的父亲，即使人们践踏他如泥土，但他依然那么良善，可有反抗。

母亲常与父亲吵架。两人争吵了一辈子都没有和解，就如不能同槽的牲口，犯忌，会互相踢咬，大打出手，骂骂咧咧。那种怨恨，我久思不得其解，可他们仍然一起过着野草蒺藜般的寻常日子。

我出生的时候，应该说是父亲人生的最低点，他原本作为手艺人，公私合营后成了一位吃供应的人，到了上世纪大饥荒的年代，又被裁员下放了。也就是在我出生的时候，他连底层的等而下之一也不如，挣扎到吐血，挣扎到绝望，就有人逼得他差点跳机井自杀。

我没有体会过父亲内心的绝望和黑暗，但我知道“我本可以忍受黑暗，如果我不曾见过日光”。毕竟父亲是所谓的公家人，而最后被剥夺身份还乡种地，父亲这一辈子是怎么样在血水里蹚过的？无论何等的命运都能全盘接受？我自认我做不到。如果做到，那就如猪一样无疑，但我这个比喻并不是针对我的父亲，我知道猪没有思想。这世上如果真有有思想的猪，那它不会相信所谓的谎言和承诺。父亲太相信宣传相信领导，领导说让他还乡，等形势好转再回来，他就听了。但父亲把下半生等完了，也没有再接到上班的通知，父亲不知道戈多，但父亲对一个虚幻的许诺有期待。被别人规划的人生，注定无法摆脱被强权和强势所支配，那下场注定是悲剧无疑。

也因为这，我从小就仇恨逼父亲自杀的人，那人读过书，在乡村里属于常使坏的人，对比他地位低下的人手打脚踏，毫不在意，对地位比他高的人毫无顾忌地吹捧。乡村也是江湖，汹涌澎湃。在我出生的时候，偏巧，我们生产队里一个在大队当干部的人的父亲死了，此人拿着生产队仓房的玉米、麦子、大豆成麻袋地送去，让他们待客。而我出生时，家徒四壁，盛米面的瓮与陶土的缸里无有粒米，于是就想着借队里一点谷子，脱下皮子弄点小米，为我的母亲温补一下身子。但生活的坚硬和冷漠拒绝了父亲，这个年方四十的男人，无力抚养妻子无力抚养刚出生的儿子。那是雨天，深秋的雨天，早已没有了雷声，但他喉咙里像是有轰鸣的雷声从肺腑爆出，人们看到了这雷带来的水，他的脸颊汹涌的泪水。他不愿再在这个世道无尊严地活着，他像要倒净这如苦胆般的生活的汁液一般，冲向机井，被人在井口强行救下了。

二

当我有记忆的时候，父亲到山西讨生活，是货郎一类的，小时，我特别怕人讲山西狼吃人的故事。我们是平原，从来没有狼，但童年的记忆里，很多狼的传说缠绕我的记忆，狼把人吃掉，手指脚趾就是狼的点心。

那时，我总感到父亲在外面是要饭，总忘不掉父亲那戴着臃肿的棉帽子的沧桑。

就是这张沧桑的脸，在一个冬日归家，母亲站在低矮的门框前，虽然母亲和父亲的关系一直疙瘩，但作为支撑家的男人，她还是盼着他回来。我也牵着母亲的手，站在门框的边上，一个戴着棉帽子的人，推着一个木轮车近了，母亲一边抓住我，一边用手抹眼泪。待到那人走近，母亲说：“你爹”，然后就哭起来。

哭声，临近年关的哭声，让我跌入了无边的冰寒里，我也成了一个冰碴子，被生活硌出了血。

他们当时才是中年，但漫长的苦痛与苦熬，皱纹里的尘霜，愈发使他们渺小无助。

父亲先是笑着，后来也哭起来，一个男人在自己的屋檐下，望着冬日里的妻子与儿子。那时的景象烙在我的心上，院子里的槐树铸铁的枝干，如刺一样扎向苍茫。

父亲把铺盖卷扔到屋里的地上，年关的夜幕，就如一床硕大无朋的印花包袱一下子把我们的平原包裹了。

我还记得父亲遇到的一次凶险，父亲在土地上苦做，当时是在地里抗旱，生产队里派父亲去推水车，白天黑夜地推着水车长长的木柄。一天父亲实在太疲累，他的手没抓住，水车木柄的反作用使那木柄如横扫的兵器，一下子击中了父亲的太阳穴，他被打昏过去，垂死在机井的壁上。生产队负责查夜的人看到父亲卧在那里，就用脚踹，用脚踢，说：“别偷懒，装死。”父亲的血已经渗进泥土，土成了硬块，没有一个人站出来说句人道的话，父亲浑噩噩地站起来，又通的一声栽倒，后来，他跌跌撞撞摇晃着站起，又抱着水车的木柄吃力地推起。

所谓的物伤其类，那是建立在同情与悲悯的基础上，但乡间的冷漠与残忍，把最后的一丝温暖的伦理也践踏殆尽。深夜，姐姐用火柴点着劣质的烧酒，为父亲清理太阳穴附近的创面。第二天，父亲还是爬起来到地里出工。到了寒冬腊月，那是农民最难熬的时辰，要去黄河出河工，挖河或者加固大堤。那河里有冰，人跳进去，深的沟把人头都遮蔽，只有铁锨连着的土块被一次次抛出来。有时，铁锨上粘的土块如胶，无论多大的力气就是抛不下，或者是土块太重，父亲举到头顶抛不出，就石块一样砸下来。

天不明从河工的帐篷里跌撞着爬出，晚上踉跄着回到帐篷，鞋子里是冰，是血，成了铁鞋。即使是风雪天，父亲说那也得出河工。

每年河工上都有死人的事发生。

父亲说，人就像小鸡，扑拉一下翅膀，说完就完了！

在上世纪70年代中后期，为了一家老小糊口，父亲偷偷摸摸地弄些小麦面、一些棉籽油、蓖麻油，找一个平底锅，在家里炸一种鲁西南平原称为“面泡”的吃食。面泡圆圆的，如陀螺的形状。出锅的面泡焦黄，外酥里嫩，那功夫主要是在和面摔面，这是一个力气活与技术活，小麦面沾水后很黏，要把面从口径三尺的斗盆里扯起，然后咣咣地摔下，重复上百次千次，直到那些面与空气完全接触，有了筋道。然后平底锅里的棉籽油、蓖麻油冒起了黑烟，母亲在灶下烧火，父亲就用筷子叼起面续到油锅里，那面团如气泡一样膨胀，在油锅里飘荡。

有时在夜晚悄悄用秫秸梃子制的筐装上炸好的面泡，端到街上去卖，有时那些饥饿的人会找上门。那些日子，就是靠这些违禁的小生意来勉强维持家的开销。

但有一次，父亲刚支上锅，锅里刚倒上油，母亲刚生上火，管理集市的被称为“杨大篮子”的人到了我家，他一脚踢翻了油锅，真佩服他的脚下功夫，竟然毫发无损。父亲被带走了，那一夜，母亲搂着我，在床上坐了一夜。无边的黑夜，四处的荒寒与死寂，我们母子枯坐如木偶。但命运的线牵在谁的手里，拨弄着我们全家？天地不仁，天地不语。生活快要窒息，年少的我，无尽的咳嗽在那黑夜。

第二天父亲被带到离家五里的一个修桥工地上办的学习班，接受劳役改造。

那桥建在满是芦苇的沙河上，我和姐姐就一天三顿为父亲送饭，用瓦罐盛着红薯粥、地瓜窝头、辣椒等，天天如是，周而复始。父亲在那里搬石头，光着脊梁，瘦矮的他愈发渺小。有时他蹲在那里用锤子敲石子，一下一下，重复乏味的劳动，作为投机倒把的惩罚。

那是夏天，一天三顿饭，都是姐姐提着瓦罐，我手里提着用土布围巾包着的窝头，姐弟两个走在早晨，走在正午，走在黄昏。好像太阳总是在头顶，照得我眼睛发黑，地下的土烫脚。

但是，令我铭刻终生的事像崩塌的桥墩一样，父亲、姐姐、我一下子窒息了。正午的天空白花花地炽热地燃烧，我的头上、脖颈上的汗像虫子在咬，姐姐在系鞋带把瓦罐递给我，让我提一会。我不知怎的提着提着，觉得瓦罐的绳把我的手勒得有点疼，想倒换一下手。谁知，瓦罐跌到地上。

瓦罐碎了，满满的面条子如蚯蚓全趴在地上。

姐姐惊呆了，这是母亲这一个月唯一的一次拿出家里的麦子面掺上一点地瓜面为父亲擀的面条，也是家里父亲炸面泡剩下的唯一一点白面，全家人都舍不得沾牙。

我还没从惊愕中醒来，姐姐一个巴掌拍到我的头上，然后就蹲在地上，从土里捡面条。

姐姐用衣裳襟兜着面条走向修桥的工地，我在太阳下啜泣。我觉得头顶的太阳很红，如父亲炸面泡的平底油锅。

修桥的工地上，一片片脊背躬凸在燃烧着的赤日之下。矮小的父亲走过来，拿着一顶草帽，他把姐姐衣襟上的面条倒在草帽的深处，走向一片水，用水淘洗面条里的土。

太阳很白，太阳很红，修桥的队长在喊：歇会，吃饭了！一夏天都是地瓜窝头，如橡皮一样涩又强韧的窝头折磨着父亲的胃，还有那些辣椒也在父亲的胃里围剿翻腾，父亲曾捎信给母亲说：这段时间一直烧心。于是母亲才狠心做了一次擀面条。

在回去的路上，姐姐问我还疼吗？她用手抚摩着我的头，姐姐哭了，她的泪顺着她的脸颊流到胳膊上，然后从胳膊流到我的头上。

在今年的春节，下雪的时候，姐姐见到我，我提起给父亲送饭的事，姐姐一直后悔打我一巴掌。为保持一个农村孩子的尊严，为不再为了五斗米折腰卑躬屈膝，我只身漂泊来到南方，当时平原深处老家的人谁我也没告诉。姐姐是为外甥定亲的事来向我借钱，姐姐张口借钱也是很难的，姐姐说以后还，我说不必了，为了当年贫穷日子里挨的一记耳光。作为一个弄文者，我知道耳光的意义。但我甘愿接受来自姐姐的这一记耳光，它表达了在那种困难日子里粮食和白面的珍贵，更重要的是对父亲深挚的爱。

三

如果给父亲一个职业定位，父亲是一个挣扎在小面饭生意和种地之间的农民。他一生都是匆匆走在糊口的路上，他担当不起这样的伟词：商业和农业。但他却与这些相近：面食手艺和农作物。这些关键词贯穿他的一生，再加上一个关键词：扫大街。父亲一生就如吊在悬崖上，随时都有被生活推下去的危险，为了糊口，他只能忍受。

丸子和凉粉代表父亲的面饭手艺，在好多时候，父亲在夏天集市卖绿豆凉粉，冬季卖绿豆丸子。我家有个架车子，这种车的样式特殊，类似红车子的造型，改造成上面是木制的平面，后下方有个柜子，木独轮在平面下的前部。人在后面双手驾车，躬身前推。夏天冬天父亲把盛凉粉和丸子的簸篼和遮阳的棉布棚，条凳用绳子缚在上面。炒的酱，醋、蒜、芥末、香油、碗筷放在柜子里。

地排车、铁锨是父亲匍匐在大地的锁链，把他的命运紧紧地箍在泥土里，不得动弹。在苦难的日子里，虽然他曾到山西、安徽亳州做货郎，在河南的驻马店、平顶山一带用毛驴车拉货两年，但他大部分时间还是生活在山东鄄城县一个叫“什集”的小集镇的东街。我们姓石的在这个集市至少生活了500年，父亲曾给我讲从山西老鹳窝移民到这里的经历。父亲对在这个土地上生活过的祖先有一种肃穆的情怀。有一年的旧历年前，父亲请人画了一幅可以悬挂的族谱，上面一个一个格子里，写有先祖的名字。父亲告诉我他的爷爷我的曾祖父叫石松岚，原先只是口头说，这次看到族谱上的这三个字，我大吃一惊，作为一个农民有这样雅致的名字。父亲告诉我，他的曾祖母是识字的，是大户人家从山西逃难到这片地方，嫁给了当时三十多岁还是光棍的高祖。她曾要求后世的子孙要读书向学。

生命确实是很奇特的，家族的密码在神秘地传递。在苦难的世事年代里，我的爷爷曾上过几年私塾，能在乡间粗略为人记记算算，但为人耿直，好喝酒，不到五十即逝。母亲曾告诉我，爷爷在醉酒时豪气干云，用胳膊当棒槌捶打那些新割下的大豆梗，酒醒后，胳膊鲜血淋漓。

父亲也爱喝酒，晚年唯一温暖他的就是酒。

父亲在集头忙得往往是没有时间吃饭，二两酒往嘴里一赶，咕噜一声下肚。

我有时短暂替父亲照顾摊子，一般的程序是：父亲早早起床，先和镇子北街我称为“二哥”的马心胜，与父亲年龄相仿的人到街道上，用扫帚把大街清扫。

这是两个有点乞讨性质的人做的工作，马心胜，人们称为“二傻子”，有三个女儿外嫁，只有老两口过活。他和父亲就在集头上讨生活，打扫街道，然后人们在集市上摆摊，到中午时分，他们二人挨着摊子讨要卫生费，一般的都是二分或者五分。

父亲先扫完街道，然后开始把自己的凉粉或者丸子摊子支好，开始经营，到了半上午，就把摊子交给母亲看着，有时是哥哥有时是姐姐，有时是我。

是酒支撑着父亲？还是生存的压力？我一直想探究这深层的原因。应该说，父亲是终生匍匐在土地上跪着行进的卑微者，除非病在身上，那是承受生理畸变的磨难，当然也是生活磨难的延展。父亲晚年曾到我所在的学校，协助我妻子在校园卖炸面泡维持生计，那时我羞愧得无地自容。在别人眼里我曾是那片土地上很争气、很有出息的儿子，但在刚刚踏上社会的那几年，由于妻子的农村户口，在学校里一直分不到房子，我住在一个逼仄狭小的筒子楼的末端，白天必须开楼道里的灯才能找到我的门。一间房子，住着我、妻子、儿子。一个人的工资，难以维持孩子的奶粉和孩子软骨症必需的药品。

父亲在我工作临近的刘庄找到熟人暂住，和我的妻子在学校炸面泡。当时父亲年近七十，如晚风中的秋叶。我无法在父亲的晚年让他过体面的生活，这是我内心的亏欠，是我不懂低身俯就，还是耿介的性子使然？为了自己的一点虚名，我跌跌撞撞地走在拖累父亲的路上。父亲劳碌了一辈子，到了晚年还因城里的我的穷困，躬身劳作。

父亲让我亲近书本，亲近文化，最终却难以过上好的体面的生活，越亲近书本，离老家人的期待越远。一个所谓的知识者，他能改变什么？什么又能被他改变？父亲对此思考过吗？夜深的时候，我曾听到过他的叹息，是对我的失望，还是对我读的书的疑惑？

父亲还是在帮我，在他的晚年帮我度过那些难关。

我很少与父亲交流。在父亲去世前的夏天，我准备到北京大学读骨干教师班，我回到了老家。在夜间，我起来，坐在了父亲在东屋当门的床上。夏天天热，父亲是敞着门睡的。我只是默默地坐在他的床头，我们父子俩没有共同的话题，也许我走得太远，追求的是那些虚幻的东西，是父亲不理解的。记得在童年的时候，在灯下，父亲曾给我用手指折叠出兔子的各种形状，如皮影。还有就是他的一个姓彭的老友，在冬夜常到我家来唱小曲。

也许我太专注于自己的所谓的文哲之学，对很多的事漫不经心，回到家，往往就是匆忙来去，这种轻慢，对世事轻慢，也轻慢了父亲母亲。

多的时候，都是父亲骑着自行车到城里来，然后妻子给父亲简单弄两个菜，拿一瓶酒，让他喝。

寂寞的暮年，父亲，我知道你沉溺在酒里。你和母亲关系不好，而哥哥姐姐也只是利用你。“爹，没有油了。”他们在集镇的打面机上打面没带钱了，赊人家的酒或者羊肉了，你就会拿出钱，替他们还账。

你好像是欠债似的欠着儿女，而他们和我一样，是压榨你是利用你。有的人，对族外没有血缘的人，和善亲昵，对自己的人却加倍地奴役。人的自私竟至于此。我知道，我们的兄弟姐妹都是吃过苦、穷怕了的人，或者吝啬小心，或者放纵进击。哥哥姐姐都是很烈的主，都是曾掂刀和刨地瓜用的铁器挥手刺向对他们凶狠的人。这是对你的奴性，一辈子被欺辱的反叛，但这种性格，有时就用到你的身上，这种亲情的反噬，让我悲愤。这都是敢于杀死自己父母的主，我不敢再往下想，冷汗淋漓。

父亲是弱小者，弱小到酒里逃避，弱小到用力气和劳作掩盖自己。

如论身体，你比母亲强何止百倍，母亲在生哥哥的时候坐下病根，卧床一年，哥哥被寄养到别处。后来母亲不能沾凉水，不能见冷气。

从没有见母亲在油灯下缝缝补补，而姐姐很小的时候，就开始拿起针线纳鞋底，下地干活，喂猪喂羊，跟着父亲拉地排车。父亲在家往往是做饭做菜，记得我初中一年的冬天，我去县城参加语文竞赛，骑自行车，天不明就要出发，父亲早早起来为我在灶下弄面条鸡蛋。我清晰记得，我曾吃到一块连着指甲的父亲的手指肚的肉，在高中写作文的时候，我曾写到这个细节。后来我忘记了，多年后，有一次和高中老师聚会，他提起这个细节，躺在他记忆二十年的细节，又唤醒了我。

是啊，如今父亲逝去二十年，一些细节却醒来了，特别是夜深，身体的骨头，浸泡骨头的血液，血液上漂浮的灵魂，这些都醒着。父亲在泥土里睡去了，我的思念彻夜地醒着，书本醒着，电脑醒着，通向家的路也醒着。

四

吃了多年的地瓜干，做了多年没日没夜的苦力，喝了多年劣质的酒，这些损害了父亲的内脏、他的血管、他的头颅，父亲去世十年后，母亲走了。是父亲等了母亲十年？还是母亲又在世间苦熬十年？母亲在我城里的家中去世，她曾表示不愿回老家安葬，但最后我违背了母亲的意愿。

我知道母亲最大的心结，是她认为父亲外面有相好的女人。早年，我曾隐约听到母亲怀疑父亲的一条裤子裆里的血迹，那是某次交媾留下的印记。

他们吵吵闹闹了几十年，两人在一起精神上是一种煎熬，在一起苦受。母亲敏感而刚烈，在她能活动的时候，也曾在集市上掂着一杆秤，为人称东西，收取少许的佣金。一毛两毛的，有时用来和几个老年的女人玩纸牌。

我现在一直压在心中的石头，是我放弃了对父亲的治疗吗？那是1994年的元旦，我在北京大学，突然莫名其妙地高烧，当接到“父病危，速归”的电报时，我的高烧退了。坐一天一夜的汽车才赶到家，那时父亲中风躺在什集镇北头靠近沙河的乡镇医院里。

这是黄壤深处一家普通得不能再普通的乡镇医院，只是简陋的三排红砖的平房，萧萧的白杨，删繁就简地杵在那里，房子后面是无边的尚未割净的芦苇，一垛一垛的芦苇立在冬天的肃杀与寒霜里，沙河的呼啸更加让人压抑。

就是这条河，父亲被学习班罚劳役修桥的地方，那座桥还在，破败如残喘的瘦骨嶙峋的老牛。

在一年的秋季，父亲和我到县城送货，到了很晚，我们从县城放空车回来，躺在车厢里，我渐渐地睡着，忽然，我被一阵此起彼伏的如雨一样的叫声惊醒。毫无来由的，骤然如幕布降落的声音，一下包围了我，堵塞了我。

那是无边的蛙声，在秋天的月夜。那时的我听到了揪心的生命力的嘶喊。也许，从小敏感的我，就关注一些农人不关注的东西。我感觉那些全是哭声，农人的哭，一声一声，我像听到了乡村瞎子拉弦子的那种哀哭的腔调。

我问父亲：蛙（曹濮平原方言：wai）子叫得像人哭。

父亲未置可否，他觉得我这个问题太荒唐，我觉得当时乡间的一切的声响都有一种哭腔，即使父亲和我说话。

父亲躺在当年我问他蛙子哭声的地方不远，那是寒冬的腊月，乡间医院没有暖气。在简易的病房里，使的是煤球炉子取暖，我穿着棉袄还是冷得牙骨打战。我守着我的父亲，看着不能言语的父亲，他的双眼包着泪。我用手抓着父亲失去知觉的手，一遍一遍揉着。外面寒风呼啸，我看着一别才半年的父亲，他已经躺在了床上，苍老了许多，干枯了许多，瘦矮的身子，越发像要萎缩的一株玉米或者一把干草，失去了水分，失去了露珠。

我这样枯坐着，守着父亲，守着父亲的吊瓶，守着无能为力，守着命运的一片狼藉与撞击。我想到夏夜的父亲，我坐在他的床头，那夜间，父子也沉默得如同两方未雕琢的石头，还记得最后父亲嘟哝一声：时候不早了，睡去吧。

已经失语的父亲，丧失了语言交流的父亲，但我知道，父亲的嗓子极亮，他在集市上吆喝凉粉，或者丸子，在我所在不远的沙河都能听到，那声音达到的距离足有五里。

有时在土地里干活，曾听父亲唱起曹濮平原里的那些戏，我们这里的戏种多，特别是高调和梆子，那种悲越高亢，透着苍凉，最是男人的喜爱，我还记得一些戏词，比如《三子争父》里的那些词：

老天哪你为啥不睁睁眼，年老人怎经得这风雪旋？腹内无食气已短哪，身上衣薄人更寒哪呀！

想当初为养儿把心操烂，现如今我遭难谁来可怜哪！张辛勤我今年六十有半，一生来我勤耕耘血汗流干哪！

仔细想我没做过坏事半点，为什么到老来我遭此颠连哪？盼儿养老儿不孝，盼来了儿媳媳不贤哪，儿子赌博他不正干，儿媳她手懒她的嘴又馋哪呀！

每日里把我当奴仆使唤，五更天去捡柴日落回还哪。为儿受难我心甘情愿哪，儿媳她，摔锅扳碗是不耐烦。她骂我，你老不死，你讨人嫌。筋骨累断我汗流干，头发懵，身打战，两眼发黑浑身瘫，腰又疼，腿又酸，扁担压得我脊骨弯，脖子肿我肩磨烂，满脸胡须我全白完哪，我把儿子恩养大，他们棍打鞭抽把我赶外边哪呀！

儿子见我黑丧着脸，儿媳见我把那白眼翻。河边拾银留祸患，他们夫妻赶我离家园。离家乡，寒来暑往一年半，沿街乞讨我到河南。春天天暖好讨饭，三九地冻我讨饭难。望远处白茫茫不见村店，走一步喘一喘我头晕目眩。望脚下积雪深来难分辨，分不清哪是沟来哪是川。颤嗦嗦呀，抱不住怀中的碗哪，我还要用你去讨饭，去讨饭哪！

我们这里的戏的曲调和词有着很深的草根性，但却透着这片土地的灵魂与哀痛。我还记得那沙河里的青蛙的哭腔，这里的戏剧也是这种腔调，无论男女，生旦净末丑，只要在舞台一站，或者水袖一甩，必定是长长的拖腔：苦啊啊啊啊……然后跟着的是脚步踉跄，戏台下的人，也跟着战栗、悲叹，甚至啜泣。这里的戏不高贵不华彩，但打动人。

父亲会很多的戏文，这和他从小做面饭生意有关，每次的庙会唱戏，就是平原人的精神的狂欢和吃喝的放纵，看戏的人里三层外三层，房上有，树上有，车上有，板凳上有，男的女的，也看戏也看人，看人兼顾看戏，戏也看人也看，就弄出很多的故事。父亲说每次的“灯戏”，总有大闺女和小媳妇跟人跑掉的事发生。

父亲唱《三子争父》，唱得悲凉，其实还有更苍悲的。记得有一次，我和父亲到一个打面机坊去，头天母亲把麦子用湿布清洗，让麦子还原成麦粒那种浅褐如土的质朴和圆满。

那是早晨，我和父亲把装麦子的麻袋搬上借来的毛驴和排子车，然后就坐在车上，驴子开步出村，那时候时光尚早，驴子踢嗒踢嗒碎在地上的声音很是忧伤。路上没收拾干净的一茎草叶或一穗麦子会粘在车辆上，草叶或麦穗轻轻地拨弄着车轮，发出很响的“刺棱刺棱”的声音。旷野里很寂静。父亲开始用苍悲的梆子腔调唱起来：

往前望白茫茫是沧州道。

往后看不见我的家门。

这是乡土版的《林冲发配》，那拖腔长得让人窒息，就如一根线从喉头撤出，无远弗届，无始无终，梆子腔的哭腔悲壮苍凉，悲壮压抑在坦荡的旷野上缓慢地爬行着，空气因哭调而浮漾，那雾也在啜泣浮荡。

雪纷纷洒酿难销解心头怨愤。

泪涟涟我再打望一下行路的人。

从父亲出村唱第一句的词时，我就吃惊地把头扭向父亲。父亲的脸的褶皱就如泥土，很木，没有表情，连眼睛也是如井口里的黑绿那样的茫然，就在这井口茫然中竟能有两个很亮的光点，那是早晨的太阳在父亲的两只眼中沉落，我紧盯着这两个光点，似乎感到某种安慰。父亲是一个在现实生活中没有话语权的人，我想在他唱梆子哭腔的时候，他大概把我，把驴车以及驴车驶进的原野也忘却了吧？那驴子的踏踏声，那麦子，那哭腔的回响声都与他无关。

有一年，是麦收过后，父亲的生日，我看到父亲请木匠，为他打制棺材（未死的时候，早早准备，称为“寿材”）。

还是朴素的柴门，父亲坐在一个竹椅子上，敞着怀，他的对面就是一个光着脊梁的木匠，他们正在喝茶。

那个木匠站起来，眯着眼朝我笑。他朝我走过来，站住，耳朵上夹着根画线的铅笔。我也感到了面熟，尴尬地笑着。他站在离我很近的地方，竟伸着脖子弯下腰凑到脸前来看我，而且，笑出声来！

我父亲也站起来，说：“你同学，周庄的。想不起来啦？”

这同学就定格在我一尺的地方，他的旁边是父亲，父亲的旁边是白茬子的棺材。父亲的暮年，白发，同学的青年却是中年的沧桑，皱纹，他们都在土地上刨食，是苦力，他和父亲幻化，农民的青年和老年，我却像一个农民的叛徒，离开土地，是他们的梦，还是他们的失落？多年的分离，小学的同学，在一白棺前见面，风尘风雪。

“周广虎。”我叫了一声。

白棺材，这是父亲最后的屋与床。还记得当年我和父亲坐在驴车上向打面机坊驶去的时候，父亲说在一天的夜里，他梦见了他的父亲在和他说话。父亲说这话很平静，但他听出了来自土地和地下的召唤。老家有这样的说法，梦到死去的亲人不可怕，怕的是死去的亲人与你说话，你应答。

在这个麦收过后的闲暇，父亲就让木匠为他打了这口棺材，这是桐木的棺材，父亲说等他咽了气，就把他装进去悄悄埋掉，就省了做儿子的许多事情。

我明白了，父亲不是为了他，而是为了我不用在他忙乱的后事上再为一口棺材奔奔波波。

我还记得那天早晨在打面机坊里，我感到困倦，我看到我们的麦子在钢铁的挤压下一点一点被咀嚼被粉化，变成没有性格没有性别的面粉。父亲已经离开了机声隆隆的磨坊，在院子里的石墩上蹲下，想吸一支烟。

这就是父亲。

我望着轰隆轰隆的磨坊，看到那些新鲜的带着琥珀色光芒的麦子在重浊的隆隆声中被粉碎了。我想到了那口棺木，父亲已经不行了，再往前紧走几步他就会躺在那最后的床上，无声无息地在泥土里像一穗麦子被粉碎，最后变成细碎的壤粒，再生出一茬茬的麦子，然后再收割、成熟、播种，被粉化。

这最后的屋与床，是父亲最后的栖息，是给他心灵温暖的地方。父亲早早地为自己置办一个家，这是他安居的地方。

五

父亲是一个命运的承受者，父亲最后中风躺在临近沙河的乡镇医院。无词无言，有几次他用尚能动的一只手去拔输液器。那个时候我第一次发现父亲的脸颊有泪坠落。那泪是浑浊的、悲凉的，它缓慢地从父亲深陷的眼窝里努力地渗出来，慢慢积聚在眼角，然后再被土地的引力拉下，然后无声。

那些夜里，天天呼啸的风从沙河的河道扑来，每次都似乎觉得父亲焦躁，他想起来吗？想走到窗前看看外面的风中的河道，他曾被罚劳役的地方？那风，我听出了哭声。

看着眼前这个躺在病床上的人，曾在冬天天不明的时候，早起在风中出门捡取枯枝，用来取暖做饭的人，现在病痛让他如一盘石磨一动不动。父亲他失语五天，我才赶往故乡的。

当父亲病倒了，母亲告诉我，父亲准备好了一身新衣服，说到春节见客人用，我仔细地审视着病床上的父亲，一张完整陌生的面孔撞击着我，他的假牙被拿掉了，他的鼻梁和嘴巴由于中风都有些变形……胡须很长，眼仁晕浊，才数月的分离，生活和命运已改变了他的模样。

这是我最亲近的父亲？

“爹啊！”我用眼睛盯着他的眼睛，父子的眼里都包着泪。

父亲不能言语，他眼里有水，泪水连着有哭声的河吗？病房的后边就是那条沙河，满是冰凌的河上，有残破的芦苇。

这是一所乡间的医院，几排房屋，荒草没径，房子的这头住着父亲，房子的那头住着一个产妇。在夜里，我看见产妇房间里透出的朦红的光和哭声，觉出生死竟是这般近，只有十米抑或五米了。

父亲的气息一天微弱过一天，在一个夜里，二舅来了，来陪父亲。二舅年少时曾在我家寄住读书，和父亲很亲，晚年的时候，常聚在一起喝酒。到了夜深，二舅出去了，一会他带来一瓶酒和一包花生米，在寒冷的医院，我陪二舅喝酒，最后两人都醉了，二舅才说出：

“傻孩子，你爹的病看不好，别往里扔钱了，那是无底洞。”

我满眼是泪，按着老家的规矩，在大舅二舅的主持下，曾当着父母的面，确定母亲的晚年主要由哥哥负担，而父亲则由我负担。父亲病倒医院，哥哥姐姐不出一分钱，只是伺候。当时我的工资每月不到百元，而每天的医疗费用都是数百。连续多日的用药，父亲的病情未见好转。

二舅说：“把你父亲弄到家里，我们不断药，慢慢调养，那样人都不受罪。”

二舅是读书人，他的道理我懂，一辈一辈人，如新陈代谢，四季循环，概莫能外。

听到二舅的言语，我们甥舅二人抱头痛哭，我们心里明白，父亲从医院走出的那天，就离死亡又近了一步。

我像看到了父亲早早预备好的那只白棺，那最后的父亲的老屋，那屋子会被泥土吃掉，覆盖。父子一场就是这样的聚合与分离吗？当生离死别来到的时候，你的挣扎往往只是徒劳，该走的走，该来的来。所有的落叶，也只是无穷的落叶的再版，所有的芳枝与繁花，也只是那些前辈DNA的翻版。二舅说出了一个吃惊的事实：分别到了。你无法阻止。不管你愿意不愿意，你追不上，也追不回。

我无法接受这不必追，也追不回的事实。

我抱着瘦小的二舅，曾在年少的时候，和父亲共同生活多年的二舅，他喊着一声“姐夫，我当家了。明天，咱们回家！”

我走到床前去看父亲。这是萎缩的父亲，他望着我们，我们望着他，他的手动了动，是想用手擦眼睛？我扑倒在父亲面前，只叫了一声“爹”就哭起来。

在寒冬无望的更深的夜暮中，二舅的哭声使人心碎。我的哭，二舅的哭，父亲无声的哭，在夜里飘散，在沙河的河道飘散。

但我的心此时却变得如石头坚硬，生活让我滋生了反抗，我们都必得承受生活给予的打击？那些好的医疗，那些好的服务，我的父亲享受不到。他被所谓的公私合营的允诺所套住，在青壮的时代，把力气手艺和财产奉献出去，后来又被裁下，没有说法，没有补偿。我看到和我父亲一起公私合营的未被裁下的那些人，享受着退休、享受着医疗和儿女顶替，这个世界的冷酷让我有一种想报复的冲动。父亲没有思想，没有主见，别人规定他，他只有接受和适应，但他的儿女却不，他们心里都有很盛的火，可以把一些冷漠和无耻，烧个粉碎。愤怒滋生，那是力量。我不信，被奴役的基因不会突变和消亡，世界，你瞧着办。

那年我二十九岁。没有了父亲，再没有人为你提醒一些事情，其实我们有时并非想听父亲的那些老掉牙的陈年旧事，只是想坐下来，靠父亲近一点，看他喝酒，看他一仰脖酒就“滋”的一声下肚的那种样子。在二十九岁的时候，我失去了父亲，而在他死去二十年的时候，他在我的记忆里，也快要走失掉了。

父亲是在临近年关的腊月二十五走的，那是午后，那天是我们什集的大集，他是等我们在集市上置办了他后事的所有的东西才走的。

在家里偷偷放了两天，在夜里，我们偷偷把父亲下葬。当棺材扣要扣上的时候，我给父亲在棺材里放了两瓶酒。

后来，父亲的那件羊皮袄被姐姐要了，我只要了父亲喝酒的咂壶，作为一个念想。

埋葬父亲的时候，我走在冰冻的泥路上，感到像有光牵引。父亲贴着爷爷和我大爷，前面还有很多的空地，是留给我们的。

我知道，父亲的晚年好像在准备着一场死，但如何死，却不是他能预料的，他没有留下一句话，如土地一样沉默，沉默如土地。

没有了父亲，在亲情上，我将孤独前行，那年我二十九，过年即为三十，三十的骨骼开始强壮脊骨开始挺立，钙质大于流质，血中的盐分大于水分，内在的坚韧大于冲动。我将适应没有父亲的日子，也会慢慢靠近父亲，就如那酒，我也模仿父亲，一直曾喝到胃大出血抢救方止。

孤独的人生，有什么东西能亲近你？我理解了父亲，唯有酒，虽然，喝酒喝到我鼻子出血。有时在课堂，讲到慷慨激昂处就热血涌顶，鼻血如注。我还记得，在我去北大进修的前一年的冬天，竟不知何故得了鼻衄，鼻孔常常流血如注，四处求医问药也未能奏效。一日，父亲从乡下到城里看我的儿子，他的孙子。他说在家躺在床上，总睡不着觉，眼睁睁地总听见我儿子的声音一遍遍奶声奶气热热地唤他，从一家的房檐，滚到另一家房檐。看到我流鼻血，父亲讲，他年轻的时候鼻子也常常流血，后来煎点茅根水喝下，就康康宁宁地不再流了。

父亲说这话时透着一种来自土地的生存的毋庸置疑。

父亲走了，吃过午饭看看孙子就搭车回去了。而我仍坚持在寒冬的城里的中医院西医院一遍遍地穿梭：抽血，验血，听诊，会诊。那些日子夜里常常失眠，常常看到老家的讲台、楝树、碾盘，常常听见搓苞谷的声音传来，一声一声，像老牛迟钝的牙齿在反复咀嚼。

天亮了，又是一晌一晌地上班下班，周周复复地打发着病了的岁月。单位里的同事结婚宴酒请客，碍于情面，我抱着病体踏车前往。还未走出单位，就看见了父亲。已七十岁的父亲，戴着褐色的农村老头常戴的羊毛制成的棉帽，摇摇晃晃地走来。

可等我归来的时候，父亲就要走了，由于住房的紧缺，父亲不在我这里过夜，匆匆而来匆匆而去。每次到来，他总提着些花生或是弄些玉米棒子，鼓鼓胀胀的一包。当父亲打开他那破旧的提包时，我觉得亲情一下子从包里溢了出来，包容了我，吞噬了我。我还没有离开那片印满我父兄脚印手印、哭声和鼾声的土地，我还能时时触摸着她的体香和她的收获。

我用自行车把父亲送到了车站，在去车站的路上，瘦小的父亲坐在我的自行车后座上，一遍一遍地叮嘱我：鼻子出血，以后少喝点酒，要照顾好儿子……

从车站回到家中，妻说父亲捎来了茅根。我见一张报纸裹了圆圆团团的一堆放在那里。那是一张《大众日报》。我知道，村中只有一份本省的报纸，在我的一个堂兄家。

晚上，就着灯光我坐在炉前，看着砂锅煎沸着一条条从乡下河坡沟地里掏来的茅根……

从藏在平原折皱里的乡间小站下汽车后，我知道，父亲还要步行两三里的路程才能到家，在冬日里的寒冷薄暮中，父亲摇摇晃晃地走着。空旷无垠的荒野上，黄土的道路蜿蜒曲折，一位孤独的老人，渐渐融进那片暮霭中……

在送父亲去车站的路上，我才得知前些日子，父亲因雪天路滑跌了一跤，手指红肿疼痛，可他还是坚持着在河坡里刨了茅根送到城里。看着那包茅根，我什么也说不出，只觉眼前像有一轴画幅挂在那里。雪天里，年已七十的父亲，在河坡里扒出一片一片的空地，一件棉袄，一顶帽子，父亲躬身大地，就如他拉着地排车在爬坡的时候一样。是啊，父亲推架子车，拉地排车，都是躬身向下的，好像向土地鞠躬。鞠躬大地的父亲，他一下一下甩着抓钩为儿子刨着煎药的茅根，露出的松软黄壤上，茅草一片金黄……

父亲去世二十年了，他的哥哥比他还早十二年，也许他们弟兄两个会在地下叙话喝酒，一堆白骨在劝另一堆白骨，“你小，你少喝点！”然后是土地的沉默，土地已平静地接受了死亡。这片土地见过太多的死，死于饥寒，死于天花，死于奸杀，死于溺毙，死于血崩，死于断路……

父亲殇时年过了七十，但我想活得年长就好吗？他又多受了那么多的煎熬啊。我还记得，埋葬父亲的时候，是用地排车拉着他的棺木，在硬邦邦的路上，我和哥哥跪拜那些要抬棺下葬的人，“大家轻点轻点，慢一点，他很少睡觉，让他睡吧……”

玉米的墓园

母亲去世的日子，距离八月只有五天之遥，近在咫尺，却没能迈进那道门槛。老家的人到老年常说：能否熬过这个麦季？能否吃上今年的月饼？母亲没能吃上中秋的月饼，在距离八月还有五天的时间，母亲没有熬到。在今年距离八月还是五日之隔的清早，我到了母亲躺在地下已经一年的玉米地里的墓园。

阳光很好，玉米地还是去年的玉米地，但玉米已经不再是去年的玉米了。

比人高的玉米，一棵一棵密密匝匝站立，纷披的叶子上的刺划着脸，玉米顶穗上的子屑落在头上。现在的玉米林如同死了一样，叶子上满是露水，我看着前面姐姐模糊的背影，疑惑是否找到无边无际玉米林中的母亲的坟地，小时候钻玉米地的兴奋对现在的我显得生疏。

去年埋葬母亲的时候，是从玉米林里砍出了一条道路，秋后的时候，由哥哥赔偿人家的玉米的棵数。还记得地排车上黑黑的棺木，像船在玉米地里潜行，犹如行进在隧道。当时是正午，潮湿闷热，我跟在母亲的棺木的后头，在一大群穿孝衣的人中，深一脚浅一脚，当时看到开的墓坑像土地的大口，一点一点把母亲的棺木吞没，而今，玉米地还是玉米地，母亲已在地下一年了。

玉米地里没有了童年常见的动物，只看到一些野生的瓜蔓，忽然想到一句话：人的一辈子究竟能钻几回玉米地呢？

在昨晚，妻子为母亲准备阴曹的纸钱和元宝，为母亲炸制面食和猪肉的时候，我把《散文》2006年8期《写给母亲的字》塞在装纸钱的红红的箱子里，妻子在灯下对我说："烧刊物吗？"我对妻子说："这是天意，在母亲去世一周年的时候，刊物把我写母亲的文章刊出，烧掉它，是对母亲的另一种纪念。"我想到十年前，在父亲的棺木就要被木匠封口砸棺扣棺钉的时候，我曾有个举动令木匠不解，把两瓶酒放在了父亲的枕边，让酒与父亲同行。无情的棺扣和棺钉猛烈地挤进木头时，我感到那冬夜有酒可以温暖父亲的另一个世界，我仿佛看到了父亲在另一世界上喝酒后满足的趔趄的脚步；而母亲呢？她去世前，身子明显地已经萎缩了，身子躬着，好像在沉进泥土的楔子。母亲怕黑，当我晚上离开她躺着的房间，把灯拉灭，我总听到母亲的喉咙在响，母亲中风，失去了言语，但我总觉得母亲说："别拉灯了，我害怕。"当我下意识地走进母亲的房间，把灯拉着，总看到母亲睁着两只眼，眼窝里包着泪。

如果是古代，是应该为母亲做一祭文或是挽歌的。筑我的眼泪，为母亲。

母亲在四十岁的时候生我，我四十岁的时候母亲死去，母亲四十岁的时候看到我的生，我四十岁的时候看到母亲的死。母亲看到的我，是年少还没有长齐牙齿的豁嘴，我看到的是母亲牙齿掉光的咳嗽，和大口大口喘气；我的童年是母亲的中年，我的中年是母亲的老年。我是守着母亲老去的，像一穗老的玉米渐渐地黄熟。

年少的时候离不开母亲，但我现在在心里还是需要一个母亲守着我，现在母亲去世后，她的那间房子还保留，每次晚上我总不自觉地到那个房间看一眼，我还是看到她躺在那里，发白如雪，皱纹如线，只有牙床的嘴，还是在蠕动着嘴里的面条。一个老母亲躺在床上，把她的懦弱展示给儿子，就像儿子把自己的懦弱的啼号的襁褓端给母亲。

在玉米林的深处，找到了母亲的坟地，只有席那么大小，四周全是蓊郁的玉米，坟上很多的蟋蟀和还没有沤掉的麦子的秸干。我知道我辛劳一生担惊受怕的母亲就躺在里面。母亲和父亲的关系不好，不知他们是否还如生前一样吵闹？再也见不到母亲。她在了另一个家。

母亲中风后躺在我城里的家两个月，在家里，儿子守着母亲老去，就像母亲看着儿子日日成人。我知道了衰老到底是怎么回事了。人都是要走的，人的一生就是一个走的过程，也是一个不断飘逝撤离的过程，在孩子们的死亡来临之前，母亲在前面为儿女们蹚路。母亲在前面为你安排四十五该做什么，五十该做什么？然后是六十、七十，该做的做完了，那么你就一点一点接近母亲。

才一年的时间，母亲的坟墓已经蜷缩成这小小的席大的土丘，在玉米地里孤独地萎缩着。没有墓碑，没有铭文，只有去年出殡时在坟前垒起的几块砖散在草里。

在土下，再也听不到这个世界声音的人，是传递我血液和性格，用懦弱和善良的全身心照拂我灵魂的人。在母亲的坟前，嗅着早晨的玉米地的清芬和泥土的潮湿，我跪着。妻子点燃火纸，满满的一箱子纸钱，我拿出《散文》，把《写给母亲的字》，一页一页撕下，看它们化成黑蝴蝶。

四周是无尽的玉米，村庄在玉米地的边缘，母亲是在死后才回到老家的，那天的雨真大。灵车围绕村子盘旋，一直找不到一条通向老家的路，最后，在哭声和雨声中，从灵车把母亲抬下，气氛何其悲，瓢雨洒平原。我跟在母亲的后面，母亲的上面覆盖着油布。

“路太滑了。别掉下来。”母亲再不会用手抓住床沿，母亲在雨中颠簸。

“小心。小心。脚下有水。”

脚下是泥泞，雨封住了回家的路，母亲在临终的前几日，头脑尚清楚，她睁着两只眼看那天花板，问她是否回老家，是否给她娘家人说，老人总是摇头，我知道，就在她临终的前一月，是她八十的生日，妻子为她买了新鲜的衣服，我让书法家谢孔宾先生写了大大的“寿”字。但娘家的人（小舅是母亲抚养上学，而后参加工作）没来，哥哥姐姐也没来。时过中午，没有一个人来，早晨还躁动的母亲，盼着人来的母亲，开始大口大口地喘息，开始叹气，当时看到这样，我急得想哭，现在，都用不到母亲了，母亲老了，老得不中用了，随后的日子，母亲一直叹气。问她回老家否，她一直摇头。然而在雨声中，母亲还是被抬到了老家，但没有在她居住过的屋子停放，想到这，我老是悲痛不已。母亲是带着遗憾走的，也许只有她自己才知道这片地方和土地对她的伤害。

母亲走了，留下三个儿女，在三个儿女的身上沸漾着母亲的血，在晚上，母亲的脚步声会到哪个子女家去？三条回家的路啊。

我知道，儿女们记得的是不同的母亲的形象：哥哥记得的是母亲生产后大病而无力抚养，让别人代养；姐姐记得的是母亲没有让她进学屋。每年的清明上坟看母亲，点上烧纸，浇上烈酒，临走时祷告几句。三个子女从三个方向，来了，喊声娘，又走了。

我真的不知道，我们的母亲是否是同一个母亲。但我知道，我们拥有血脉的同一个上游，然后这血就有了不同的流向，但我想我的母亲，一个在平原的走动范围不超过四十里的母亲，生于斯埋骨于斯，一个不想火化，只想渴望着不烧那一下深埋进冥冥的黄土，来于黄土，埋于黄土，是谁也摆脱不了的运命。

用一个湿湿的玉米秆拨弄一下火纸，使它燃烧充分，蟋蟀在泥土上跳着，火焰炙烤，这里是离母亲最近的地方，一年了，母亲的棺木还没有朽坏，地面没有坍塌的泥土告诉我。在小的时候，我是多么恐惧坟头和棺木啊！村里如母亲一般的人也越来越少了，记得母亲在我家住的时候，曾问我记不记得谁谁，在腊月里一口痰没上来就死了，谁谁在灶屋里烧着锅，头往后一仰就走了，母亲说人老了，就像割庄稼，转眼间就割掉一茬，记得小时在黄昏时从野地回家，看到坟头就闭上眼睛，还说，当孝子给老人的坟上在昏黄点长明灯时，往回走的时候背后有人唤你，千万不要回头。哦，而今，我和死亡的距离是如此的近，和棺木的距离是如此地近，只有一尺，或者半尺，而我却如此平静地看着生命的轮回，老家的一切，以后只能是一片苍凉的祭奠和回忆。

没有母亲了，以后就陷入了在异乡的漂泊，也许，在我孤立无援双腿疲累时，这里的坟，这里的春天稠密的蜜蜂会翻山越岭地看我，让我感到嗡嗡的甜。那母亲呢，逝去多年的母亲还能找到她的儿子吗？

也许在梦里，夜月低于屋檐，母亲越过了长亭短亭，来到了屋前，比死的时候还要瘦削，仍旧是老式的对襟的衣服，梳发髻，要在天明前为儿子盖一下被子。我想在梦里，只有一句话是永没有忘记的，他回折身而起，忍住百感交集的泪水，把门闩拉开，单膝跪下，然后另一膝也随之跪下，喊：娘，你终于来了——

在母亲四十岁的时候，我出生；我八岁的时候，母亲看到我到村北的完小上学；母亲五十岁的时候，为了一双丢掉的塑料凉鞋，我想到了在房檐上上吊，当时母亲抱住我，嘴唇发紫，簌簌发抖；母亲六十岁的时候，她像炊烟一样坐在老家的门槛上，看我到远地求学，再也不用回乡种地。

母亲七十岁的时候，我看到母亲从野地背一大捆棉花柴回来，当时我没有看清是母亲，就在家门口等，只见一捆背不动的柴走近，走近，然后柴捆丢在地上，母亲拿出钥匙开门。母亲八十岁的时候，母亲罹患绝症，炎炎三伏，床褥苦淹留。投医问药，叹无扁鹊转世，回春乏术；一而二，二而三，气息奄奄，起而卧，卧而起，油干灯灭。临走时，天降大雨，雷声隆隆，而吾母不言。

没有了母亲，我一个人也就孤独地在对母亲的怀念里流浪，四十岁后，我知道衰老开始了，先是鬓角的发丝开始由黑转白，然后会在有雨有雪的夜里，知道了关节的疼；没有了母亲，再也不会有像古代一切文人母亲“是儿要呕出心乃已耳”的关切。母亲去了，像一穗老了的玉米，在又一个轮回中沉了土地。玉米还会再生，母亲呢？

“回去吧！”阳光从玉米地的上方打进来，火纸已经烧尽，望着地下的灰烬，妻子说。

从玉米地里的墓园出来，我的头上满是玉米的天缨落的琐屑，太阳已经很高。在路上，一个老母亲一样的乡村的老人，手提着塑料的提篮，上面覆盖着一块白毛巾。她一定也是走亲戚的，到哪里去？我感觉她极像母亲，我对妻子说：“是母亲来看咱们吧，我与老人擦肩而过，老人慈祥地走过，发白如雪，皱纹如线，我想在她身后偷偷唤一声娘。”

把母亲留在玉米地里的墓园，玉米叶子纷披，密不透风得像层层的幕布，母亲被罩在幕布的清芬的玉米中。平原广阔，只有在玉米的更深处走去，才能找到母亲，那时灵魂才可以安妥充实，这是刚进入秋季的玉米，它们还是水滋滋地生长，进到里面有一种阔大的神圣和庄严，也许，到了秋深，经历秋霜的击打，原野上连最后一棵玉米也不存在，当母亲存在。

弥望的玉米地确实遮蔽了一切，你什么低矮的东西也看不到，你只有在玉米地里走，脚步寻找着泥土，你就渐渐意识到你开始接近自家的坟地。你看到一棵树，树下埋葬的是伯父，在他的西南侧，你丈量，一步、两步——，你知道，从伯父向西南五步的地下埋着父亲和母亲。

妻子为我扫去头上的玉米的天缨的种子，她吃惊地说我的眼睛里有点异样，有个人影，也像一株玉米，也许母亲藏在我的眼睛里。我知道，我们把母亲留在玉米地里了，纷披的玉米是那样的吱吱有声而疯狂地漫长着。到了秋天，母亲还会把一棒一棒金黄的玉米挂在窗台挂在门框上，我知道了玉米地里母亲的富有。当我在归家的时候，她还会踏着板凳从门框上摘下玉米，然后拿起锥子簸箕，然后像炉火一样温和地转过身来问我：“晚上，我给你做玉米的稀饭，吃咸菜？”

谁删减了黑夜的浓度

一

曾经我是惧怕黑夜的，在乡下，那种静得让人脊背发紧的夜，不知有多阔多厚无法丈量的浓黑且不透明的夜，准确地说惧怕的是夜的黑，惧怕的不是夜。

那种黑，乡村才有的那种夜的黑，现在在城市是荡然无存无从寻觅的，她们已消失得无影无踪，我曾努力想象那种浓黑什么时候在城市的街口走丢了。在正月初一的夜晚，我走在十字街头，看我所居住的小城，那些树上，河上，桥上挂满了“不夜工程”“亮光工程”的发光的现代化的萤火，在肆意篡改着夜侮辱着夜，是这些后来者外来者把夜变得不再是夜：

夜的形式被改写，夜的伦理被颠覆。

我怀念的乡村的夜，是黑和亮的那种比例的均匀，是原版的而非盗版的夜，星星与萤火与灯光亲密如已，那些光与黑是本然的谐和的，如两小无猜般配而无渣滓的，那是给人眼睛和心灵宽慰和福气，一种老邻居般的温慰，那样的妥帖，黑有黑的道理和谦卑，光也不是霸道，暗夜里，微光如萤，有灯如豆，星如芥，有弯月如痕，如农家女孩的眉；读书的人都知道古代的夜，是谦和的，是可以测量的，虽然人们没有发明那样的度量衡，但你知道那黑的深广，虽然你又不知道深的尺度，虽然只是一种感觉。中国最早的诗歌选本《诗经·庭燎》里就记载着那种黑的深度长度，诗曰：

夜如其何？夜未央。庭燎之光。

读这样的句子，给人的印象是：夜没有尽头，那黑也如黑茶的浓酽，一口下去，满喉头的都是黑；而现在的夜，却寡淡得多，如几泡后的茶，黑度不够，厚度不够，浓酽不够，余味不够。这令我到底怀念那种原始原配和原版的黑，伸手不见五指的黑，如沉在井底的黑，这是小时作文常用的修辞，当时老师的眉批说这是熟烂的词语，现在却让我感到别样的亲昵，一种远离久违的亲昵。

初中时候，在乡下昏黄的油灯下，曾读柯罗连科的《爝火》。多年，印象最深的仍是那黑，和那爝火，人们说荧光爝火，爝火虽然微弱，但给人的是希望，正因为那夜是爝火的分母，夜的深透，才给了那微弱的火以背景。我在网络找到了译文，不知是不是少年的那篇，但接近我少年时读到的那篇，那时我曾抄写到乡间父老造的涩的刺手的草纸上：

一个黑暗的秋夜，我在一条险恶的河流中航行；没有星，没有月，天黑沉沉，地也黑沉沉，一切都是黑沉沉的。忽然望见前面河流的转弯处，乌黑的山脚下面，闪动着一点燐火。闪动得又明显，又强烈，并且十分临近。

我很喜欢地说：“哈，老天保佑！快近住宿的地方了！”摇橹的人转过头来望一望，淡淡地说：“还远呢！”

我不相信，燐火明明就在前面，看去只需再摇两三橹，就可以到了。

但是，摇橹的人说话毕竟有经验：我们的船，还在黑如墨水的河流中，航行了许久。中流突兀的怪石，两岸峭绝的悬岩，渐渐地迎面泅来，又渐渐地泅了过去，落到晦暝无边的远处；可是那一点燐火，还在前面，一闪一闪，在那里招手？总是这般近，又总是这般远。

人生，就像在这种险恶的河流中航行，燐火还离得远呢！但是，总在前面，一橹一橹地摇上去，总有到的时候。

少年时模仿着写作文，《燐火》里的翻译词汇经常溜入我的笔下，记得写黑夜是：黑如墨水。老师在”黑如墨水“那里画很多的圈表示赞赏。乡村的夜就是从墨水瓶里渗出的，不，应该是从砚台里渗出的，那砚台就是曹濮平原里的池塘，到了傍晚，池塘开始面目暧昧。

那些树，草垛，鸡，狗，开始和身旁的参照物，界限不分明，大家好像接到旨意，开始披上浅灰，此时池塘里的水，也不如白天清澈见底了，像是谁刚刚放进了一块墨锭，层次开始起了变化，上半部分清水里开始掺杂了如烟缕的颜色，下半部分已经有些微微地浑汤了。那时你就知道，“时辰”这两个字，竟然会有这么大的神通，古人用时辰来为时间找刻度：夜半、鸡鸣、平旦、日出、食时、隅中、日中、日昳、晡时、日入、黄昏、人定。

那墨锭开始准备的时候，应该是日入，鸡开始归巢宿窝，池塘里的水已经沾染了墨色，还未浓。但墨色已经在天地间共享了，先是风把墨色传播，让平原知道墨分五彩，让父老知道了诗意，你看，那霞色中的烟囱，他们悬腕狂放，如癫狂的张旭怀素，把如椽的笔画随意涂抹，那笔画不再讲究横平竖直，而是浓处如乌云骤至，虚处是雪霁风定，记白当黑。真是行于所当行，至于所不可不至，完全是飞白是天书，炊烟，实在是太超逸了，墨点就恰似一个个黑色的鸟巢悬在枝柯上，一个一个露了出来的，远远看去，正是墨点淋漓的垂露……

慢慢地夜色浓了，开始加深加厚，到黄昏，那时天色以黑色为主色，别的颜色只一点成分。到了人定时辰，是全部的被黑暗俘虏了，人开始如襁褓里的稚子被夜围裹，沉进夜的床铺，那是安眠的时辰，过去的夜，承担的责任就是栖息，就是把黑管好，人在黑夜，就如人在子宫里一样安恬。

曾有一年的时间，我住在京城的一地下室二层，虽是地下，但那里也是太明亮，太吵闹。一些特殊职业的女性，在地下室的三层，她们是流莺，不是流萤，她们的尖叫她们的洗漱使夜有了噪音。夜间的吵闹和光，常使我一夜一夜睡不着觉。我用棉花塞住耳朵，用枕巾盖住眼睛，但还是折来折去，辗转反侧，虽然数着一只羊两只羊，但就是数一群羊，也还是无法入眠。

一年时间，病病恹恹，当时乡间的母亲还在，我回到了老家，母亲看出我缺觉，就不打搅我，把我锁屋子里，我一连睡了两天两夜，夜以继日，日以继夜，天沉沉夜黑黑觉酣酣，如裹在黑色被子里的蚕蛹，直到母亲唤我吃饭，我才知道四十八小时过去了。

乡间的夜多好啊，虽然乡间的夜里也有声响，但那是老头老太们嗓子发痒而咳嗽，几声过后，也就沉静了。偶尔有狗的叫声响起，即将进入梦乡的父老也知道是谁家的人晚归了，低声嚷一句或者什么也没问，就翻个身，接着倒头继续睡。如果全村的狗乱叫，那就可能是生人过路，或是村里进了小偷，各家各户的人就会披衣起来，手里操起家伙出门察看，或站到屋顶瞭望。

乡村的夜有天然的更夫，那是狗在值班在溜达，它们可以很随便地站在春夜里，对着天边的月亮发言，或者发情，也可以在电线杆或墙角撒上一泡尿做记号。乡村的狗在夜间活得很自在，很自我，没人束缚它，没人教导它，那样的狗活一辈子才最像狗啊。

二

天地玄黄，万事万物在世间应是互相搭配均衡的，是中庸的，多一分不行，少一分也不可以，就比如世间不只有光明，还要有黑来平衡，是黑平衡了光，是夜平衡了白昼，然而光的过度就是污染，就是淫奢，就是一种失衡，就是一种生态的感冒发烧。

我知道若没有了光，那样的夜也可怕，我说的光，不是人造的，而是那种被人为驱逐了的，是曾经在我童年星空飞舞的，在历史中出出进进穿行几千年的光。去年的夏天我回故乡，由于父母故去多年，我也有多年没有回到那片我曾称为“血地”的地方，而这次回去却看到我记忆的故乡已经被毁容，那个叫“木镇”的小镇，已经没有了青草的土腥，也没有了夏季晒粪的那种刺鼻的味，街道开始硬化为柏油和水泥，路边的树也是发黄卷曲，踏进那土地，感受不到地气，感到的是一种炙烤，一种不得呼吸的憋闷。

到晚上，我去了在我的散文里曾反复描写过的河——泥之河，但宽阔的漫流的肆意的水面没有了，蛙声也没有了，芦苇也没有了，那些原本低洼的河床，已经被开发成了一栋栋楼宇住宅，那铝合金的窗户里明灭闪烁的是现代灯火：白炽灯撕扯着夜，从窗户里渗出的是嘈杂的音响和肆无忌惮的阔笑。

那萤火虫，我再也没能见到。我突然感到这样的夏夜，是异质的，少了一种东西在，就像少了一种魂灵，一种重量，或者是少了浮漾在乡间夜的瞳仁。那些打着灯笼的小精灵呢？他们移民了吗，还是嫌弃了这片土地，自己无声无息地消亡了，逃逸了？我有一种悲抑的神伤，一种风情不再，一种审美的道具不再。要是当我到了暮年，若是自己的孙辈翻开蘅塘退士的《唐诗三百首》的书页问我：爷爷，杜牧《七夕》写的流萤，是一种什么物质？

那是一种童稚的声音从历史的深处传出：银烛。秋光。画屏。天气开转凉/手中有轻罗小扇，空中有流萤，手中的扇扑来扑去/天街夜色凉如水/卧看牵牛织女星。

牵牛还在，织女还在，我能回答什么？我说萤火虫是一种消失的尾巴会发光的生灵？在爷爷小时候，我们老家的泥之河的芦苇丛里，就有很多很多，如星宿。

对水质要求苛刻，对黑夜要求苛刻的萤火虫，给人以遐想以诗意的小精灵消失了，这样的夜，已经不能称之为唐代的夜色，宋代的夜色，现在的夜色已经删减了夜的纯度，如羼了水的原浆酒。

我想到日本宫崎骏的动画电影《再见，萤火虫》的第一句台词"昭和二十年九月二十一日晚，我死了。"

我想，这也是我故乡的萤火虫留给世间的话：某年的夜晚，我死了。

有萤火虫的夏夜，多么使人遐想，我不知我是在怀念故乡消失的萤火虫还是和《再见，萤火虫》混合了。动画里恍惚间，少年阿泰看到了他死去的妹妹，看到了那个飞满萤火虫的夏天。

那时候的哥哥阿泰和妹妹节子是幸福的。装满糖果的小铁盒子。漫天飞舞的萤火虫。阿泰拉着节子的手在夜晚奔跑，如梦寐一般。

在漆黑的废弃的山洞中，阿泰将萤火虫捉进蚊帐，漫天飞舞的萤火虫在夏季闷热的深夜里明明灭灭，似乎炎热也消退了。哥哥将熟睡中的节子紧紧抱住，生怕一松手就又会从怀中失去。只有14岁的阿泰并不知道，战争本身就意味着吞噬。不只是萤火虫，还有那些卑微的生命，脆弱的生命，在命运的巨掌下，刹那间就失去了。

（而现在，故乡街道的改造，有记忆年轮老房子的拆去，故乡的丧钟也在敲响，现代化本身就意味着故乡被连根拔起。记忆没有了，因为现代化改写了故乡，没有了童年熟悉的吆喝，没有了小贩的气味，没有了夜间汤锅热气腾腾的羊杂碎，没有了空竹和陀螺，没有了把铁环推进黄昏，当的一声夜幕突然降临的故乡消失了。）

萤火虫的一生只有一个夜晚，一切都会在夏日微荡的风中悄悄逝去。

（我还记得《再见，萤火虫》原声画面：妹妹节子用小手轻轻将昨夜萤火虫的小尸体，埋进自己挖好的小坟穴里，对阿泰说："我很想念妈妈，妈妈也在坟墓中。"阿泰瞪大眼睛吃惊地望着节子。）

一捧捧萤火虫的小小的尸体，从节子手中坠落，混入泥土，化作尘埃，阿泰仿佛看见了妈妈那同样脆弱的肉体燃成灰烬的样子。死亡再一次击打着哥哥尚未成熟而坚强的心灵，这时有泪水滚过面颊，也许是为了妈妈，也许是为了萤火虫，也许只是为了生命不堪一击的脆弱的哀悼。

是的，萤火虫只能活一个夜晚。在美丽的夜里，它却尽情展示它的刹那美丽，然后在黑暗中悄然坠下。生存环境的恶劣使节子身上起了湿疹，但困窘的兄妹俩哪里有钱去看病？更没有闲钱去求医问药……终于，年幼的节子没能逃过饥饿和疾病的双重折磨，悲惨地死去。

（故乡的萤火虫没有了，故乡的萤火虫也像节子一样，身上也会起了湿疹吗？这样的病对萤火虫来说就是绝症，萤火虫的消失，不在萤火虫自身，她是环境的失衡所致，是病了的生态所致，是污染，人心的污染，是水的不洁，人的不洁，罪魁祸首是人类光的放肆，是这些加速要了萤火虫的命。）

节子死的那天，也是在一个满天都是萤火虫的夜里，她含着笑，在最美的风景中去找那只有在梦里才能过的幸福生活了。

当萤火虫再次亮起的时候，那个装糖果的小铁盒子、那个有着银铃般笑声的叫“节子”的小女孩、那个山脚下门口搭有秋千的防空洞、那漫天飞舞的萤火虫……所有这些镜头都令人感到一种美得令人窒息的悲凉。再唯美的画面也是一种挽歌，我把她想象成我故乡萤火虫的挽歌，虽然我的故乡目前是这么的不堪甚至有些丑陋，但我还是用这样唯美的画面为她招魂。

（《再见，萤火虫》原声画面：哥哥平静地点燃了盛放妹妹尸体的小竹筐，血红的火苗在哥哥不再清澈的眼底闪动。）

一切都那么残酷，一切都那么不近人情，在战争的血口面前人生的一切都显得那么无助。哥哥为了妹妹和自己能够生存下去已拼尽了全力，可他仍然不能保住自己唯一的妹妹。绝望伴随着夜晚降临，当火焰渐渐熄灭，幽幽的萤火虫为孤单的阿泰唱起最动人的歌，纷纷扬扬升腾着的荧光，在最远的天空结成温暖的笑脸的模样。那是战争夺走的他的生活的全部、他的所有亲人，而夜空却全还给了他。虽然这是虚妄，但对一个还未成年的孩子来说，虚妄正与希望相同。

我想到了我现在的故乡也在进行一场无望的战争，故乡的保卫战，注定故乡和我是失败者，我保护不了故乡的衰败，保护不了村头的一棵榆树、一棵槐树，保护不了那些不符平仄的蛙声，没有了那些蛙声，注定也就没有了稻花香里的父老。我保护不了在夏夜飞舞的萤火虫，我想寻找故乡土地上萤火虫的尸骨，我要做一个个小小的棺材，为这些小精灵筑建一出墓穴，上面写：萤火虫之墓。

我知道，萤火虫的时代故乡是有记忆的，现在萤火虫消失了，就如失去了独异的一种记忆。没有记忆的人是植物人，没有记忆的故乡不能称之为“故乡”，她不再贮存游子的声音、游子的乡愁，那样的故乡称之为“植物人故乡”，徒有肢体，没有灵魂。

我看过一则材料，萤火虫犹如乡村的试剂，可以测出故乡的人心和污染，这是心灵洁净的虫子，也是有精神洁癖的虫子，这小小的虫对环境的要求非常苛刻，懂科学的人说：“萤火虫看起来似乎毫不起眼，但它们对生活质量可挑剔得很。萤火虫只喜欢植被茂盛、水质干净、空气清新的自然环境，一旦植被被破坏、水质被污染、空气变污浊，它们就会消失得无影无踪。”

对萤火虫来说，人类是有罪的：人工光源带来的冲击，河流、沟渠水泥化所引起的危机，农药的过度使用，水污染造成环境的劣化，外来物种的入侵，人为捕捉，还有雾霾……一切的一切，这些冲击，给萤火虫带来了覆顶之灾，城市中的钢筋水泥和噪声等多种因素的齐奏，是他们联合绞杀了这些小精灵，使这些小生灵万劫不复。

萤火虫是环境优劣的试剂，也是生态环境的指示物种。懂科学的人指出，凡是萤火虫种群分布的地区，都是生态环境保护得较好的地方。换句话说，如果萤火虫在地球上消失了，那么这个地球的丑陋和生态环境的恶劣是不难想象的，那时，人类离自我的覆灭也就不远。

有的科学家这样推测，与白鳍豚华南虎这样的"明星"的消失相比，萤火虫可以说是低调和悄无声息的。但如果像萤火虫这样的物种也要灭绝，可能会造成整个生态系统的崩溃。就如多米诺骨牌的倒下的连锁，人类也不会独立于世。

萤火虫没有国界，喜爱萤火虫也不分国界，我们的邻居日本也是一个非常喜爱萤火虫的国家，但他们非常注重保护这小小的精灵。在日本，人们为了保护萤火虫，国家先后指定了十个"天然纪念物"地区（自然保护区）。萤火虫受国家法律的保护，这在其他国家是没有先例的。日本是一喜爱萤火虫的国家，萤火虫就像他们的国虫，在电影里童话里文学作品里，萤火虫是常常光顾的精灵，日本人偏爱萤火虫，浮世绘里常常有这样的场景：穿了华美和服、梳了岛田髻的女人，身后跟着摩登丫鬟，在那里扑萤火虫。歌舞伎里，也有这个“轻罗小扇扑流萤”的动作。

安房直子写过一篇童话《萤火虫》，我在编选《外国金美文》一书的时候曾选了进去。一个贫寒之家，家里决计要把妹妹送人，哥哥去火车的站台相送。妹妹的火车开走了，那张脏脏的小脸再也看不见了，哥哥还不肯回家。在阴冷站台上反复踱步，突然他看见一个小女孩，很像他的妹妹，她掀开一个大箱子，里面飞出好多萤火虫。他追着这些蓝色的星星，怎么也追不上……

萤火虫，微小，柔弱，以自燃发光，古书记载说萤火虫是腐草而化，它虽长于草泽，看似低贱却生性清洁，它是试剂，它是指示物种，要求自然的纯度高，一点也不苟且，污染严重的地方，就不会有它的踪迹。这多像一种品质，对一切的不洁，它拒绝接受，宁洁白死，不污浊生。

我想到我童年的时候，父亲和我一起去捉萤火虫，我们用纱布缝个袋子，把萤火虫装在袋子里挂在睡觉的床头，晚上，我把萤火虫放开，放到蚊帐里，那真是满床晶光闪烁，我像是睡在天上云端里，一睁眼，前后左右都是星星。但后来睡着了，第二天起来，见昨晚的萤火虫全都死了。

隋炀帝在乡村的话语系统是个荒唐的皇帝，名声不好，但父亲给我讲过隋炀帝杨广曾“征求萤火，得数斛，夜出游山，放之，光遍岩谷”。那时我觉得杨广是个有诗意的皇帝，会写诗，懂得美，他的想法富有童话色彩，只是历史不认识他罢了。

黑夜有黑夜的伦理，不要删减黑夜的浓度，也不要增加黑夜的分贝。前几年，北京行道树油松一直生长不佳，但原因一直不明，经过有关专家集体会诊，确认都是灯光惹的祸，那些缠绕在行道树灯，犹如给一棵棵大树五花大绑彻夜受刑，不眠不休。有个科学家，他曾长期观察一串红草花的生长情况，曾经在夜里，进行过绕灯试验。几天下来，一串红竟开不了花了，这是无休无止的车轮战，日夜不眠，植物也受不了，最后就累倒了，无法产生营养，自然无法开花。

黑夜的伦理，是允许光的存在，但那些光，比如星星、月亮，还有萤火虫，这是黑夜天然的伴侣，好像亘古如斯，是上帝原配给黑夜的。黑夜的黑和光，谁占几分，谁占多少，是有我们看不见的合适比例，在农业的故乡，那比例是谐和的均匀的，而今这比例失调了，崩溃了，我们无限扩大光的比例，大到了植物不适应，动物不适应，于是有些虫类，开始了噤声，如今的夜是嘈杂，是人的噪音的充斥，这声音的比例也超出了故乡的耳膜所承受的力度啊，有一天，故乡也会变成聋了哑了的故乡。

三

我以为，夜是给人安眠的场，她的黑度是最重要的指标之一，她的静幽也是最重要的指标之一。如果把一个人的卧室放在一个锯木厂，那锯和斧头的噪音如锯齿，一下一下啮食你的耳朵，耳朵被折磨久了就会起茧子，就会失聪。现在城市人多的是失眠，少的是睡眠，多的是忧郁症，少的是欢愉状，整夜眼睛环视天花板，如夜的囚徒，生不如死，痛不欲生，我想，那多半是喧嚣的世相造孽惹下的：机车的轰鸣、装修、拆迁、卡拉OK，夜的空间被挤占得越来越小，心灵的空间就越来越逼仄。人的身体也是有脾气的，它也会起而抗争，抗争的指标就是身体的某些部位怠工抗议，失眠就是其一。

而今的夜，不能再称之为“夜”，它已经不再是传统意义上的夜，它的黑度不够，它的宽度不够，它的静谧不够。那些与黑度结盟的动物与音响的比例失调了，秋虫的鸣叫没有了，犬吠也消失了，那些物种开始变得稀少，乃至进入崩溃消失的倒计时。我想乡间的夜里有声响，那声响应多是自然之声，很少人为的造作，很少扭曲的自然，那样的夜的声响如天籁。王维《山中与裴秀才迪书》中：北涉玄灞，清月映郭。夜登华子冈，辋水沦涟，与月上下。寒山远火，明灭林外。深巷寒犬，吠声如豹。村墟夜舂，复与疏钟相间。此时独坐，僮仆静默，多思曩昔，携手赋诗，步仄径，临清流也。

王维笔下灞水深沉、月照城郭，辋川在月光中涟漪起伏；山上灯火，透过树林隐约可见，如一幅水墨国画，着墨淡雅，用笔清疏，写意传神，基调寂静而清幽，而最惹我欣慰者是“深巷寒犬，吠声如豹”，幽深并非无声。在我辗转反侧的时候，我想潜回到多年前故乡，在故乡里，用一架硕大无朋的录音的机器，录十里或二十里的自然的声响，一到晚上我把窗子门都关好，我录下的是夏的急雨，那有瀑布声的样子，冬的密雪，那有碎玉声的调子，有鼓琴，琴调虚畅，有咏诗，诗韵清绝，有围棋，子声丁丁然，有葫芦里的蝈蝈，鸣声铮铮然。有我屏住的呼吸，如游丝般。

那故乡多年前的声响就是一片天籁啊，那春的花开，夏的蛙鸣，秋的虫叫，冬的风号。它们给予耳朵的是滋养，给予心灵的是抚慰。

而如今在老家的那夜的短暂时空里，我竟然没有听到鸡叫，鸡鸣枕上成了绝响，心就一下子堕进了绝望，体悟到什么叫“黯然心绪”。没有鸡叫的乡村是否还能称之为“乡村”？那样的夜是否还能称之为“夜”，我想到了《潜伏》里的翠平和余则成，翠平是一典型的乡间妇女，她受组织的指派到了天津城做官太太，任务是为余则成洗衣做饭。翠平的思维仍是乡村的思维，日出而作，日没而栖，听鸡叫而早起，早起而做饭、洗衣服。

“都什么时辰了，城里的鸡怎么都不打鸣呢？”

余则成说：“不是不打鸣，而是没有鸡。”

翠平不知道天津城里没鸡叫，更有意思的是她秉持的乡下人立场和观点，在男女情事和恋爱上常常让余则成扫兴。余则成就不得不教翠平如何恋爱。

“你必须学会恋爱。”

“恋爱，什么是恋爱？”

“恋爱就是说说话啊，拉拉手啊，散散步啊。”

“就是钻玉米地？”

“对，就是钻玉米地，在玉米地里说悄悄话啊，拉拉手啊。”

“就是要有月亮？”

“对，月亮，月光，读书人叫浪漫。”

我有点绝望了，在多年前的天津早没有了鸡鸣，我不是反对现代的文明，但它要有个度，现代也是有边界的，我不是反对夜间的火把和灯火，但要给萤火虫一个空间，我不是反对丝竹之乐，但也要给自然的声响以一定的音域。

我常回想在童年的乡间，那枕边的耳朵，就是自然的接收器、贮存器，比如风来了，如《庄子》里写的：夫大块噫气，其名为风。是唯无作，作则万窍怒呺，而独不闻之翏翏乎？山林之畏佳，大木百围之窍穴，似鼻，似口，似耳，似枅，似圈，似臼，似洼者，似污者。激者，謞者，叱者，吸者，叫者，譹者，宎者，咬者，前者唱于而随者唱喁。泠风则小和，飘风则大和，厉风济则众窍为虚。

那风，那呼啸的风在窗棂外，删繁就简，把一切的物件都当成了笛子，只要有穴有窍，有坑洼，有凹凸不平，那就有了天籁之响，那风声更加深加厚了乡间的夜。有风的夜虽然把犬吠和鸡叫都淹没了，但那夜也是夜的原生态的一种，我怀念着有风的夜。

我想起一句民歌的谣曲：到黑夜叫我想你没办法。

是啊，到黑夜，叫我想故乡原版的黑夜没办法，那种本源的、原配的、没有删改浓度的黑夜，到黑夜叫我想你没办法！

灵魂书

如果说没有灵魂，那么我们的肉体为何时时处在无尽的撕扯中。

——题记

一

在根河的座谈会上，我说出自己心灵的困境和生存的困境。其实我知道，这是说给窗外的无边森林和白云，还有激流河，还有那震撼我竟然有一百一十公里蝴蝶公路走廊的翻飞和斑斓;还有最后的鄂温克狩猎部落，还有一个固执的不下山的老人玛利亚·索。

有一次上班途中，儿子突然问起我老托尔斯泰逃向苍天之事。儿子问这话题时，其实他就已洞穿了我。

走。逃走。逃向何处？虽是春天，我感到了一场暴风雪的升腾。

它是怎么旋转来的，这一场暴风雪？

一百年。超过了一百年的暴风雪，从历史深处一个叫“阿斯塔波沃”的火车站旋起，一个老人。在临死前，猛然从床上折起身子，用毋庸置疑的坚定喊道：“走，应该逃走！”

是啊，在八十二岁的那年，那是1910年的10月27日，老托尔斯泰给妻子留下一封信，在雪夜中静悄悄地乘着一辆马车，由医生和女儿陪同，秘密悄悄地离家出走，八十二岁的老人在颠簸的途中病倒了，最终只好弃马车，匿名改乘火车，末了实在无法，就躺倒在阿斯塔波沃火车站的一座小红房子里。

1910年11月7日，托尔斯泰离家出走后的第十一天。

在阿斯塔波沃火车站站长的那座红房子的狭小房间里，与世长辞。红的，白的。雪。房子的颜色，都刺向人的眼。

像一棵树訇然倒塌，森林里所有的树，都感到了震动，感到了失去的巨大的空旷是无法弥补的了，那夜，有无尽的雪，在旋转在升腾，在升腾中旋转，在旋转中升腾。

该堕落的堕落，该升腾的升腾。

“走，应该逃走！”是的，我知道是百年前阿斯塔波沃火车站的暴风雪点燃了我，这种异端的在世俗人眼里的不可思议不可原谅的举止，那他一定是疯掉了，像一棵疯狂的石榴树？还是在海上蹀躞的一叶白帆？

是啊，如果是一株树，那就是石榴树，埃利蒂斯的石榴树，没有被平庸整肃掉的一个树种。在顿河，在希腊，在一切有异端的土壤上，这种树，砍了还发，即使你肢解它，监禁它流放它，它的种子也不会变节，也不会匍匐跪地，在深黑的夜里，沉重和残酷，无孔不入的奴役也许使这样的树种濒于灭绝，但它还是遗世而孑立。

泪眼婆娑的石榴树！

雪，暴风雪，这无望冬天的暴风雪曾摧毁过它的枝干，雪飞旋在世界，也飞旋在我的内心，如煮如沸，迷茫而坚毅，荒凉兼苍凉。

告诉我，是那疯了的石榴树与多云的天空在较量？（较量，是无处不在的。世俗的，意识形态的，亲情的，媚俗的。）

告诉我，是那疯狂的石榴树高声叫嚷着正在绽露的新生的希望？（风雨如晦，鸡鸣不已。未经阉割的，本能的，自性的，未经转基因的DNA。）

告诉我，在万物怀里，在我们最深沉的梦乡里，展开翅膀的她，就是那疯狂的石榴树吗？（草鸡，苍鹰，屋檐，稗糠与稻谷。泉水的冷凛与清，蓝天的寂寥，正好是让翅羽散步的地带）

是啊，我把这疯狂的石榴树的意象送给这离家出走的老人，我一直把托翁当成人间的石榴树，有着铸铁枝干的，皲裂皮肤的，有着炸雷劈开的碳化痕迹的石榴树，对抗着天空的石榴树。

“走，应该逃走！”这些话给历史在场的人留下的是沉重，是神启。是慈爱，他说出了，就属于了历史，也许失传，也许永续，是种子，一经播撒，虽钢筋水泥，也有萌发的机缘。

让人成为人，让人像个人，逃走吗？逃走岂不是回归？逃走岂不是回家？是的，有时逃走恰恰是回家。

二

也许俄罗斯民族有一种忧郁和偏执，恰恰是这种民族的基因，让我咏味不已，天国与苦难，挣扎与漂泊，何处能停泊那躁动的心？

我想到了那叶白帆，在海上如翅膀追逐心灵的向度。海的蝴蝶，海的翅膀。

多么温暖得像我的兄弟！

就像饥饿的人在暗夜看到了星光和面包与盐。而心灵一下子被那叶白帆所感动所包围，真的如兄弟，可托付的兄弟。

在那大海上淡蓝色的云雾里，

有一片孤帆在闪耀着白光！……
它寻求着什么，在遥远的异地？
它抛下什么，在可爱的故乡？……
波涛在汹涌——海风在呼啸，
桅杆在弓起了腰轧轧地作响……
唉，它不是在寻求什么幸福，
也不是逃避幸福而奔向他方！
下面是比蓝天还清澄的碧波，
上面是金黄色的灿烂的阳光……
而它，不安的，在祈求风暴，
仿佛是在风暴中才有着安详！

在大学里的元旦晚会上，我朗诵过这首莱蒙托夫的《帆》，渴望，无望，热血，不安。我是一个出生在黄壤平原深处的人，到大学还没看到过船，更不用说一叶帆，但我的性情里却有一种对白帆和湛蓝的渴望与亲近，我从苦寒里走来，童年、少年家境拮据，青年时期饥肠辘辘。父母是农民，父亲靠在集市为人用笤帚清扫垃圾和污秽，半乞半讨供我读书，父亲是没文化的人，谈不上文化人的眼界和思维方式，没有文化人的爱好和趣味，只是用一个小锡制的酒壶揣在衣服里，闲暇时饮酒。但父亲喜欢我读书买书，喜欢我到场院的麦秸垛或者草庵里，或是夏日纳凉的夜晚，听我吟诵那些遥不可及的事物，比如莱蒙托夫、罗曼·罗兰，白桦，密西西比河的老黑人。如此的不可思议，就是用这些平原外的东西来抚慰我狂躁的心。

也是这些东西，吸引着目不识丁的父亲。

记得在初中时的麦秸垛里曾读康·巴乌斯托夫斯基的《碑铭》，那是和白帆一样蛊惑我的碑铭，那些人类的精神骨血，少年的脑海里一直回旋着的是千百年来，拉脱维亚渔夫在“魔鬼的锅子一般翻腾着”的波罗的海。那些层层烟雾笼罩的海边，有一小小渔村，远远地就能看见，一块巨大的被波涛包围的花岗岩石上，刻有一行古老的铭词——

纪念那所有死在海上和将要死在海上的人们

碑铭。碑铭。不是刻在石上，是刻在我的肉上嘎嘎有声的铭词，这种灼这种震撼一直在，像骨头里混合的玻璃碴子，死和要死的人，这在中国文化里是多么忌讳的字和词汇，但她说出了一种必然，人都是要死的，有人思考过死了，有人来不及思考也死了，这是每一个生存者无法摆脱的宿命，是最本然的规定。死是规定着生的，所谓的向死而生向死而在，比未知生焉知死，把死悬置，给我的撞击更烈，他们刷新着我的眼睛。

神秘。海是一种神秘的宿命和勾引。到大海上和倒在大海上都是致命的诱惑和冒险，但是，即使人们知道这海里的危凶，总会有一些不安的灵魂终究要到那里去，与幽暗的波涛为伍。大海是蛊惑，她诱惑的就是那些想安顿心灵的灵魂，是啊，也许死才是一种解脱，是一种价值，但将要死的这路途恰恰是灵魂麇集的冒险路途。

白帆，无疑会从血管里起航，然后通向大海。

从血管里起航，归程在哪里？故乡？异乡？

这叶白帆将在哪儿停泊？我想到了一部书《野草》，一个人。过客。短暂的生命，无涯的长途，渺小与虚无。心事浩茫连广宇。

是啊，必须走，走向命定的大海，光阴无乃大海乎？人都会倒毙在光阴里，时间是线性的，愈来愈快了，还有多少能挥霍？该诀别的就诀别，该抛下的就抛下，从血管里起航，删繁就简的岂是委顿，岂是恐惧？遵循血的呼啸。光阴如海，残阳如血。你是一叶白帆。张开的、搏杀的白帆。蝴蝶的翅膀也可扑火。

但是大海呢？现在的大海，现在的大海不再是大海，现在的大海还有那些神秘和蛊惑吗？还有命定的启示和未知吗？大海早被人类涂抹得不成样子，还有森林这些能作为诗意栖居的地带都被人为地堵塞了，人类生存的家园被连根拔起。我想到这次到大兴安岭中心地带，看到的满眼的绿色的次生林，那种绿色使我陶醉，但也为没有看到那些原始森林而悲伤，为最后的鄂温克狩猎部落再也无猎可狩哀伤。

为什么我的眼里满含泪水？

三

这次到大兴安岭深处最令人难忘的是见到了玛利亚·索，这鄂温克族最后的山神。这位九十四岁的老人，在政府要求大家搬到山下去过舒适而“幸福美满”的生活，并且拿出一张纸说，同意下山就按手印，还发搬迁费，全乡231名鄂温克人都按了手印。只有玛丽亚·索没有按。在她的世界里，茫茫的原始森林才是鄂温克人的归属。

选择如何的活法？不同的人有不同的抉择，太多的人选择的是逆来顺受，选择的是放弃抗争，还有的选择的是助纣为虐分一杯羹，而且多数这样的人活得往往春风得意趾高气扬。如果一个走到今天的人，还会想起托尔斯泰，想起高更的塔希提岛，活得还像个人，而不被一些所谓的名缰利锁奴役自觉成为奴才，那他就会从托尔斯泰的那个小火车站的红房子受到启示：自由，心灵的自由，你必须成为你自己，从被命名的遮蔽的重躯下解脱，那样你才能重生。除了自己其他都是靠不住的。

自由和独立，没有比这更重要的。而且对我们这个强调集体强调君君臣臣父父子子各占其位的文化熏陶下的人，独立有时比自由更迫切。

我知道森林的毁坏，对狩猎的鄂温克来说是一种苦难，这种苦难是属于全人类的。一种文化消失于无形，整齐划一的山下的生活，对山林里的鄂温克来说，是斩断和森林的根与血脉链条，玛利亚·索不认可，但命运逼迫着她成为最后一个坚守的标本。

这是一种进步？还是一种悲剧？他们原先的狩猎生活变得不再合法，不得再拥有猎枪了，为了保住自己的猎枪，有个写诗的鄂温克人背着自己喜爱的猎枪翻山越岭，跟警察捉迷藏。后来被警察堵到悬崖边，诗人也没有放弃，抱着枪闭眼跳了下去，幸好有一棵大树挂住了他，才没有摔坏。继续逃，最后跑到了一个猎点，看到了在那守候着他的警察，警察立正后向诗人敬了个礼说："兄弟服了！"

一种文化消亡了，有谁为这种灭失痛哭？

这个诗人说："狩猎文化消失了，适合工业文明，工业文明带来一个悲惨的世界，如果有高度文明世界的警察向我开枪，那就开枪吧。"

开枪，向我开枪吧。我向中弹的弟兄敬礼。有谁为诗意收尸呢？

作家乌热尔图曾采访玛丽亚·索，有一段话听来令人震撼：

"过去，打猎、放驯鹿的地方挺大的，方圆上千里，一直到黑龙江省呼玛县境内都去过。不管多远的路，我们都牵着驯鹿走。那时，到处都有狍、鹿、灰鼠子。现在不一样了，到处都有人，到处都有偷猎的人。这才过去几年呀，可现在我们连自己落脚的地方都没有了，放自己驯鹿群的地方也没有了！现在，还把我们的枪收了，就像把我们的饭碗打碎了……现在最紧要的事就是给驯鹿划出个地方来。我要讨回我们的森林，讨回我们自己的猎枪。一想到鄂温克人没有猎枪，没有放驯鹿的地方，我就想哭，做梦都在哭！”

是谁把森林弄丢了？失去森林的鄂温克，失去猎枪的鄂温克，用什么来填充内心？那只有用酒来麻醉死去家园的苦痛，我知道玛丽亚·索从来不喝酒。她五个子女中的两个都是醉酒后意外身亡的。她恨透了这种夺去了她亲人和无数族人生命的东西。所以大家喝酒也就得背着她，偷偷喝，但她无力制止这种偷喝。

鄂温克只有200多人，近20年来，很多鄂温克青壮年因为酗酒而身亡。“在林区，敖鲁古雅猎民善喝的事实几乎是人人皆知的，他们当中有人下山买酒，酒还没有带上山，半路就被全数喝完的事情常常发生。至于喝醉了酒在森林里面被冻死的、掉进河水里面被淹死的情况，也不在少数。更早的时候，林区伐木的工人拿着两瓶白酒就可以换得猎民的猎物或者鹿茸，只因为猎民们爱酒如命，只要有酒喝，一切都可以给你。”据说正宗的雅库特鄂温克人已不足50人，由于他们常年在野外居住，好喝酒，有些人的生育功能都丧失了。如果以前喝酒是为了驱寒壮胆和庆祝节日，那么现在，喝酒更多的是为了排遣寂寞，他们用喝酒来打发时间、麻醉自己，掩饰着内心的痛苦。酒，是他们的追悼。活其实是一种站立的死、文化的死。嬗递的苦只有靠酒的踉跄步履和愤怒来表达。

我想到了历史上一次印第安酋长的演讲。1851年，这也就是美国历史第一次出现飓风灾难纪录的那年，当时在美国西部发生了一件载入历史的事件。当时的美国政府用15万美元强行购买200万英亩印第安人的土地，并逼迫这些生于斯长于斯歌哭于斯埋骨于斯的印第安人立即迁出，当时的首领西雅图酋长为此发表了一篇血泪的控诉。后来的殖民政府用了一种特殊的方式来表达他们对这个酋长的敬意，将这片新兼并的土地建立起来的城市，用他的名字来命名——这就是西雅图。

这是一个自然之子的诉说，这文字里有这土地的灵魂，有河流和大地的那种恒远的气息。这文字给了我们什么？人类曾有这样一段记忆，曾有一段这样的思索和伦理生活，那是天然的接地气的，所有的喜怒哀乐，所有的想象和创造都不背自然，这种刻骨铭心除掉西雅图酋长，如今恐怕是空落无多。美国也是诞生梭罗的国度，那种自然的诱惑，那种让梭罗在瓦尔登湖魂牵梦萦的幽灵是什么？他这幽灵的魅力是如此的执着，这幽灵变成了归宿，今天，重温西雅图酋长的诉说，我想到了所谓文明的无耻。

对，无耻。对，现代化、工业化的车辙通向的是怎样的歧路，她能够折身而返吗？行行重行行，无为在歧路，颠颠簸簸，这条路能通向一个个福祉的地带吗？

酋长一百年前的声音和我们的什么部位涓涓呼应？

我们怎能买卖天空和大地的温暖？这主意真是奇怪。

若空气不再清新，流水失去晶莹，你还能买下些什么？

对我们来说，大地方寸皆为神圣。在我们的记忆和经验中，每一根闪亮的松针，每一片沙滩，每一缕幽林中的薄雾，每一块空地和那嗡鸣的小虫都是神圣的。那枝条上流淌的树液，也渗透着我们红人的记忆。

白人死后魂游星空时，早忘了出生之地。而我们死后，永不会忘记这片美丽的大地，因为大地是红人的母亲，我们和她互为一体。芬芳的百花是我们的姊妹，鹿、马和大鹰是我们的兄弟，山岩峭壁、草地的汁液、幼马的体温，还有人，都属于同一个家庭。

所以当华盛顿的大统领传话来说，要买我们的地，他对我们要求得实在太多了。大统领说，会留一块土地给我们过舒服的生活，这样他就成了父亲，来照顾我们这些孩子。

似乎这意味着，我们会考虑你的购买建议。但这并不容易，因为这是我们的圣洁之地。那河川里闪亮的流水不仅是水，还有我们祖先的血。如果我们卖给你们这地，请务必记得这地是神圣的，也请你们务必教导你们的子孙这地是神圣的，并且告诉他们那清澈湖水里每个幽灵般的倒影都在诉说着我们族人生命中每一件事和每一个记忆，那呜咽的水声是我们祖父的声音。

河流是我们的兄弟，他为我们解渴，载运我们的独木舟，滋养我们的孩子。如果我们卖给你们这地，请务必记得并教导你们的子孙，河流是我们共同的兄弟，并像对待自己兄弟一样善待河流。

我想白人不能体会我们的想法。每一块土地对白人来说都是一样的，作为大地的陌生人，他可以趁夜拿走他想要的任何东西。大地不是他的兄弟而是仇敌，他要逐个征服。他满不在乎地侵占父亲的坟地，掠夺儿女的土地。父亲的安息所和儿女出生后应得的土地，他都可以不放在心上。在他看来，母亲、大地、兄弟、苍天都可以像羊群或玻璃珠那样被买卖和掠夺。他的贪欲将吞噬大地，留下荒漠。

我真的不明白。我们的路和你们如此不同。你们都市的景象刺痛着我们红人的眼睛，你们白人的城市没有安静之所，没地方去听那春天树叶的舒展和小虫翅膀的沙沙声。城市的噪音只会伤害我们的双耳。听不见夜鹰孤独的哀鸣和夜间池塘边青蛙的辩论，生活还有什么意义？作为一个红人我真搞不懂你们。印第安人更喜欢掠过池塘的温柔风声，更喜欢风本身的气息，午间雨后清新的气息或那充满松香的气息。

万物共享的空气对红人来说是珍贵的，兽、树、人都因之而同呼吸。而白人却从不注意他呼吸的空气，像对恶臭已经麻木的死人一样。如果我们卖给你们这地，请务必记得空气对我们来说是珍贵的，空气与它供养的万物共同分享自己的精神。

风给我们祖先第一口气，也带走他们最后一声叹息。如果我们卖给你们这地，请务必记得保持其独立和神圣，让来此地的白人都能感受到那被草地百花熏甜的风。

如此我们才会考虑你的购买建议。如果我们决定接受，我有一个条件：白人要像对待兄弟一样地对待这块土地上的野兽。

作为野蛮人我不明白，为什么成千的野牛会被火车上的白人射杀后腐烂在荒原上。

作为野蛮人我不明白，怎么冒烟的铁马会比我们在维生时才杀的野牛还要重要。

人和野兽有什么不同？如果所有野兽都没了，人将因精神寂寞而死。因为凡是发生在野兽身上的事很快就会发生在人身上。万物都是相连的。

请务必教导你的子孙，他们脚下的土地是我们祖先的灰烬。让他们尊敬大地，请告诉他们大地因我们亲族的生命而得以滋润。像我们那样告诉你们的孩子大地是我们的母亲，任何降临在大地上的事也会降临在人类身上。人若唾弃大地，也就是唾弃自己。

我们知道：大地不属于人，人属于大地。我们知道：万物如同血缘联结家庭一样是紧密联系的。万物都是相连的。

即使白人的上帝跟他们像朋友一样一起行走交谈，也还是不能免除其共同的命运。我们毕竟都是兄弟，我们会看到的，我们确信白人终有一天会发现我们的神和他们的神是同一个神。

或许，你们认为拥有祂就像你希望拥有我们的土地，其实你们办不到，祂是所有人的神，祂的怜悯对红人和白人是平等的。对祂来说，大地为至宝，伤害大地就是冒犯神。白人终将消失，或许比其他任何种族都要快。污染你自己的床，总有一天你将窒息在你自己的垃圾里。但是在你朽坏时上帝的力量会点燃你闪亮的光芒，也正是这力量把你引导到这片土地，而且赋予你统治这块土地和红人的权力。

这样的命运对我们来说是个谜，因为我们不明白何时野牛被杀光了，野马被驯服了，人迹遍布了森林，电话线破坏了山岗美景。

灌丛在哪里？消失了！

鹰在哪里？消失了！

生活结束了！偷生开始了！

请原谅我在这里过多地引用吧，面对着自己的内心，面对着茫然的鄂温克人，我想忠实地引用，不做改头换面的手术，不阉割，不阐释，不转述，就如一颗钉子嵌在文字里，这样我的心会舒服些。一百多年了，这演讲里的朴素的真理，这里面的现代的罪恶还在拉锯式地争斗，人们还没有理解这印第安酋长的忠告。

看着身边的河流在消失，森林被砍伐，雾霾在肆虐，这么迷乱的人心：人类还需要交多少学费，付出多少沉重的代价才能清醒啊？财富在罪恶里累积，这样的人类注定是无望的，人不只是肉体，肉体的放纵起源于精神的放纵，怎样的精神才对得起自己的热血啊？才对得起走到世上一遭的命运啊?

自然的悲剧就是人性的悲剧，热火朝天地无尽地对自然的掠夺和开发，我们的历史将走向何处?

自然不是人的私产，人和自然不是对立的，人是自然的人，但后来人们把自然当成了生产的资料，当成了奴役的对象，自然是有修复功能的，但由于人类的贪婪，自然修复的功能紊乱了，崩溃了，物种开始灭绝，自然的困境是工业发展的必然。自然不是人的私产，自然是人类的家，我们要学会节制，不是掠夺，不是铺张，毁掉自然的是人类，毁掉人类的不是自然，而是人类自己。

人们对待自然，仅仅是关注空气关注绿色关注水流，这还是物质的问题，而忽视了人们对自然的归属，缺少精神和情感，人是自然的孩子。众多的孩子中的一个。

也许这三十年是国家的GDP增长最快的时期，但我们却感到了无边的孤独，我们的精神被挤压，肉体放纵后的疲惫无法平衡心灵。人们的身体的覆盖不再褴褛，但精神却是褴褛破碎，踏上了财富的地带，这一帮龙的传人满面暴发户浅薄的欣幸，但回望来路，那无边逶迤的是沼泽是沙砾是瘴雾。

这是一种暴力式的发展，是一种摧残式的发展，我记得诺贝尔获奖者凯尔泰斯说:“一种通过暴力达到不加限制不受妨碍的独裁统治的政治，将会造成可怕的破坏，假如不是对人们的生活和物质财富产生破坏的话，那就会对人们的心灵产生破坏。破坏的工具叫作意识形态。在20世纪，一个价值失落的可怕的世纪，一切都变成了意识形态，而这一切在某个时候造就了一种价值观。”

当前的最大的意识形态就是唯GDP，啊，我无语。苍凉，无尽的苍凉。

四

在根河的座谈会上，我说出了自己心灵的困境，为解脱，我离开了生育我的血地。

这种诀别，不是少年，也非青年，而是开始在暮气的中年。现在的血不再沸腾，少了偏执也少了坚定，但该清除的要清除，那些虚誉，那些无聊的拍马，言不由衷的话语腐蚀的心灵，累了，倦了，唯有一种苍凉而已。

于是走，走出猪一样温暖的沼泽，令人舒服到不自觉的沼泽，走出恐惧，在独自面对自己心灵的时候，才可看出自己的孱弱到坚强的运行轨道。

八十二岁的老人，是过客吗？是，也不是，他逃向苍天的虽只有短短的十几天，但他的矍铄，是壁立的绝顶，他的义无反顾、不要后路的决绝，他的只想用最后的气力证明给你，给内心，给独一的自己。

人最重要的是每时每刻都要记住我的存在，哪怕只是一天的生命个体，也要有自己的喉头的呼喊，过多的从众，压抑了你，限制了你塑造了你，你的面具成了你的本质，你的皮肤成了血液，血液成了污浊的水，载不动许多愁。

过去的一段成了不堪回首，沧桑过后，懂得了简单的美与张力，也懂了自己的内心的安妥才是正道。

谁能使心安妥，是宗教还是爱？是艺术还是无边的星空？夜空中的萤火虫，曾让我苦痛的童年有了对美的直观和渴求。就像蒲公英的小伞的方向，使我知道自然之精灵的本质：繁殖，远方的繁殖，基因的领地。这给了我对物种的敬意。

是宗教还是爱？是艺术还是无边的星空？她在哪里？追寻了多年，依然是在望不到头的遥远处招摇。

不曾离家，却要离家，没有父母的故乡，以后在几千里外再谈论这片土地，也许再没有了波澜，把异乡当成了故乡，故乡也就成了异乡。

这就是沧桑，这就是命定。

暴风雪，暴风雪在历史的深处旋转，层层叠叠，无以复加。

雪地上的马车的车辙，那老人的咳嗽，隐隐在放大。这车辙是火焰也是象征，是坐标也是驿站。

（是什么幽灵在呼唤我，也许至今我还未能扯清，但是，总觉得自己已感到应听从自己内心召唤。在内心的深处，有个声音执着地呼唤着自己的子民。）

究竟她是什么？是纯真、激情、渴望、皈依自然，还是倦后的宁静？是“异乡”的美还是另一种的蛊惑？

是人生太过污秽，不愿同流合污？还是面对自然环境的污浊（雾霾？）而寻找新的乐土？（王的天下，何处有一方净土？）不再信任那些价值，不再被骗。也许选择的是傻，就如巴黎的高更冒着“傻气”逃到荒蛮的塔希提。是谁不愿死于心碎？一个人不能麻木到不敢面对自己的内心，那是无法原谅的堕落。

尼采说：不会蜕皮的蛇会死。于是曾经沧海的托尔斯泰出发了。

曾经沧海，曾经沧海！

除却巫山，除却巫山！

于是，我知道了老托尔斯泰以激烈的出走换取内心的安稳，于是，他也就和故土一拍两散，故乡是不缺你一个倒下增加她的腐殖质肥沃她，注定像故乡的有些动物该吃屎的吃屎该吃肉的吃肉，穿短衫的终究要和穿长衫的分手。

一拍两散最好，与其相濡以沫，不如相忘于江湖之上，这是一种失传的绝美和大美，做不可复制的，做不可重复的，你的只属于你，也只能属于你。

从那场暴风雪领悟了，那这场暴风雪就百年没有灭绝，这不是文字的，不是听到的，也不是模仿的，她是你自己的了。

也许你走向的是荒凉，不，是苍凉。

留下的呢？我想到了那安置点里的玛利亚·索老人。问题是，被人砍伐的森林不再是森林，但我还是听到了一种执拗的声音：森林啊，我到死也和你在一块。

我知道，那好心的人为鄂温克建立一个个居民点，不是也就阻断了鄂温克回到森林的路吗？我想应该提出一个森林伦理的概念，这概念的中心就是森林存在的合理性、精神性，森林的伦理是上帝赋予大地的一种神性，但我们必须等失去这种神性才想到了恢复？人可以造一架飞机，但人无法创造一粒树的种子，无法造出一只麻雀，要是等大地布满疮痍，河流在大地完全干涸坼裂，那留给人类的时间也会是愈来愈少。

走出森林的鄂温克给人的启示，这是人类必然的命运吗？走出了就再也回不去了。只有无边的荒凉吗？

回不去的还有老托尔斯泰！百年前的暴风雪在旋转中升腾。

我深深感恩这百年前的暴风雪！

美学格子

一

何谓节气，有一年农历春节前和朋友策划，让书法家谢先生把有关二十四节气的诗词写下，准备出成线装可翻阅的节气册子，让人感受节气的名字和起伏。就像有双手握着雕刀在岁月的立柱上刻着什么，那自然的刻度就在咫尺，带给当下负重的心灵一点温慰。但这计划最终搁浅，人们看到节气的内容只是摇头，谁懂节气？这有何用？收藏古董吗？

那时我有一种无名的伤怀，这种规矩没人遵守了。

我说你懂寒来暑往吗？春来草青，秋至木叶尽黄，这是先人给我们的实用美学啊。时间是走的，发明滴漏的人看到了，就画出了格子，节气也是一个个格子，是古人给我们画的美学格子。我们在这些格子里可以读到古人的匠心。立春、谷雨、小满、芒种、寒露、冬至……一个一个的格子里，储满了皑皑的雪、柳间的蝉鸣、稻田的流萤、木叶的尽褪。

这是节气的规定，冷的时候就冷，热的时候就热！节气在哪里？节气就在我们的身边，可惜很多人已经失去了感悟节气的能力。大家都懵懂地活着，不知今夕何夕，没有了精神的线条，有的只是岁月的肚腩、腐败的肠胃。没有了和自然同步的生活，自然被我们关在了门外，其实节气是自然与秩序美的约定，该来的时候都来，该走的时候都走。

但现在即使是我，也要翻看日历才知道哪天是哪个节气。对一些节气望文生义：小雪，雪下得次数少，雪量不大，故称小雪；惊蛰，是谁把地下蛰伏的虫子打搅了吗？

后来见《月令七十二候集解》中有："小雪，十月中。雨下而为寒气所薄，故凝而为雪。小者未盛之辞。初候，虹藏不见。"多么诗意，虹躲起来了，到该出来的时候，绝对误不了事，该酣睡的时候就酣睡，该藏起来的时候就藏起来。

"惊蛰，二月节，万物出乎震，震为雷，故曰惊蛰。是蛰虫惊而出走矣。"惊蛰的意思是天气回暖，春雷始鸣，惊醒蛰伏于地下冬眠的昆虫。

这时暗暗脸红了，才知望文生义的不准确。小雪，不是雪下的次数少，而是雨遇到寒气，开始凝结，但雪不大，这个时候，天上不再有彩虹。而惊蛰，天上开始有了隆隆的雷声，这是自然的事情，人管不着，一切自然里的东西，都有看不见的道存在。所谓的依天时顺天意，按老天的脸办事，是有深刻道理的。就像闻鸡起舞，人听到鸡司晨，马上爬起。而冬眠的虫子，一听到雷的呼喊，也开始蠕动身子，睡了一冬了，把骨头都睡疼了。

在我眼里，古人的眼睛特别锋锐，如鹰隼，又特别温和，如佛目。古人的皮肤也特别敏感，心很静，自然界一有什么声响，他们就在心里刻下痕迹，或者是在墙上、树枝上。

那种日子才叫淡定、从容、有板有眼、不潦草、不妄为。

那时的人有一颗肃穆的心在，那时的人做事特别虔敬，有古意。一年之计在于春，当春风来的时候，古人是那么庄重。在古人眼里和概念里，风是上苍的使者，从不误时，来的时候就来，是那么守信。人们对风是崇拜的，从老天那里来，带来的是上苍的口信，古时朝廷有专门的乐官负责听春风，发现春风开始吹拂了，就要报告天子，然后朝野上下，全面动员，举行盛大的春耕仪式。

“孟春之月，……东风解冻。”

“季夏之月，……温风始至。”

“孟秋之月，……凉风至，白露降，寒蝉鸣。”

“仲秋之月，……盲风至，鸿雁来，玄鸟归，群鸟养羞。”

风有雄雌，风有脾气。风也有喜怒哀乐，它的表情和语言，告诉我们：所有物种都离不开风，人也一样。

我猜：所谓的节气，是以气的大小缓急来划分的，古人知道老天的脾气，顺着老天的脾气，不惹老天生气，对老天和和气气。不像现在的人处处拧着老天，战胜老天，把老天打得血肉模糊。

二

节气的美学格子里储满了声音，古人的耳朵特别敏感，不像现在的人耳朵里塞满了嘈杂，脑子里塞满了嘈杂。现在的人对自然的动静麻木，如古人形容的那样春风过驴耳。

有时我想能从古人那里借一双耳朵该多好，那样就可躲在节气里饕餮各种声音，四季各有声音的标签。整个世界就如一个共鸣箱，但那声音，我们听得再多，也不烦。

若是惊蛰了，就听黄莺叫。

惊蛰：仓庚鸣，仓庚的名字好。《章龟经》曰：“仓，清也；庚，新也。感春阳清新之气而初出，故名。其名最多。”《诗》曰：“黄鸟，齐人谓之搏黍，又谓之黄袍，僧家谓之金衣公子，其色鵹黑而黄，又名鵹黄。”谚曰：

“黄栗留、黄莺莺儿，皆一种也。”

这是一只能搅乱深闺的鸟，这声音是撩人的，也可以挑破人的梦。惊蛰了，情欲也从某个部位蠢蠢欲动，鸟声本是上苍给人类的音乐，是耳朵的享受。这黄鹂对老杜是一种神思旷远的清幽，而对梦到辽西的女子，无疑是“重金属”，把她的梦击碎了。于是她就开始想到打跑鸟儿，把声音也打跑。

夏之烈，一半是各种声音的聒噪。立夏，蝼蝈鸣，蚯蚓出。芒种，伯劳鸣。夏至，蜩始鸣。各种声音在夏天的节气里，扯着嗓子，有低音、高音，如同一场音乐会，青蛙有和声，分多声部。

少年夏日，曾与父亲拉排子车到县城送货物，天晚归来，当走到村北的泥之河上，正散文一节气是一个一个的美学格子，耿立躺在车厢里，睡意蒙眬的我被铺天盖地的星光和蛙声合围。我仔细分辨不同的蛙鸣，然后默默地计数：一、二、三……怎么也记不下那壮观的旷野合奏曲，似鼓似锣，有弹有拨，有裂帛、有碎花、有茶盅跌落的清脆。但感到那时的喧闹乡村竟然是一个“静”的所在。

热是夏日节气的主调，要选夏日的代言，非蝉莫属。这些声音渲染炎热，让你的血管就如一个温度计，能清晰感到地表的温度从脚趾爬升，一直随着蝉的“知了啊知了啊”到达腋下直至额顶。

但蝉是跨界的，立秋，寒蝉鸣；而到了秋分呢，雷始收声，那就开始听蟋蟀叫。我有个幻想，吾之同乡王禹偁在黄州太守任上，破如椽的大竹为屋瓦。他说住在竹楼上面，夏宜急雨，声如瀑布；冬宜密雪，声比碎玉，而无论鼓琴、咏诗、下棋、投壶，共鸣的声音特别的好。现在，若是捉千百只蟋蟀，放在竹瓦下，一只蟋蟀说话，千百只蟋蟀说话。缓缓地、徐徐地说，沉沉地、快快地说，舒舒缓缓舒舒，从立秋说到冬至，把秋温奏成冬肃，那该多令人神畅。

可如今，推土机占领了城市，推土机斫伤了历史，也斫伤了现代，蟋蟀的唧唧愈是迥不可闻。记得有一个朋友的女儿问我，什么是地平线？我无法回答，现在的孩子们远离了乡野，远离了夕阳，亦远离了黄昏与地平线。马达的隆隆代替了青蛙的呱呱、蝉鸣的嘶嘶，只是在夜里，也许还有一些坚韧的蟋蟀，从郊外潜回城市，为人们收拾一下前夜的残梦，让幻想留几个脚步在现代。

推土机占领了城市，污染肆虐了城市，大自然无一不受伤，诗意逃遁，蟋蟀也像是一种惧怕污染的植物，从市中心悄然退隐，一直撤到城市的边缘，乃至死亡。

大雪呢，鸣鸥不鸣。冬天需要安静，所谓大美无言，热闹够了，就需要调养，一静一动，天地之道也。冬天是储藏的季节，一切的声音在储藏、在蓄积。那也是各类动植物乃至人修复自己听觉的时候，那也是对一年的声响反刍的时候。曾在友人的文字中读到这样的故事：有一长年居住山里的印第安人，受一纽约人盛邀，邀他到钢筋水泥的城里做客。等出机场穿越马路时，那印第安人突然喊道："你听到蟋蟀声了吗？"纽约人大笑："您大概坐飞机久了，是幻听吧。"走了两步，印第安人又停了下来，说："真的有蟋蟀，我听到了。"纽约人乐不可支："瞧，那儿正在施工打洞呢，您说的不会是它吧？"印第安人默默走到斑马线外的草地上，翻开了一段枯树干，果真，趴着两只蟋蟀。

为什么城里的人听不到节气深处的声音呢？是他们的听觉退化了吗？不是的，而是他们的耳朵里满是车轮声、枪击声、演奏声、打桩声、滑翔声，种种人为的声音遮蔽了自然之声，久而久之，他们的耳朵淤塞了，劣币驱逐了良币，美好的自然之声，就被关在了外面。

三

先人的精神空间广阔不失天真，有些事现在看来没道理，荒诞，但无理而妙。我想，我最浪漫的事就是按照古人二十四节气的规定重新生活一遍，而后在节气的某个时段终老。

古人一直是一年一年复制二十四节气的生活啊。

古人认为，惊蛰的最后五天，鹰化为鸠。鹰，鸷鸟也。此时鹰化为鸠，至秋则鸠孵化为鹰。

谷雨的时候，田鼠化为鴽。阳气盛则鼠化为鴽，阴气盛则鴽复化为鼠。

立冬之日水始冰，又五日地始冻，又五日雉入大水为蜃。

最妙的是大暑，腐草为萤。这是多么浪漫的事，那些可爱的萤火虫是腐草而化，这才是化腐朽为神奇啊，这是古人的愿望。古人相信万物有灵，且这些动植物可以互相转化，像串门那样方便。

古人的浪漫和迷信是意境与想象，拿现在的科技来要求诗意，无乃关公秦琼之类太过乎？如果多一点务虚之美，就会使我们的生活多了神秘，有了梦幻的色彩，使我们的生活、我们的周遭不再那么生硬。如果一切都拿科学说事，人的审美、智力也许会下降，美的情愫失落了，生活就失去了美感，多了疼痛。

想到我的老父亲，已经故去二十年了，早已和泥土融为一体。

记得，每到霜降的时候，他都把地瓜藏窖里。那是如地道战里的地道那样的井窖，他把地瓜码在窖里，一块一块的地瓜，如婴孩那样肉嘟嘟地卧着。再用一层沙土覆着，那沙土讲究白，讲究细而软，你抓起来，就如水从你的手指缝里漏下。

一层沙土一层地瓜。一层地瓜一层沙土。有时那里面也放上白菜和柿子，一块儿挤在冬天里取暖、热闹。

最妙的是父亲给这窖井留一个气口。父亲说：“地瓜要喘气，像人一样。”是的，特别是冬天埋辣萝卜、胡萝卜，随意在院子或村头挖一个坑，把萝卜放进去，用黄土盖上，那坑的中间位置就竖一个秫秸秆，就像现在病房里的呼吸机一样。父亲说：“萝卜也喘气。”果然，一年的大雪时节，下了一天一夜的雪，到了半夜时分，雪停了，月亮出来了。

外面是月白和雪白，屋里也是雪的白和月亮的白。我半夜下床解手，光着脚丫，一踩地上，就如一层白白的冰，那种透心的凉使我打了个激灵。

父亲让我往外看一看有什么变化。

我看见家里的院子如裹了雪的被子，埋萝卜的地方，那个秫秸秆立的地方，特别是那个秫秸秆，一节一节地冒着热气。

我怔住了，说不出原因。

父亲沉吟地说：“谁都逃不过节气啊，该落的时候都落。”当时我并不明白父亲的意思，该落的要落，是指雪吗？好像又是又不是。

如今，我一年四季都脱离了大自然，像被土埋在坑里的萝卜，但我有一根呼吸自然的秫秸秆吗？

现在埋我们的不再是土，而是一个个的商场、一个个的橱窗，是案头的电脑、推不开的酒场。我们忘记了我们是要喘气的，在这样的环境下，我们会越来越窒息，直到枯萎死亡。

我想起有次要在雪天里吃包子，父亲弄了二斤羊肉，用刀剁碎，要吃羊肉胡萝卜馅的包子。

父亲派我一个活儿，就是到雪地里挖胡萝卜。

我蹚着雪，在有秫秸秆冒气的地方，把雪弄开，那时的地，也冒热气，其实大地冻得十分结实。

我干活干得把棉袄脱了，那胡萝卜才露出脸来。

那胡萝卜真好，红红的、肉肉的、鲜亮饱满，看得出汁液鼓鼓囊囊的。奇妙的是，那萝卜的身上竟然长出了细细的根须，头上也有了绿莹莹的芽。

这是雪的梦吗？

父亲说："喘气的萝卜不死！"

是啊，如果冬天农人在窖里、坑里埋藏萝卜的时候，不给它留一根秫秸秆，等你吃的时候挖出来，那时的萝卜或者糠了或者腐烂了。

我们如蒙眼的驴子，在黑暗里消耗着生命，没有一根秫秸秆给我们输送养分。我们忘记了我们首先是生物，然后才是人。

若生物忘记了呼吸，若生物被剥夺了呼吸，你试试？那只有死。

父母故去多年，有时我回到那片土地上，像一个陌生人在寻找着什么，在酒肆、在饭馆、在乡间野炊，乡音尚存，但少了一些滋味，年没有了年味。那时多好啊，冬至了，腊八了，一家老小高兴地聚在一起讨论怎样置办年货，淘麦子磨年面蒸花糕包饺子，求有学问的人写春联，期待着踏着雪走亲戚，讨一些压岁钱。现在的故乡，一些习俗一些东西已经被肆意地篡改了，置身在被污染的河流与化工厂之间，有一种怆然，想大步离去，但我还是不死心，目光炯炯的，四处搜寻。

想迎面碰到一座老房子、一株上年岁的树、一调来自父老的乡野俚曲，想到集市上被那些喧闹的肩膀抗一下，被那脚板踏一下，被大奶的农妇骂一下。但故乡太过纤弱，他的一些历史已经被挤压到可怕的虚无。到处是喧闹，内心里只想呐喊一声，故乡，你脚步放慢一点，你的灵魂已气喘吁吁，赶不上你匆忙的脚步。

有时发现一个民俗馆，我总是挤进去，即使到了闭馆时分，还是那么贪婪地看着、念叨着。看到一件件农具、灶台、织布机、唢呐、纺车、虎头帽，霎时，我就像被一种巨大的幕布围裹起来。唢呐响了起来，织布机也唧唧复唧唧，纺车的吱扭声，红车子的鸣叫声，还有风箱的呱嗒，牛羊鸡狗出栏、回窝的声音，整个展厅成了一个音箱，我走在其中，左顾右盼，我被那些声音和气息覆盖，像回到了童年。但我又想，这无疑是一些木乃伊，是一些悲怆的化石和僵尸而已。

现代的文明太霸道、太自负，这些浑朴未凿的原初生活、这些节气下的民俗，被无情地抛弃了，那些原本天然的东西变成了民俗馆的缅想。那些非物质文化遗产，像是医院里的呼吸机，故乡的风情，像是临终的抢救。

故乡已经毁容，故乡已被凌迟，再临终抢救、再临终关怀也挽救不了故乡的性命。

四

节气的格子就是天人合一的格子，是古人用墨线放线，然后用斧子锛，用凿子、锯子。这些结构是榫卯结构，依据天然，不改变自然的习性，与野草为邻，被露珠包围着，被雪花包围着。这格子里的房舍、草垛、牲畜，还有黄昏，都是谐和的，即使有些虫子喋喋不休，大家都能容忍。有些老中医会把脉，而一些农人也会为土地把脉，一些风雅的士人为风霜雪雨把脉，为鸟巢把脉。

古人认为万物有灵，古人认为万物有情。古人的生活是与自然同体。

雨水的节气到来是正月中，所谓天一生水，春始属木，然生木者必水也，故立春后继之雨水，且东风既解冻则散而为雨水矣。

在这个季节，应该举行一些祭奠，这个活儿是獭干的，古人解释雨水用了这样一句陈述：“獭祭鱼。獭，一名水狗贼，鱼者也；祭鱼，取鱼以祭天也。所谓豺獭知报本。岁始而鱼上游，则獭初取以祭。”多么令人感动的祭奠场面，水獭来祭拜上苍，满怀敬畏，先祭拜再食用。我想到母亲，在春节的时候，把饺子舀出，先是祷告上苍，然后让我们吃。

到了立春，古人会喝春酒，古人的素常生活多的是情趣，是飘逸。就如司空图的《二十四诗品》有一品《典雅》：“玉壶买春，赏雨茅屋。坐中佳士，左右修竹。白云初晴，幽鸟相逐。眠琴绿荫，上有飞瀑。落花无言，人淡如菊。书之岁华，其曰可读。”这样的画面，我是十分欣赏的，常把“落花无言，人淡如菊”看作人的至高境界，但我对“玉壶买春”一词一直疑惑，是“小楼一夜听春雨，深巷明朝卖杏花”？把淡荡的春光买来，把杏花枝头的春意插在梅瓶里，作为案头的清供吗？古人是有这样的雅趣的，《红楼梦》中有这样一情节：妙玉把梅花瓣上的白雪收集在一个坛子里，在地下埋了三年，再拿出来泡茶喝。而在都市，这样的雅趣怕是受到了阉割，已杳如黄鹤。雾霾来了，煤烟和汽车尾气造成的混合型污染，酸雨和二氧化硫污染面积扩大，雪还是白的吗？如果再像妙玉一样收集“纯洁”的雪水，埋在地下三年，不知那水馊了几次，死了几次。含有几多的致癌物质、几多的细菌、几多的无奈，哪里能喝？即使漱口，也是满嘴白牙变黑齿，徒呼呜呜了。

后来我知道所谓的玉壶买春，在中国古代的意思就是去打酒，买春酒。古人的生活寒素，一般的人家冬日是没有取暖具的，不像现在的我们，暖气、空调、水暖、地暖一应俱全，放逐了寒冷。所以古人到了立春日，就会聚在一起喝酒祝贺，寒冷去了，春天来了，大家去踏青喝酒，这是多么雅的事。“酒”字前头着一“春”字，好像红杏枝头春意闹一样的喜庆、一样的欢快。我想，所谓立春日的春酒，一是指立春当天喝的酒，再是指为迎接春天酿造的酒吧。

但现在的人少了诗意，少了雅致，没有了敬畏，也没有了禁忌，禁忌是迷信吗？禁忌毋宁认为是一种怕，我们古人是知道害怕的，但后来这种怕被灭失了。我们是在不怕的教育氛围中成长的，天不怕，地不怕，不怕牺牲，不怕祖宗，对自然的一切都敢踏上一只脚。怕是一种可贵的精神素质。有个哲学家说，这种怕与任何形式的畏惧、怯懦都不相干，而是与羞涩、虔敬相关。这是当人面临虚无时，幡然悔悟其自身的渺小和欠缺。

也许这样的解释有点拗口，但怕在古人那里，在我母亲逢年过节对那些习俗的虔敬里，我看到了美的仪式，所谓的怕变成了一种爱。

其实古代很多的节气习俗，是关乎心灵的，关乎虔敬。上苍造人，是要人有所顾忌，有所节制，有所不为，而不是为所欲为，胡作非为。人如果狂妄僭越，那就离发疯不远，离癫狂不远，离死亡也近。

我想到《本草拾遗》记载："正月雨水：夫妻各饮一杯，还房，当获时有子。神效也。""夫溺处土：令有子。壬子日，妇人取少许，水和服之，是日就房，即有娠也。"

这些药方子的科学性肯定是令今人惊诧狐疑的，甚至一听就会感到荒唐可笑，是游走江湖的术士，还是蒙古大夫在忽悠？也许是不科学的，但谁又能否认它在古时候的有效性、可行性呢？

《本草拾遗》里开出的这些药方子，我们关注的不是这些药方给出的具体药物是否含有有效的物质成分，而是这些药物以及这些药物名称所蕴含的精神意义，以及由这些意义所引出的——人虔敬的举止。正月的雨水能催出男女的精子卵子？答案是否定的。雨水肯定不能促进夫妻的内分泌，但正月雨水所暗示的万物复苏、生机勃发的语义却具备这个作用。

人粪尿，作为肥料，具有肥沃、繁殖、生命的意蕴，妻子是供丈夫耕作、施肥、播种的土地，药方特别叮嘱要在壬子日服用，壬子者，妊子也。

这些药物对经过现代科学洗礼的现代人肯定是无效的了，那是因为那个曾经赋予这些药物以精神意义和有效性意义的世界已土崩瓦解，不再引人遐想，从而也不再能激发身体的反应和生机。而丧失了这个意义世界的依托，本草医学，也就从曾经行之有效的技艺，一变而成为遭人诟病的江湖骗术和伪科学。人心不古而使山水不古、草木不古，自然伤痕累累，古老的秩序和天然逻辑被破坏，它冒犯的不仅是神性，损害的不仅是生态，更是对人类精神家园的摧毁，对一种精神美学的摧毁。有什么样的人民就有什么样的山河草木，人心不古，何求江山千古？

古时，无论动物、植物、人，大家是相让的。山有柴，春天，人把斧头封住；春天，河里有鱼，人管住自己的嘴巴。人知底线，有良知，那时土地庙里的神明，是正常值班的，百姓是心怀敬畏的，小人是会得到报应的。那时的人生活得古风古意，冬天了，大家一起过冬，兽长了绒毛，人蜷缩在屋里，顶多弄上个火盆，不像现在空调破坏臭氧层。

节气来了，最先能感知到的是植物，那主要的是风与水。春天，水足风暖，春暖花开，动物交配，农事繁忙，植物发芽，大地一片绿色，生机盎然。夏天，风热水蒸，热风载水，滋润着万物茁壮与茂盛。秋天，风凉水静，水收风干，植物果熟叶凋。冬天，风寒水冻，植物藏而归根，动物也进入了冬眠。

水动风暖，春天来了；风热水蒸，夏天到了；风凉水静，秋天来临；风寒水冻，冬天一统。缺水定旱，水泛成涝，风急多损。

迷信风水不是坏事情，让风和水按时值日多好。古人对节气的遵循与敬重，隐含着中国人“敬天知命”的精神，随着时间的过往、世事的迁延，古风不在，还有多少人懂得节气蕴藏的富饶的旨趣呢？一年有四季，四季有二十四节气，这些既形象又诗意的制式化概念，在我们的内心悄悄安置一个“时间”的结构，仿若诗意的齿轮，但现在这个齿轮的齿磨秃了，大家像生活在一个高速旋转的陀螺里，上气不接下气。

亲近节气就是亲近自然的一种方式。我们应该找回被我们抛弃的节气，我们应该修复现在看来不再管用、不再应时的节气。

为什么节气不再应时？是人们把自然的生态毁掉了，河流被改变了，大雁栖息的芦苇没有了；山岳被改变了，狐狸的巢穴没有了。天然的本性被改变了，有几只鸡是不吃饲料长大的？我知道现在的鸭子，昼夜在灯泡的照耀下成长，只是吃、吃，然后被吃。

节气是自然的存在，是人发现的一个一个的美学格子，是自然的秩序，人不能创造自然的秩序。人其实很渺小，要低眉躬下身子在自然里安生。但人太吵了，处处按着自己的性子。很多生物没有了，人不能创造自然的生物，不能创造自然的美。但人可以毁弃自然，现在的人违反自然规律，违犯节气，逆天而动，没有了质朴，少了敬畏。而今，雾霾如鼠疫一样开始肆行在城市与乡村，天空不再蔚蓝，在上年的冬至，北京让我如此恐惧，那天一下火车，我的喉头就如辣椒灼烧，鼻子奇痒。当时以为就是感冒的前兆，但几日一直如此，吃药打针一直无效，我感到了呼吸的急促，看到天灰蒙如盖，令人无措。

冬季的京城，没有了太阳，整个天地，淤滞呆沉，仿佛藏污纳垢之所。冬至到了，本来是应该贺冬的，但早已没有了那种心情，其实在我的鲁西南老家，冬至这天，是要吃饺子的。据说这风俗来自于医圣张仲景，他曾在江南为官，当他告老还乡，时值大雪纷飞的冬至，寒风凛冽。他看见家乡的乡亲衣不遮体，有不少人的耳朵冻烂了，悲悯之心油然而生，就叫随从弟子在家门口搭起医棚，用羊肉、辣椒和一些驱寒药材放在锅里煮，捞出来剁碎，用面皮包成像耳朵的样子，再放锅里煮熟，做成一种叫“祛寒娇耳汤”的药物施舍给百姓，大家服食后，耳朵都治好了。后来，每逢冬至这天，人们便模仿做着吃，是故形成“捏冻耳朵”这样一种习俗。以后人们称它为“饺子”，我家乡的人称为“扁食”，人们都说吃了冬至的饺子不冻耳朵。

也许节气是我们最好的读本，我们可以诗化地还原它，回到原本，回到优雅，回到朴素与从容。我们对节气的倒行逆施，正如加缪在《反抗者》里所说：“反抗永远不是一种浪漫主义，相反，它支持真正的现实主义。若它要求一种‘革命’，那它为的是生命而不是反对生命。这就是它为什么首先依靠最具体的现实：职业、村庄、存在物与人的跳动的心脏……至于政治，它应该屈从于这些事实。”

是啊，让我们修复被我们践踏的节气吧，让我们从迷幻的GDP中醒来，修补我们的生活，修补我们的诗意。